善書坊

巴格达斜阳

弋舟 著

陕西师范大学出版总社 西安

图书代号　WX25N0781

图书在版编目(CIP)数据

巴格达斜阳 / 弋舟著. -- 西安：陕西师范大学出版总社有限公司, 2025.4. -- ISBN 978-7-5695-5330-7

Ⅰ. I247.5

中国国家版本馆CIP数据核字第2025F95T53号

巴格达斜阳
BAGEDA XIEYANG

弋　舟　著

出 版 人	刘东风
责任编辑	张　佩
责任校对	王雅琨
封面设计	张潇伊
封面绘图	王　犁
出版发行	陕西师范大学出版总社
	（西安市长安南路199号　邮编710062）
网　　址	http://www.snupg.com
印　　刷	中煤地西安地图制印有限公司
开　　本	787 mm×1092 mm　1/32
印　　张	10.875
插　　页	4
字　　数	180千
版　　次	2025年4月第1版
印　　次	2025年4月第1次印刷
书　　号	ISBN 978-7-5695-5330-7
定　　价	59.00元

读者购书、书店添货或发现印装质量问题，请与本公司营销部联系、调换。

电话：(029) 85307864　85303629　传真：(029) 85303879

你总是在挑选着钥匙

——策兰

目录

第一部
在兰城,这没有什么好奇怪的　　001

第二部
柳市的人好像都比较富裕　　087

第三部
巴格达斜阳是一种酒水　　221

后记
这样的人,必定终获全胜　　331

电视里那位大名鼎鼎的伊拉克领袖在发表讲话，内容被同期翻译出来：

> 这是一个很严重的行为，这是一个战争罪行的开始……所有这些反抗行动会由真主来支持我们……我们已经决定了这一天我们将秉承真主的荣耀……我可以告诉你们，我并不感到任何胆怯和恐惧……

我并不感到任何胆怯和恐惧——丛好在心里复述一遍这句话，从中汲取到一股力量。

电视里的伊拉克领袖一身戎装，头戴黑色贝雷帽，神态漠然，甚至有种漫不经心的木讷。丛好呆呆地望着他，心里想，自己生命中的严峻时刻，居然总是和这个男人神奇地对应起来。

与这一身戎装相比，丛好觉得他更应该是披着长长的阿拉伯白袍，衣冠如雪，松弛地骑在单峰骆驼的背上，嘴角挂着一丝不易觉察的微笑。

这样的形象，更符合三十岁的丛好对于一个男人的憧憬。

电视的画面切换到夕阳下的巴格达。整座城市陷入在寥廓的岑寂中,伊斯兰建筑的圆顶在斜阳下画出高贵的弧线,如同一幅剪影。从好感受到这座城市危如累卵的骄傲,心想,其实一切就是从这样的画面开始的。

第一部

在兰城,
这没有什么好奇怪的

BAGHDAD

1

十七岁时的丛好,比同龄的女孩子高出一些,也瘦上一圈,留着很短的、蓬茸的头发,骑一辆庞大得足以使兰城齿轮厂技校女生们望而生畏的"二八"自行车,慢悠悠地往返在兰城的街道上。

车子是父亲的,说不上旧,但绝对算不上是新。丛好从来不擦它。一个纤弱的少女,骑一辆巨大的男式车子已经很不相称了,如果这车子还不恰当地被擦拭一新,只会令人觉出滑稽。相反,家里被父亲骑着的那辆红色女车,却总是光彩耀眼。父亲把车圈擦出光亮刺目的效果,甚至动手给车梁缝了暗红色的平绒布套。这辆车子是母亲的。但是,两年前母亲不告而别,从这个家消失掉。

一个中年男人,突然在一夜之间失去了妻子,当然会颓唐沮丧。老丛表达自己痛苦的方式,就是坚定地改骑老婆留下的这辆自行车。老丛骑着它,用老婆留下的布头,把它装扮得如同一位新娘。

有一天,父女俩凑巧同时回家,一进齿轮厂家属七区的大门,就被一群孩子捕捉到了灵感。他们响亮地笑起来,其中一个豁牙的,非常朴素地总结出了他们父女的状况,跑风漏气地宣布出来:

"公的是(骑)母的,母的是(骑)公的。"

丛好恶狠狠地从车子上跳下来,逼视住父亲,等待他做出惩罚性的举动。其实丛好并不是很愤怒,她只是把这当成了又一次检验,看看自己的父亲,是不是真的那么猥琐。

没有出乎她的意料,面对检验的老丛,再一次被打上了"猥琐"的标签。老丛垂头丧气地从车子上下来,小心翼翼地把它扛在肩上,佝偻着腰自顾上楼去了。丛好的大车子是撂在楼下的,而老丛不放心他的小车子,不惜花费体力这么扛上扛下。

一个十七岁的少女能经历什么不幸呢?对丛好来说,它们依次是:近视,痛经,学习成绩不佳(于是只能去读齿轮厂的技校),母亲离家出走,却留下一个"猥琐"的父亲给她。

"猥琐"这个词丛好是在某本小说上读到的,母亲走后,突然就被她安顿在了父亲头上。为此她还查了字典,字典上解释：猥琐，原指举止扭捏、拘束、不自然；或形容人体貌、气质不佳。为贬义词。

当然是贬义词。这个对于父亲的定义一旦落实，它所具备的那种凌厉的屈辱感，令丛好不由得哭了一场。

丛好真的认为父亲是猥琐的。这种猥琐无处不在。譬如"举止扭捏、拘束、不自然"，将那辆女式自行车骑出龌龊的暧昧，面对一群孩子的侮辱与挑衅，也只能忍气吞声；譬如"体貌、气质不佳"，脸色蜡黄，仿佛身患沉疴，原本不算低的个头，却由于常年的佝背偻腰而一下子人为地降低了足有十厘米的高度。

父亲在丛好心目中的形象，早已经在那个雨天崩溃了。丛好记得那一天的每一个细节，父亲被雨水打湿后耷拉在鼻梁上的头发让她尤其难忘——它们服服帖帖地低垂着，间隔很长的时间滴下一滴水，然后又间隔很长的时间，再滴下一滴水。能够被丛好这么细致地观察到，说明父亲当时是静止的。

那时，父亲目瞪口呆地静止住，在不该静止的时候。母亲和一个男人紧紧地抱在一起，两颗脑袋前后左右地交错，令丛好分辨不出你我。他们躲在厂区那排人迹罕至的仓库后面，挤在一台巨大的废弃车床的遮蔽之下，半卧半坐地纠缠着。

丛好忘记了，为什么会和父亲冒雨进入厂区，似乎是突然被父亲从家里拽了出来。那把支撑在自己头上的伞，突然就被父亲扔掉了。雨水像一层冰凉的纱蒙上了她的脸。父亲仿佛被眼前的景象迷住了，中了蛊，脖子微微缩进肩膀里，头向前探出去，聚精会神地看车床下纠缠在一起的两个人。他们非常忘我，衣襟上沾满泥水，根本不知道自己已经暴露。

丛好紧张地观察父亲。她认为父亲应该发作，应该扑上去，应该采取某种她无法估计的猛烈行动。老丛拽着女儿同来，难道不是为了获取某种心理上的声援吗？难道，获取声援不是为了进行一场你死我活的战斗吗？但是此刻老丛的态度令丛好迷惑。他那么安静，眼神里甚至有股自己做了错事的不知所措。有生以来，丛好第一次感到了胸口那种酸酸的滋味。

这样的父亲是令人悲愤的。

很多事情丛好不能够厘清，但那股悲伤的滋味却非常确凿，直觉令她生出憎恶。母亲的面目被另外一颗脑袋所掩盖，但父亲的尊荣却历历在目。他呆若木鸡的面孔近在咫尺，隔着迷蒙的雨雾，放大变形，像是照在游乐场的哈哈镜里，产生出古怪的扭曲。

丛好憎恶这张脸，这张脸曾经蒙受过的所有羞辱都被唤醒；它对每一个人的讪笑；它的两道眉毛像两根中间被埋下了枕木的铁轨，永远没有聚合在一起、形成那种叫作愤怒的表情的可能……

老丛行动起来后的第一个举措，是用手抹了一把脸上的雨水，又抹了一把，接着捡起雨伞（他居然还记得雨伞），扯住丛好的手回头便走。他在这场遭遇战中撤退了，起初步子有些蹑手蹑脚的味道，像一个贼，走出他所认为的某个危险范围后，突然加速，丛好在后面被他拖得踉踉跄跄。

回到家里，老丛抽了支烟，枯坐良久，酝酿了一阵，悍然扑向阳台上那只养了一年多的母鸡。老丛左手掐在鸡脖子上，右手抄起盛着鸡饲料的搪瓷碗，以雷霆万钧的凶猛态势砸向鸡脑袋。那只鸡遭到了鸡类们史无前例的屠杀方式，凄厉的悲鸣戛然而止，尸体被重重地掷出去，兀自扑棱着翅膀跌跌撞撞地乱冲了一气。然后，才死不瞑目地栽倒。

扑落的鸡毛四处飘散，倒毙的死鸡就在眼前。丛好第一次目睹这样的暴力，吓得缩成一团。她心跳如鼓，突然认为，父亲还是像个傻瓜那样地静止住好，因为她已经肯定地认为，母亲也会被父亲像对待这只鸡一般地屠杀掉。

少女的心就这样被恐惧攫住。

这是一场漫长的、令人窒息的恐惧。除了恐惧，丛好丧失了任何其他的意识。她直挺挺地躺在床上，奄奄一息。

结果却大相径庭。母亲一身泥水地回来，那只母鸡，被父亲加工成了一盘香气四溢的鸡块。他们坐在饭桌的两端，相安无事。一盏20瓦的灯泡几乎吊在了人的鼻尖上，它悬在餐桌的正中央，在桌面上摊下昏黄的光晕。只有那盘鸡被照亮着，像是舞台上被追光灯刻意强调出的主角。父亲夹了鸡块在母亲的碗里，说：

"吃，吃。"

母亲埋头吃饭，带着泥水和铁锈的气息。他们像商量好了，都坚定地忽视着坐在中间的丛好。

如此出乎意料的局面，是丛好无论如何也理解不了的。她没有丝毫如释重负的感觉，反而觉得胸口更加壅塞。一想到自己的恐惧原来是一场得不偿失的自我恐吓，雨中蓄积成的那股憎恶，就空前地滋长起来。

丛好把这份憎恶不由分说地给予了父亲。

母亲最终选择离家出走，丛好没有感到多少意外，甚至都少有怨怼。在她眼里，母亲是能够被宽恕的。母亲总是和父亲在夜里搏斗，发出些沉闷的撞击声，然后就会披头散发地潜入她的房间。黑暗中，母亲的气息依然急促，带着永不消散的泥水与铁锈的味道。刚刚进行过一场艰苦的抵抗,她无法做到令自己悄无声息。她总是尽量躲得离丛好的床头远一些,努力压抑住自己的喘息。其实她不知道,丛好总是瞪大了眼睛看着她。丛好从来都是醒着的,她的睡眠都已经交给了白天,她把黑夜用来聆听各种喑哑的对峙,用来凝视母亲像一个女鬼般的身影。丛好屏声静气地躺在黑暗里,被母亲散发出的气息所笼罩,宛如自己也置身在一个雨水朦胧的天气里,周遭是泥水与铁锈的气味。而且她自己也噤若寒蝉,生怕更加惊吓了草木皆兵着的母亲。

关于那个将母亲带走的男人,丛好认为她是知道的。有一天,她从楼上下来,看到一个男人蹲在楼下的花坛前。这是个其貌不扬的男人,结实,粗壮,两只耷垂在膝盖上的手让人感觉出即将要掘进土地里的动势。他摆着一个随时要起跑或者腾跃的架势,显得浑身是劲,一点就着。当丛好走过这个男人的身边时,一个声音便在心里响亮地向她喊道:

"就是他!"

虽然这个"他"在丛好这里永远面目模糊,但那一瞬间扑鼻而来的泥水与铁锈的气味,便毫不动摇地给她将这个男人指认了出来。这个男人蹲在她家的楼下,显然是在等待。他如此昭彰，甚至嚣张，宛如一截打上了钢筋的混凝土在蛮横地示威，这样的一个做派，反而让丛好的内心感到了一丝的安慰。她觉得，或许，母亲被这样的一个男人带走，也是好的吧？

这就是少女丛好的青春期，诸般不幸导致出一种浑浑噩噩的倦怠，令她在白天总是处在一种睡不醒的情势中。在学校里，丛好基本上是靠着睡觉打发掉时间的。她没有朋友，也不期望有，有了朋友，就意味着要把自己猥琐的父亲推荐出去。

丛好只期望不受干扰地睡觉，结结实实地睡着，比什么都好。

2

1990年的夏天，十七岁的丛好无意中看到了这样一幕，心里才像个真正的少女那样泛起了涟漪：

暑假是如此漫长，漫长到都使丛好睡得失去了倦意。她已经分不清困顿与清醒。一个午后，丛好在窗前漫无边际地眺望出去。越过烈日造成的氤氲，越过家属区布满尖锐玻璃的墙头，她看到十字路口被红灯阻拦住的车辆。天空在下火，在翻滚的热浪里，在甚嚣尘上的街中央，这些挤作一团的家伙显得那么猥琐。是的，猥琐。

正是在这样的时刻，少年张树像一道闪电，划破了庸常，而猥琐，成为他最好的注脚。被红灯阻拦住的，有一辆拉货的卡车，上面垒满了货物。少年张树从车后飞身而上，拎起两箱东西跳下来，在光天化日之下飞奔而去。他是如此迅捷，如此从容不迫，以至于使他的偷窃行为具备了一股舍我其谁的正义气概。

事后丛好才得知，张树的赃物，不过是两箱方便面。但是这个事实，已经无法消减丛好内心对于这一幕所赋予的那种价值。

那一刻，丛好震惊了，如同目睹了一个奇迹。她实在难以将这一幕当作是一个偶然的事件，就像聒噪的蝉鸣和烈日暴晒下形容枯槁的植物那样毫无意义。她没有理由地坚信，自己目睹的这个奇迹必定蕴含着某种不言而喻的寓意。她想立刻跑下楼去，她看到这个少年拐进了家属区东边的那条小巷。她想去看看他，面对面地看看他。但是她不敢，一种绝望的情绪没有道理地攫紧她，让她的呼吸都局促起来，再一次感到奄奄一息。

日后丛好不止一次地进入那条小巷，骑着那辆巨大的男式自行车，飞快地穿越过去，像一个真正的贼那样，感受着那个少年英雄内心的风云。她希望有一天可以看到他的背影，幻想着自己像风一样从他身边刮过时的心情。但是，她再也见不到他了。

有一段时间，丛好甚至怀疑起这件事的真实性——那不是一个梦吧？或者，只是一个少女在酷烈的夏日午后、饱睡了一觉产生出的幻觉？

直到有一天，张树拦在她的车子前，丛好的心里才呀地叫出了声：原来是他啊！

张树是兰城齿轮厂一带有名的问题少年，只读到初中毕业，就开始在社会上为非作歹了。其实像张树这样的少年，在这一带像杂草一样地丛生，只是他更狠，更招摇，是杂草里独领风骚的那一棵。时常会去齿轮厂技校门前溜达一圈的张树，在新学期伊始，突然盯上了丛好。这个瘦削高挑、留着男孩子般短发的少女，被齿轮厂技校那群处在青春期特殊健硕中的女生一对比，马上就显出了与众不同。

张树把丛好比作"花儿"，这是这个问题少年心目中最高级的比喻。张树决定追求丛好，用齿轮厂一带问题少年的话说，就是决定把这朵花儿"摘了"。

张树和一帮街头少年蹲在技校门前，放学的时候，他在拥挤的学生中一眼找到了丛好。丛好刚刚跨上了她的自行车，就被蹿上来的张树拽住了车头。

张树皮笑肉不笑地向丛好问道："你这车子是哪儿偷来的？"

丛好一只脚撑在地上，脸上看不到任何表情，心里却响亮地尖叫了一声。

张树觉得这个女生的沉默很让他难办，干脆开宗明义地说：

"你，给我做媳妇吧！"

这也是齿轮厂一带的语言，任何处在恋爱关系中的女方，都可以被称为媳妇。

由于那个夏日午后所目睹的一切，由于其后一直贯穿在心里的那份盼望，使得丛好在听到这个直率的要求后，再一次陷入迷乱的情绪当中。如今，当这个像闪电一样穿透猥琐的少年站在面前时，少女表现出了一种山重水复后的宁静。

众目睽睽，丛好从车子上下来，并且让开一小步，她采取的是一个完全放弃了自己车子的姿态。张树的手扶在那辆"二八"男车的龙头上，一下子不明白这个女生做何打算。丛好平静地看着张树，那态度，几乎就是悉听尊便的意思。在这一刻，少女丛好已经把自己的权力交付了出去。

张树其实是不懂得这里面含义的,他应对不了这种沉默的对峙,索性骗腿跨上了那辆自行车,绕着丛好慢悠悠地骑了一圈。让张树始料不及的是,当他准备再绕第二圈的时候,这个女生居然伸手扶在了他的腰际,并且纵身跃坐在了车子的后座上。张树晃动了一下,将车轮用力蹬踏着,稳定住了车子,于是,在此起彼伏的嘘声中,风驰电掣地载走了丛好。

那一天,张树带着丛好在一家路边店吃了面条。为什么要这么做呢?可能在张树心里,认为请丛好吃点什么,是一种必要的仪式。

吃的时候,张树对丛好说:"我叫张树。"

说着还蘸了茶杯里的水写出了那两个字。

"树!"张树强调着,湿淋淋的手指将桌面上那个"树"字点击了几下,让那个字立刻成了一摊水渍,"槐树的树。"

丛好不作声,心想为什么非是"槐树"而不是柳树、杨树呢?她学着张树也用手指蘸了茶水,在桌面上写下自己的名字。

"丛好?"

张树读出来,直瞪瞪看着丛好。

丛好点点头。

这样，两个人就知道了对方的姓名。

张树说："我家是齿轮厂的。"

丛好说："我家也是。"

张树说："我十九了。"

丛好说："那你比我大，我十七。"

张树说："这还用说吗？我当然比你大！"

丛好一直在用力观察着这个少年：黑裤子，圆领衫，大马金刀的坐姿，穿着条绒布鞋的两只脚撇在桌腿外，一只脚底踩在一只脚面上。结合着他的名字，一个词蹦进丛好的脑子里——粗枝大叶。

张树也不时斜觑着眼前的这个少女：瓜子脸，丹凤眼，柳叶眉——这全是评书里的词，这会儿被他全用在了丛好身上，当然有些文不对题，比如丛好的脸型是有些瘦削，但算不上是"瓜子脸"，没有瓜子那种上圆下尖的弧度，还需要再吃胖一些。

现在，丛好没有丝毫的紧张。刚刚坐在车子的后座上，她还有一些小小的慌乱，张树将那辆自行车骑得飞快，冷飕飕的风从脸颊上掠过，逐渐吹散了丛好心里面那些微小的忐忑。

眼前的张树又是这么松弛的一个架势，大口大口地往嘴里填着面条，真的像是一个在自己媳妇面前吃饭的男人。这种态度感染了丛好,让她也觉得心安理得,好像已经给张树做了一辈子的媳妇。

张树付了钱,两碗面,三块钱。然后,丛好又重新坐回到车子的后座上,继续被张树带往下一个地点。

这就算是丛好初恋的开始了。虽然没有其他少女那样的曲折逶迤,缺乏那种曲径通幽所能带给人的喜悦,但也是被满满的踏实感填充着,就像一大碗面条被吃进肚子里时的感觉。侧坐在自行车的后座上,丛好想,这辆车子终于适得其主了。

张树把车子拐进了家属七区东边的那条小巷。

他的这个选择,却在无意中讨好了丛好。这条自己曾经多次怀着梦一般期待进入过的小巷,在一瞬间令丛好生出了甜蜜的感觉。这是一条现实之外的通道,是坚硬时空中一个神秘的拐点,穿越它,会让人不期然折返到世界的背面。

小巷平时就人迹罕至,此刻已是黄昏,暮色四合,整条巷子里更是阒寂,却灌满了一个少女的稀薄的梦。两侧的墙体在夕阳下投射着笔直的影子,中间窄窄的路面是夕阳温暖清寂的橘红,它已经不像是一条土质的小径,宛如浮在水面上一条曼妙的红纱。

张树下车的动静也那么大,咚的一声便落了地,丛好还没有站稳,就被他一把搂进怀里。失去驾驭的车子倒下去,砸在丛好脚面上,痛得她倒吸一口凉气,声音却被张树的嘴热烘烘地堵了回去。

某种复杂的气味和温度涌进丛好的口腔。她感觉张树是在给她的身体里吹气。那股当仁不让的气流被蛮横地送进来,一往无前,源源不断,甚至具备磅礴的气势,令她膨胀,身体被一点一点充盈着,渐渐地向上浮起。然后,她又感觉到了挤压。张树的手没头没脑地钻进她的衣服里,隔着胸罩,抓在她的乳房上。他在反复地挤压,将丛好的感觉置于这样的境地:像一只硕大的,并且在不断扩充的气球,却被塞进了逼仄的笼子里,随时都有挤破的危险。张树的手试图从胸罩下挤进去,刚刚进去一点,却在一瞬间变得迟疑了,动作也变得缓慢,竟然有股缠绵悱恻的意味。他的手指试探着碰触到了丛好的乳头,蜻蜓点水似的拨弄了一下,就从衣服里抽了出来。

张树趴在丛好的耳朵边,热乎乎地说:"我怕你羞。"

眼泪一下子从丛好的眼睛里涌出来,没有丝毫的征兆。

张树又窄着嗓子说一遍:"我怕你羞呢。"

丛好的心像一张被团紧后又抻平的纸,舒展着,又有些微微的褶皱。她认为自己从来没有被人如此爱惜过。

停止下来的张树变得有些忸怩,还有些愤愤不平。粗

鲁少年并不习惯这种所谓的温柔,扶起倒在地上的车子后,他突然冲着丛好发起火来:

"你哭个屁,老子又没真搞你!"

丛好没有一点反感,心里暖洋洋的,身体里有种酸酸的疲惫,想立刻睡一觉。

为了说明什么似的,张树又补充道:"老子摘过的花儿多了。"

丛好扑哧一声笑出来。她也不知道,听了张树这句话为什么就破涕为笑,红着脸,偷偷地看着张树。这个大她两岁的男孩子,在丛好眼里,已经具备了一个男人的身板,牛高马大,热气腾腾,那辆"二八"自行车被他一对比,一下子就变得委委屈屈了。

回到家天已经黑透了。张树帮丛好用链锁把车子和一棵树拴在一起,将钥匙递给丛好的时候,顺势又捏了捏她的手,然后站在楼下,一直等到丛好消失在楼洞里。

丛好本来是有些紧张的,她从来没有回来晚过。但是一进门,就看到父亲蹲在过道,正擦拭他的那辆女车。

老丛全神贯注,似乎没有发觉女儿的归来。他总是这样,对待这个世界的某些局部,有种令人吃惊的专注。于是,丛好吃惊地在父亲的脸上捕捉到了诡异的表情。他的脸虽然平平整整,却无端地流露出一股咬牙切齿的味道。

这种味道不但表现在脸上，而且贯穿在他的肢体语言中。他一丝不苟地擦拭着那辆车子，那团蘸了机油的棉纱，在车身上来回摩擦，怎么看，怎么像一种刑具正被施加在肉体上。丛好在父亲的行止里读出了狰狞。恐惧混合在鄙夷中涌上来，促使她快速冲进自己的房间，把门插住，一头扑在床上。

父亲在门外小心翼翼地叫她："回来啦？出来吃饭吧。"

丛好一声不响地趴着，眼泪洇湿了床单，心想，如果自己是母亲，也会离开这样的男人，他只会对着一辆车子发狠，把自己全部的尊严，寄托在对于一辆车子的摆弄上。这样想着，丛好就更觉得，张树的出现对于自己是一件可贵的事，满手就都是刚才被张树捏了一捏的那种触感。

3

兰城是个什么样的城市呢？若干年后，当丛好成了一名作家，她是这样回忆兰城的：

> 如果一定要区分，那么它是由两部分组成的，一部分是工厂，一部分是家属区。然而这两部分几

乎是没有差别的,工厂像家属区,家属区像工厂。这样的状况就导致出,家属区一样的工厂令人不能指望会产生出效益,而工厂一样的家属区同样令人不敢奢望舒适。

你经常可以在工厂的某个角落里发现衣衫不整的偷情男女——他们把这里当成公园;你也可以在家属区里看到某个汉子挥舞着工具加工某种精细的工业产品——他们把这里当成车间……

生活在兰城的人,如果想要活得滋润,就必须具备一种"不讲究"的作风,并且还得敢于出击,具备一种"车间主任"的派头。

兰城人在他们的大工厂里喝茶,打麻将,口音瘪瘪地开着玩笑,鼓励儿子早日把女孩子领回家,于是就经常上演这样的画面:一位具有少妇神态的少女穿着睡裙冲到马路上大声呼唤,被她招来的,也是一位少女,但你不要以为这是她的姊妹,这其实是她的女儿。

——这就是我永远无法忘怀的兰城的画面。

这是女作家丛好记忆中的兰城,也是现实中的兰城。张树的到来,深刻地改变了少女丛好青春期的轨迹,把她从相对封闭的状态带进了具体的兰城状态。

他们几乎天天见面,为此,丛好开始逃学。张树喜欢让丛好横坐在那辆"二八"男车的前梁上,这样她就似乎是被他圈在了怀里。十七岁的少女,即使再单薄,窝在那个位置,也是一大块活生生的存在,让张树时刻有种搂了个"媳妇"的美好滋味。

丛好就是这样被张树"搂"着在兰城四处游荡。有时候张树也会带着丛好和他的朋友们在大街上闲逛。这是一个快乐的团伙,受他们的感染,原本内向文静的丛好也活泼了不少,会当街跟着他们起哄——不是什么特别让人惊喜的事儿,不过是看到一两个装束夸张的女人,或者是撞到什么人为了什么鸡毛蒜皮的事情在拌嘴。那时候,张树率先吆喝起来,丛好就跟着尖叫几声,然后是发自肺腑的欢笑,挺过瘾的。

兰城是一座被山环抱着的城市。有一天他们骑车出了城,爬过一座低矮的山坡,一片在夕阳下极尽灿烂的金黄色刺痛了丛好的视觉。这是一片向日葵。它们出现得太突然,翻过阴坡,视线刚刚越过山脊的阻碍,它们就扑面而来,像一片汹涌的、金黄色的海水。

他们撂下车子,顺坡走进这片辉煌的金黄色。张树一瞬间找不到丛好了。他在自顾往里深入,不知道落在身后的丛好已经在刹那间六神无主。在这片热烈的植物面前,丛好仿佛是被陡然催眠了一般。张树大声叫着丛好的名字,找回来,一眼看到身陷葵花之中的少女,倏忽觉得她也像是一株肃立着的葵花。

两个人在向日葵的缝隙中自由地躺下去,脸庞随着向日葵的花盘迎向夕阳,朝着已经衰竭的光明,陷落在无边无际的植物中。丛好突然间被感动了,很多情感在内心生长出来,有一些颓唐,还有些哀伤似的。但这颓唐和哀伤却是温和的,类似于一种情调般的东西。张树的一只手伸过来,伸进丛好的衣服,从肋骨开始,细碎地向上抚摸。一个问题从丛好的嘴里脱口而出,她问:

"张树,你爱我吗?"

很长时间,丛好都没有得到张树的答案。张树只是轻轻地抚摸着她的身体。四周枝叶窸窣,丛好静静地躺着,心里有种说不出的落寞。其实丛好也不知道自己希望得到怎样的答案,这个问题,其实更可能只是在诘问她自己。

接着丛好就听到了张树的叹息。这个粗鲁的少年突然也变得沉默了,闭上了信口开河的嘴,只能不知所云地用叹息表达自己的情感。他不知道从哪里捉住了一条草蛇,此刻在手里嗖嗖地轮着,回过神来,不由得也是一阵诧异,不明白这条蛇是怎么到了他的手中。草蛇被他扔了出去，在火红色的晚霞中画出了一条弧线。

对于爱情的质问，抑或傍晚的向日葵，抑或一条来历不明的草蛇，年少的他们不知道是哪样具体的东西触动了自己，令他们在这片葵花之中不能言语。

很快丛好就被张树带回了家。

张树的父母同样是齿轮厂的工人，但他们并不认识丛好，因为兰城齿轮厂足够的大，分厂林立，大到半个兰城那样的规模。他们也不会干涉自己的儿子，这是兰城父母们普遍的观点：只要自己生的是儿子，在这种事情上，总归是不会吃亏的。

张树的家几乎和丛好家一模一样，都是那种一层十户的格局，都是两室加上一条权充饭厅的走道，厨房的窗户打开，就是来来往往的邻居，通过这个窗口，邻居们互通有无。这是兰城工人阶级家庭统一的面目。

他们在张树的房间里搂抱，亲吻，逐步开始相互探索。

张树的手第一次钻进丛好的内裤，心虚地问她："碰这里会不会很疼？"

丛好也不太能确定，于是更有些紧张。这样一来，抚摸就带有了实验般的钻研性质。张树粗糙的手虚张声势地拂过去，拂回来，"疼吗？"再拂过去，拂回来。渐渐开始用力，直到丛好发出了类似痛苦的声音。看来是疼了！张树立刻收手，不安地观察丛好。

丛好的脸埋到他的怀里，不让他看到自己古怪的表情。他张嘴要问个明白，却被丛好的嘴堵了回去。丛好喜欢张树的亲吻，那种像打气一样的亲吻，汹涌澎湃，令她整个人都充实起来，血似乎都变浓了。

张树要求"看一看"丛好。丛好明白这"看一看"的含义，决定满足他。她允许张树完全打开了她的上衣，并且自己动手解除了胸罩。时间是白天，两个人站在张树房间里的窗前，光线明晃晃的。张树退后一步，仿佛拉开一些距离，更能够让自己看得透彻。少女丛好的胸部只隆起不大的两坨，乳头像两枚指尖大小的果核。张树观察了一番，脸上是见多识广的表情，纵览着，力求避免让自己的目光聚焦，避免不了了，唯有一头钻过来，埋头用舌尖去碰触那个焦点。张树比丛好高出一个头去，站着的时候埋下头，身体的其他部分就只能远离丛好了。他弓着背，两只无处安顿的手干脆背在身后，只把脑袋钻在丛好的怀里，像一只顾头不顾尾的鸵鸟，或者一个埋头于故纸堆里的学究。丛好的衣服并没有脱掉，她这样站着，敞开胸襟，俯视张树那颗乱发蓬生的脑袋，体会着乳房上电流一般四处波及的痉挛。

但是张树进一步的要求却被丛好拒绝了。张树的手去扯丛好的裤子,被丛好阻止住。

丛好的理由很充分,她说:"我怕羞。"

这个理由对张树十分有效,似乎可以算作是他对丛好的一个承诺了——只要丛好怕羞,他就不可以勉强丛好。

粗鲁少年为此既觉得骄傲,又有些懊悔不迭,于是干脆就脱了自己的裤子,毫不怕羞地也让丛好"看一看"。

丛好作势不去看他,他就挺着身子往丛好的视线里凑。丛好躲避着,依然看到了他剑拔弩张的器官。

"天啊!"丛好在心里惊叹一声,"像一把戳在肚皮上的拖布!"

那时候,我十七岁,他十九岁,有什么好说的呢?人在这样的年龄,颠顶,懵懂,慌慌张张,却又生气勃勃,就像正在破土而出的青苗。

我们裸着上身,对比着各自的胸部,他双臂夹起来,挤出自己并不是很饱满的胸肌。他这么做,是为了向我强调,在这个部位,我们的差别几乎是可以忽略不计的。为此,我是感到有些丢人了,我的胸部的确平淡无奇,似乎只是乳头比他略大一些。这让我看起来有些可笑吧?同时,我还感到有些对不起他,作为一个"媳妇",我的胸部却这般不具有"媳妇"的气势,对于他,多多少少算是一种亏欠吧?

他有时候会嘲笑我,显摆着自己的胸肌,就像今天的女人们炫耀自己惊人的罩杯一样。

然而我身体上的感受要比他灵敏。我触碰他的乳头,他往往不过是像被搔到了痒处,狂笑不已,把气氛弄成了玩闹的性质;但是每当他含住我的乳头时,我一定会周身战栗,觉得所有的血液都将顺着这个焦点被他吮吸殆尽。我能够感到自己的乳头那种尖锐的挺立,像一枚果核,微小,却饱含着成为一棵大树的可能。

少女丛好终于有了青春痘,集中在额头,星星点点,显得有些俏皮。而且,一直困扰着她的痛经,也似乎得到了缓解。但是,这个毛病还是给他们带来了一次麻烦。

张树带着丛好去看一部叫《菊豆》的电影。他对丛好说听人讲这部电影"很黄"。

进场的时候,丛好突然捂住肚子蹲下去。疼痛来得势不可挡,让她根本没有分辨的机会。那个年代的电影院,绝对是人头攒动的去处,何况是在上演一部"很黄"的片子。丛好在电影院的入口蹲下去,就像是给正在泻水的龙头塞进了塞子,正往里拥挤的人流一下子黏住。

立刻就有人骂上了:"妈的逼,怎么在这尿上了!"

张树立刻不干了,梗起脖子往人堆里逡巡,嘴里狠狠地问:

"谁?妈的逼谁?"

问着就确定了目标,隔着几个人硬扑了过去。四周根本没有可供打斗的空间,人挤住人,被张树凶猛地一冲,哗地倒下一片。张树扑腾着揪住某个人,不分青红皂白就打,连同滚在地上的就是一窝蜂,并且立刻又被挤上来的人淹没。骂声,怪叫声,沸反盈天。

丛好的疼痛都被这巨大的混乱赶跑了,死命往人堆里挤,拖着哭腔喊张树。她的呼唤像掉进沸水里的虫子,根本就没有挣扎的余地。更糟糕的是,这个时候治安人员出现了,一下子涌来十多条壮汉,仿佛平添出一股洪水猛兽,令局面更加地不可收拾。

人群开始没有方向地冲撞起来,丛好被裹挟在里面,身不由己地往前涌动。等身边松懈下来,发现已经被挤到了电影院外的广场。她试图挤回去,但这显然无法办到,于是只好站在人流稀疏的地方哭。

等到人群渐渐被疏导开,丛好冲进去,却不见了张树的踪影。刚刚厮打的地方，没有留下任何痕迹。丛好赶紧往外跑，她觉得张树一定是跑回家了。

丛好气喘吁吁地敲开张树家的门，却被告知张树并没有回来。丛好的心一下子就乱了。她想张树一定是被抓起来了，或者就是被打坏了，总之一定是出了危险。越想越怕，仿佛天塌下来了一样，哭着又往电影院跑。

兰城的夜晚总是刮着风，路灯半明半晦。不远处的山影沉沉地压着阵脚，让这座城市的夜晚显得如临大敌，显得滞重而凝固。

丛好哭着往前跑，远远地看到一个高大的身影歪歪斜斜地骑着车子过来，面孔在路灯明灭的变幻中难以辨认。等到了近处，一眼认出来，丛好凄惨地叫一声"张树！"，整个人就倒了下去。

张树的额头上破了一大块皮，眉骨处也伤了，裂开鱼唇一般的口子，血痂凝固了半张脸，让他的脸像是一疙瘩生了锈的铁块。他从车子上下来扶丛好，丛好早哭得上气不接下气了，一看到他满脸的血污，心更是拧成了一团。张树被她哭得发起火来，骂道：

"老子又没死，你哭丧呢？"

丛好还是止不住地哭，一股气上不来，又搅在了小腹，疼得她整个身子都窝下去。张树依然怒气冲冲的架势,但看她真的是要疼死过去的样子,就慌了手脚,围着她来回转。他不知道少女疼痛的根源,索性从身后揽起丛好,下意识地把一只手伸进她的衣服,贴在她的肚皮上卖力地揉搓。张树的手很糙,贴在肚皮上,像砂纸。丛好肚子里那股跋扈的疼痛,居然被他这张砂纸一样的手一下一下地赶走了,就像金属上的毛刺,被逐渐打磨掉了一样。

在兰城刮风的夜晚,在晦暝的路灯下,疼痛被满脸血污的张树温柔地驱散——这样的一个记忆,永久地刻在了丛好的心里,令她在十多年后再次见到张树时,仍然被那种巨大的、历久弥新的眷恋包裹住。

张树让丛好坐在车子后座上,很奇怪,自己却不骑,而是埋着头推着走。很硬的秋风迎面吹过来,恰好走在一段上坡的路上,丛好捂着肚子,看着他的侧影,已经顶风走出了一个负重前行的姿势。原来他是故意这么做的,一边做跋涉状,一边逗丛好,叹着气说出一句:

"唉,老子都成宋大成了。"

宋大成是一部名叫《渴望》的电视剧中的男主人公,他是一个非常好的车间副主任,因此暗合了齿轮厂职工们的好恶,随着《渴望》的热播,就成了"好男人"的代名词,在兰城大受欢迎。

丛好却笑不出来,被秋夜的劲风吹着,心里是一丝淡淡的哀愁。

这天夜里丛好住在了张树家。

张树试图脱光她的衣服,但丛好裸着上身死死地攥住裤腰,说什么也不愿意褪下裤子。张树不理解她的做法,试了几次不能得逞,手底下就没有了分寸,一只手把丛好的胳膊反扭过去,另只手一拳捣在丛好的肚子上。丛好的眼泪涌出来,说不出的悲伤令她放声大哭。张树的母亲隔着门吼道:

"在外面还没有打够,跑回来还要打!"

丛好吓得止住声音,把一只拳头塞在嘴上去堵,肩膀起起伏伏地觳觫。她也不清楚是什么令自己如此悲伤,说得出口的理由似乎只有那么一个,于是就呜咽着对张树说了:

"我来月经了。"

说完,所有的委屈都随着这个理由释放出来,眼泪顿时更加地汹涌。张树立刻被说服了,这点常识他还是有的,而且还要表现出来,张树煞有介事地点头,窄着嗓子说:

"早说啊,靠,有什么害臊的?"

他们关了灯,挤在张树的小床上。丛好还在抽泣,张树就趴上去亲她,用舌头舔她的耳朵、颈窝、眼睛。丛好哭着哭着就去回应,用嘴去找他的嘴,终于找到了,那股磅礴的气息一点点被送进来，一点点挤走了悲伤。

张树喉咙里发出呼呼的喘息，他还有些不甘心，又试图去脱丛好的裤子，只是被丛好一阻拦，就收回了手，却把自己的短裤脱了，拉过丛好的手，放上去。丛好配合着抚摸他，感觉他一耸一耸地抵达着。这个时候张树的父母突然吵起架来，用瘪瘪的兰城话，声音响亮地相互谩骂。丛好紧张地停止住，张树呼哧呼哧地说：

"别理他们，他们一会儿就日上了。"

这句话突然让丛好周身战栗，在黑暗中，泪水再一次涌出来。她动着，哭着。想，哦，这恶劣的家伙，我这热乎乎的情人！

4

早上十点多钟丛好才醒来。有那么一个瞬间，她有着不知今夕何夕、身在何方的惘然。

身边已经没了张树的影子，她不知道张树哪儿去了。

丛好并不知道张树在外面都做些什么，只是隐约地判断，张树一定是在干着那个夏日午后自己目睹的危险勾当。无业的张树兜里似乎从来没缺过钱，两百，三百，有时候更多。这绝不会是父母给的——作为兰城齿轮厂的职工,张树父母每一次凶猛的争吵,都是围绕着金钱展开的。对于张树在外面的营生,丛好没有恶感,甚至也没有多少担忧。她想,如果张树不去无畏地做坏事,去挑战那些庸常丑陋的时光,他还是张树吗?

少女丛好的心里,就是期望着这样一个男人——眉头能够拧起来,能够扑上去打人,胆大妄为,绝不会只对着一只母鸡或者一辆自行车耍威风。

丛好很疲倦,身体有种空空如也的痛。她不想去学校,起来后径直骑车回了家。离开张树的家时,她的心里是一种没有来由的惆怅。

自己家里也空空如也。阳光毫不吝啬地扑进来,就像她少女的身体,明媚,却空空如也。少女丛好倏忽生出一种陌生的感觉:散漫,寂寞,让人不禁要伸手对自己做些什么无意识的动作。

若干年后,丛好懂得了这种感觉。——那就是一个少妇才经常会有的百无聊赖。

这一刻,丛好开始在自己的家里漫无目的地踱步,她一边毫无意义地轻轻揪扯着自己的耳垂,一边用审视的目光打量这个家:各种各样不知派什么用场的废罐子,墨绿色的简易沙发,贴着旧挂历的门,屋顶犄角挂着的蜘蛛网……

丛好走进了父亲的房间。母亲走后，她就很少进入这个空间，于是产生出一些好奇。一张大板床塞满了她的眼睛。铺得平平展展的格子床单，叠得一丝不苟的被垛，让稍显零乱的枕头十分抢眼。丛好不由得就俯下身子去整理了，于是就翻出了枕头下的那本画报。

她立刻被这本画报上的画面吓住了，肉，毛发，姿势，表情，组合成一道密集的子弹，凶猛粗暴地射进丛好的眼睛里。

这就是父亲的秘密！丛好骤然愤怒了，有一股撕碎这本黄色画报的冲动。但另一股欲罢不能的冲动又促使她翻阅起来。心是潦草的，手是潦草的，终于面红耳赤，心都要蹦出来。这令她更加气恼，狠狠地把画报摔在地上，狠狠地踩，踩得它丑陋地翻卷起来。丛好奔回了自己的房间，扑在床上，又一次恸哭失声。

她想起有一天夜里自己起夜，看到父亲站在漆黑的厕所里，背对着自己，双手放在前面，两个肩膀过电一般地抖擞着。丛好以为他在撒尿，却听不到声音，在后面等了几秒钟，就带着迷迷糊糊的疑惑回房睡下了。现在，她恍然大悟出父亲古怪的行为，联想到昨天夜里张树在她的抚摸下热乎乎的喷涌，就明白了一切。她记起一些邻居总是拦住父亲说：

"老丛啊,夜里又打飞机了吧?看看你这张脸,流出来的鼻涕都成稀的啦……"

是的,"打飞机!"少女丛好在一瞬间破译了兰城这些秘密的暗语。一个世界在她眼前骤然打开,除了一股莫名的悲愤,她找不到更加准确的情绪。身下有一股热流奔涌而出,丛好觉得自己在顷刻间发生了某种破茧般的蜕变。

血似乎顺着大腿的内侧渗流了下来。

老丛回来了,呼哧带喘地扛着一罐液化气。

兰城齿轮厂本来有着严格的制度,曾经几乎是半军事化的管理模式,但这两年来,突然颓然松懈了。所以老丛这个时候回来也不奇怪。

老丛站在女儿的床前,低声下气地问:

"你昨晚去哪儿了……"

趴着的丛好陡然坐起来,满脸泪水地瞪着父亲。

老丛被吓住了,吞了口口水,喉咙夸张地起伏一下,讪讪地回了自己的屋。他越是这样,越是令丛好恼恨,一夜未归的心虚也找到了先发制人的契机,心里的疯狂被纵容出来,丛好要闹得更凶一些,像是要砸烂一个旧世界。

她开始翻箱倒柜,故意把声音搞得轰轰烈烈。她收拾好了自己的衣服,不分薄厚,一股脑儿塞进一只大编织袋。当她拖着编织袋走到门前时,老丛终于出来了。他当然看到了那本被摔在地上的画报,此刻更是满脸的惊惶。

老丛哆嗦着问:"你去哪儿?"

丛好冷冷地看他,平静地说:"我要走,离开这个家。"

老丛的声音拖上了哭腔,他说:"你要走,你要去哪儿啊?你妈有地方去,你去哪儿啊?"

丛好突然爆发了,一不做二不休,脆亮地叫道:"我去给人打飞机!"

说完就冲出门去,她拖着包,包拖着她,跟跟跄跄地从楼梯向下冲。老丛在身后哇地大哭起来,声音像某种动物的哀鸣。他只是捶胸顿足地哭,却没有追出来。

很多年后,丛好回到兰城齿轮厂的家属七区,还有记得这一天情景的人在她的背后指指戳戳。他们的记忆太深刻了,老丛家的闺女拖着一只大编织袋,几乎是从楼上滚了下来,她的脸上浮着微笑,却有股绿油油的煞气,以致挡了她道的人,赶快机敏地闪到一边。在楼下丛好看了自己那辆"二八"男车最后一眼,它依然和一棵树拴在一起,像一匹可怜的老马。弃绝的心油然而生,让丛好忍不住狠狠地啐了一口。

张树的家,在齿轮厂家属区的第四十三区。仅从数字上，就可以推测出距离的遥远。丛好就是这样面带着绿油油的微笑，一步一步地拖着沉重的编织袋，穿越了几乎半个兰城，走到了张树家。

她在楼下喊张树："张树！张树！"

张树的父亲从阳台上探出头来，吼一声："死了！"

继而是张树的母亲，她的口气比较和蔼，说："还没疯回来呢。"

丛好就坐在编织袋上开始等。一坐下她就感觉到了累。天气还不是太冷，她却不由自主地微微发抖。更糟糕的是，小腹也搅痛起来，像是有一头小兽，在她的腹部狼奔豕突。但她真的是困啊，居然在疼痛中迷糊过去了。直到感觉有人在揪自己耳朵。丛好一抬头就看到了张树的脸，粗重的、向上卷起的眉毛，硕大的鼻子，宽阔的嘴。张树正俯下身子看她。丛好圈住他的脖子，把自己的脸深深地埋进他的怀里，一句话也不说，只是埋进去。

正是黄昏，四周楼群里的兰城人在集体做饭，油锅发出的刺啦声此起彼伏，那种家常的烟火气弥漫在整个家属四十三区，人世成了一个战场，布满油盐酱醋的硝烟。

张树伸手将丛好抄了起来。丛好的胳膊一直环绕在张树的脖子上，就像吊在了一棵树上。

我那时十七岁,和他认识不过一个多月的时间。恍惚之间,我看见他穿着一件盔甲般的土黄色夹克衫。他蹲在我的床头,两只手耷垂在膝盖上,让人感觉随时在地板上挖掘着什么。他像是一根树桩,正在自己动手将自己埋进土里。

我像是躺在一只船的甲板上,随着水面周而复始地在他的身边绕行,这又让他像是一座河面上的岛屿了。周围寂无声息。但这种如水一般的运行令人昏眩,它渐渐发展成一种裹挟一切的力量,纵使不声不响,也仿佛在奔涌中发出了轰隆隆的咆哮。

夜里丛好开始发烧,说了一夜的梦话。张树的母亲过来帮着儿子照顾她,听她断断续续地叫"妈,妈",不由得也红了眼圈,说:

"可怜的闺女。"

这样,丛好就在十七岁时辍学了,搬到大她两岁的张树家与其同居。

在兰城,这没有什么好奇怪的。

5

老丛在第二天找到了张树家。

张树是齿轮厂响当当的人物，自然会有热心人告诉老丛丛好的去向。这不奇怪。令丛好奇怪的是，父亲真的会找来。

他在黄昏的时候来了，站在外面谨小慎微地敲着门。丛好躺在床上，听自己的父亲被让进了屋，和张树的父母在被当作客厅的走道里热烈地交谈。主要是张树的父亲很热烈，大着嗓门，用瘪瘪的兰城话，一口一个"咱们厂"。当然是兰城齿轮厂了，他们虽然不认识，但拥有一个共同的兰城齿轮厂。

老丛的话题被他的工友带上了歧路。他一度忘了自己此行的目的，身不由己地附和着张树的父亲，声音嘶哑着拉起了"咱们厂"的是非。好像说了某位厂长的体态问题，还有某个车间昨天出了事故，一名工人的肚子被机床上突然飞出的零件击穿。

"——肠子哗就流出来了，有那么长！"

这是老丛的声音，音调突然高涨起来。

丛好缩在被子里，想象父亲此时的神态，一定是兴奋了，什么时候听他说过这么多话呢？又有谁和他说过这么多话呢？这么想着，就觉得自己像个多余的人，被置于了尴尬的境地。

丛好悄悄下了床，过去把门插牢，然后跑回床上，继续缩在被子里。

张树的父亲让张树的母亲去做饭："多炒几个菜，我要和老丛喝酒。"

老丛好像突然间醒悟了，声音一下子弱下去，说：

"还是让我见见丛好吧，酒呢，就不要喝了。"

"怎么不要喝？闺女要见，酒也要喝！"

张树的父亲很有气派。

张树的母亲来推门，嘴里咦了一声："怎么插上了？"

丛好的心里矛盾着，她不能够确定，自己要不要见父亲。张树又出去了，不知道干些什么勾当，一想到这里，丛好就无声地哭起来。她觉得自己真的是可怜，孤零零睡在别人家里，发着烧，唯一的那个亲人就站在门外，却不知道应不应该见面。

张树的母亲在外面喊："小好你开门，哪有这样的，自己的爹来了都不露个脸！"

这就是指责了,张树的母亲当着父亲的面,指责她。

丛好立刻觉得无地自容。这样的局面令她委屈万分,觉得自己真的是不幸,似乎就没有人是袒护她的。她一言不发地躺着,身子微微抖起来。张树的母亲失去了耐心,开始用力拍门:

"小好你插什么门?这还怪了,在我们家,你插的哪门子门?"

这话像刀子一样割在丛好心上。她没有方向,无处可去,只有紧紧地缩住身子,大颗大颗地流着泪。

"这孩子!简直是有毛病嘛,在我家里,倒把我关外面了!"

张树的母亲气急败坏地嘟哝。

老丛说话了,声音喏喏:"算了,我还是回去了,我们家丛好给你们添麻烦了。"

然后就没了动静。过去了十多分钟,丛好才判断出父亲已经无声无息地走了。没有人送送他,张树的母亲在生气,张树的父亲因为"和老丛喝酒"的倡议没有得到响应,也在生气。这就是兰城人的做派。

房间里变得安静。夕阳的光把丛好包裹住。她的心里甚至有些感激父亲,如果不是他的退却,丛好真的不知道该怎样收场。但是丛好被一个更大的问题覆盖住——她将面对什么样的未来?这个问题如此宏大,少女的心是无力承载的。丛好只有让自己再哭一次,忽然觉得生命是这么不值得留恋,如果让她现在就去死,也几乎是没有什么可遗憾的。

想到了死,这让丛好恐惧起来,她必须找到一个理由来说服自己。那么是的,她还有张树!丛好在心里热烈地思念张树,她的恋人,唯一的支撑,一个活着的理由。

从黄昏到黑夜,丛好一直躺在床上。她没有被叫出去吃晚饭,这个家里仿佛没有她这个人。丛好躺着,充分捕捉了时间从光明走向黑暗的每一个瞬间。少女觉得自己几乎可以抚摸到每一寸光阴的递减,也发现原来黑夜并不像自己以为的那样黑。窗棂的影子一度在夕阳下延伸到了她的身上,接着又退缩着消失于未知的世界。那几道长长的斜影,让丛好想到了牢笼的栅栏。她开始为影子这种东西的性质思索起来:它们是一种什么样的物质呢?它们是否具有重量……

张树的父母在外面看《渴望》。黑暗中这部电视剧的主题曲不时响起来,回荡在丛好的耳边:有过多少往事,仿佛就在昨天,有过多少朋友,仿佛还在身边……

回忆起来,在那个家,我似乎总是睡在床上的。

毕竟，我是一个外来的人，自己心里首先就有着"名不正言不顺"的自觉。尽管这个空间并不大，但我的内心依然在收缩着自己的藏身之处，似乎除了他的床，这里就没有了一块正当的我的立足之地。

而为什么"床"就是我正当的处所呢？

莫非，只有床笫，才是青春最恰如其分的安顿之处？

若干年后，当我成为一名写作者，回忆起自己成为一个作家的苗头，在那一刻，伴随着《渴望》的主题曲，就已经出现了。那种对于虚无之事的着迷，就是一个根源，是一条河的起点，被电视剧的主题曲旋律化了，就成为一个哀婉的序曲。

张树在深夜才回来。他拉亮灯，把头探在丛好脸上。

丛好闭着眼睛，能够感到他马一样的鼻息。她依然闭着眼睛，伸手圈住了张树的脖子说：

"我要洗个澡。"

张树粗声粗气地问："洗什么澡？你不发烧了？"

丛好真的是不烧了，那种额外的温度，不知道什么时候从她的身体里奇迹般的退去了。但她的脸上还残留着病容,干裂的嘴唇起着皮,就像高烧留下的一道影子。现在她需要洗个澡,这个愿望非常迫切。张树只是不理解,但还是去厕所替她准备了。

张树的母亲在自己屋里抱怨:"这么晚了洗哪门子澡?神经病啊?"

张树吼一声:"睡你的觉,管得宽!"

里面就再也没声音了。

洗澡的设备是自制的:一个大铁皮桶子挂在墙上,一条管子进水,一条管子出水,一根电线接出去把水烧热。这样的洗浴设备,在兰城比比皆是,它们都是出自兰城齿轮厂职工灵巧的双手。

丛好站在过于滂沱的水花里,一瞬间产生了错觉,觉得是站在自己家的厕所里。所有的东西都是一致的:结着黄渍的便池,单缸洗衣机,20瓦的灯泡,已经爆裂并且开始脱落的刷成绿色的墙皮。这是兰城统一的厕所,这是兰城人统一的洗浴。唯一不同的,是自己,是这个叫作丛好的少女,今夜,要把清洁的自己交出去。丛好洗得格外仔细,如同进行一个仪式。水从身体上漫流而过,那种深刻的慵懒和倦怠,再一次从她的心头涌起。

洗完后,丛好并没有穿上衣服,只是将衣服遮挡在自己胸前,飞快地跑回了张树的房间,钻进被子里。张树从没见过她完全裸露的身体，一晃眼只看到一个背部的轮廓，马上就兴奋了起来。

灯绳就在床头，张树刚刚掀开被子，屋里那盏灯泡就被丛好拉灭了。张树在黑暗里也脱光了自己，衣服在干燥的空气中摩擦出一串噼啪的静电。

少女沐浴过的身体微微发凉。张树燥热的身体贴上来，嘴里就叫了声"舒服"，问她：

"你那玩意哪儿去了？"

他的意思当然是问那个周期是否过去了。但问得滑稽，丛好就不由得要笑，一笑，心里那份肃穆的感觉就淡了。

张树覆盖上来，两条胳膊拄在丛好的肩膀旁，将自己的身体支撑着与丛好保持一些距离，这让他看起来既像是在做俯卧撑，也像是在丛好身体的上方搭起了一顶帐篷。丛好的双臂环绕住他的腰，凭着本能将他向自己的腹部拉。这个时候，那本黄色画报上的场面浮现出来，然而却全都是似是而非的，丛好的脑子里只记下了某种纷乱的情绪，却没有记下任何实质性的可资借鉴的范本。张树在她的上方挺立了半天，终于将整个身体都压了上来，一下子手脚并用地扑腾开，像一个不会水的人跌进了浅浅的池塘里。他在她的身上心浮气躁地尝试，不得要领，渐渐地开始胡冲乱撞。抵在哪里都发狠用劲。丛好起初有一些荡漾的感觉，但越往后，越有一股无聊的情绪生出来。一切似乎不是她所预计的那样，没有泥水和铁锈的气息，没有奇妙，甚至没有疼痛，以至于她逐渐被饥饿的感觉困扰住。

丛好感到肚子饿极了，想到自己只是在中午时喝了一碗小米稀饭，就更觉得饿，恨不得立刻被食物填满肚子。丛好没有过关于饥饿的体验，所以这种感觉令她仓皇至极。她的胃像涨潮一样地泛起酸水，酸得她嗓子都辛辣起来。

她在心里对自己说：原来这就是饿啊！

张树闷闷地哼一声，又长长地嘘一声，像是一个悠长的叹息。他有点奇怪，突然就有了些颓废的腔调。

他从她的身上翻下来，有气无力地说：

"我摘得花儿多了，就你最好哇。"

丛好不知道跟他说什么好，过了半天，才鼓起了勇气，忸怩地说：

"张树你去给我找些吃的，我饿。"

张树不是勤快的少年，也讨厌被人指使，但在这个夜里，他觉得应该听从这个少女的吩咐。张树套上短裤就进了厨房。三弄两弄，一碗窝着一只荷包蛋的面条捧在了丛好的面前。丛好仍然光着身子，张树在厨房忙活的时候，她用手指沾了屁股下那些黏稠的液体放在眼前看。她一边忍受着空前的饥饿，一边探究着生命的奥秘，食指与拇指张合,将那团已经凝固了的东西粘连出胶水一样的丝线。她似乎看到了,这些粘连的丝线有着淡淡的血色,心里面就肯定地做出了科学性的判断。

一碗面条被丛好呼呼噜噜地吃进去,但那种饥饿的感觉似乎并没有缓解多少。

张树一直蹲在床下,看着坐在被子里的丛好将那碗面条吃光。两个人面面相觑,突然都有些沮丧。

这就是丛好告别少女时代的夜晚,被饥饿充斥着,并且留下长久的阴影,令她和张树的每一个夜晚都被莫名的饥饿所统治。

6

最严重的时候,我会觉得我的胃正在把它自己消化掉。

受到我的影响,本来就饭量奇佳的他也变得不知餍足。他开始给我们储备夜晚的口粮。可以干吃的方便面、榨菜、曲奇饼干、牛肉粒、苹果,最美味的,当属夹着火腿肠、涂上辣椒和豆腐乳的烧饼。

青春不就是一场盛宴吗?

青春还是一个饕餮的胃口。

但是,究竟是什么酿成了我们如此汹涌的饥饿感?

我们夜夜对坐在床上,中间堆放着食物,咀嚼着,发出鼠类啃噬一般的声音。有时候,这种吃法已经不是一个过程了,成了目的本身。我们吃着,像是在进行一场竞赛。他当然不能表现得连我都不如。和我攀比,他是一个在胸部上都不肯示弱的少年,何况这是在"赛胃"。于是,我吃一口,他就要吃两口,一直吃到恶心的样子。而我,是这种局面的始作俑者,只能勉力而为,跟着他较劲。但是显然,无论如何我是吃不过他的,只好带着因了这种不公平而泛出的泪花,将最后一口可能被胃接受的东西吞咽下去。

丛好还睡在梦中,听到张树在阳台上喊她:

"你快来看,这个老头在这蹲一早上了,一定是个贼!"

丛好迷迷糊糊就预感到什么,爬起来裹件衣服跑到阳台上,向下一望,就看到父亲蹲在一棵槐树下,勾着头,用一根树枝在地上画来画去。

张树肯定地说:"这老家伙一定是盯上哪家了,在这死等,找机会下手呢!"

丛好怔怔地说:"他是我爸。"

张树立刻来了精神:"叫上来啊,快叫上来,我要见我老丈人!"

丛好说:"不要,他不爱进别人家。"

张树说:"那我下去会会他。"

丛好在楼上看到张树跑出去蹲在了老丛身边,一条胳膊搭上老丛的肩膀。

老丛惊恐地看张树,听他说着些什么,突然呼地站起来,把张树的胳膊甩开,举着那根树枝在张树的面前戳戳点点。

丛好惊讶极了,她料不到父亲会做出这样的举动。他怎么会发火呢?张树已经不是一个孩子了,那么壮,他一定打不过的,而且,即使面对的是一个儿童,老丛也是不该发火的。可老丛的确是在发火。他的表情丛好看不到,她在楼上只能看到他微秃的头顶。但是那根树枝,那根激昂的树枝,却让丛好看得真真切切。它飞舞着,有力地凌空起伏。老丛像一个击剑手那样地跨着神出鬼没的步子,令张树不由连退了几步,躲避着,差一点被身后的道沿绊倒。

丛好的脸上浮出笑来。哦,这个判若两人的父亲!

老丛在一瞬间警告了张树,然后丢了那根树枝转身就走,一边走,一边抽搐着肩,步态散乱。这些都逃不过丛好居高临下的眼睛。老丛在短暂的爆发后就迅速地恢复了常态，想必他还心有余悸。

丛好看着父亲的背影，突然就可怜起这个男人，胸中被一股酸涩噎住。老丛渐行渐远，一点点变得模糊。丛好举目想把这个背影看得更久一些，却发现自己的视力又衰退了。她的眼睛本来就是近视的，看书的时候就得戴上眼镜，但是从来还没发现过景物也会变得模糊。

张树灰溜溜地回到她身后，说："你爸挺狂啊，说我要是欺负你，他就把命跟我换了。"

丛好进了屋，走到床边，却看到了床单上那块板结了的污渍，心里别扭着，喃喃地问：

"他真这么说吗？"

张树说："真这么说，还说他快活了三个我这么大啦，跟我换命，他不赔本。"

丛好一边琢磨着要把这条床单立即洗掉，一边在心里面运算了一下，结论是父亲在夸大其词——他远没有活到三个张树那么大，顶多也就是两个多一点儿。但她的眼睛还是红了。却不想让张树看到，脸扭到一边，说：

"张树我眼睛看不清东西，我的眼镜忘记带着了，你能陪我配一副吗？"

下午，两人一起去兰城百货大楼配眼镜。百货大楼的柜台都租赁出去了，尤其是卖眼镜的，都被一些说着南方话的人占据着，他们是第一批渗透进兰城的异地口音，从兰城人的视力开始，逐步改变兰城。

丛好验光回来，张树已经替她选好了镜架，黑色的，细细的边框。丛好戴在脸上，对着一面镜子看。她被镜子里的自己迷惑了。丛好发现，自己在一夜之间变得令自己感到陌生。有种捕捉不到却又非常确凿的根据，让她在心里对着镜子中的自己说：看啊，这个戴着黑色细边眼镜的女人，她的头发长了，那么软，她身上穿着三年前妈妈买的白色毛衣，已经有些短了……是的，她已经是个女人。

付钱的时候，丛好才知道这副镜架居然要八百元，这在90年代的兰城，绝对是一件奢侈品。但她并不去阻止张树，看着张树从皱巴巴的裤兜里往外摸钱，却不一次摸出来，变戏法似的，一张一张往外摸，各种面值的都有，直到摸够了那个数，在柜台上阔气地摔打一下，递出去。

张树一直用眼睛斜睨着丛好，没有等到他期望的惊讶，就有些丧气。

他们走到兰城的大街上，张树开始找事，蛮不讲理地踢翻了路边的一个垃圾桶。

丛好吃惊地问他："你干嘛啊？"

张树看了她两眼，手插在裤兜里自顾往前走了。走出老远，又折回来，像个陌生人似的与丛好擦肩而过，神神鬼鬼地，反方向而去。丛好不知道他搞什么把戏，站住，远远地看他突然又狂奔了回来，一眨眼就到了身边，挽起她的手，继续正正经经地走。

丛好的心里一瞬间感到了幸福。哦，这个浑身精力的孩子，这个如此简单的人！她叹息着，有一种苍老的感慨在里面，手就把张树的手挽得更紧。

深秋的兰城是一年最好的季节。强劲的风把一切都刮跑了，工厂烟囱里冒出的烟，空气中的有害颗粒，马路上的果皮纸屑，小吃店前油乎乎的塑料袋，虽然都在漫天飞舞，却似乎都接近不了人的周围，就在你目力所及的范围内凌空漂浮着。

丛好和张树手挽着手往前走。张树荒腔走板地唱起一首流行歌曲：风吹得路好长，一颗心晃呀晃，多想找人陪我逛，累了睡在马路上，表面上很倔强，其实内心一团糟，怕自己爱得像太阳，胸中藏着一把火，这种日子不好过……

迎面走来两个和他们年龄相仿的少年，手都背在身后，若无其事的样子，等到了跟前，突然就从背后抡出两根胳膊粗细的木棍，劈头盖脸地打向张树。

没有等丛好来得及恐惧，张树已经倒在了地上，那首歌的尾音似乎兀自飘在半空中。两个少年打一声呼哨，飞奔而去。丛好新配的眼镜上一片喷薄的鲜血。她蹲下去看张树，张树的整张脸都变了形，翻着肿胀的嘴唇好像还在抒情地唱着歌。丛好哭着把耳朵贴近些，才听懂了，是"上医院啊"。于是跑到路边去拦出租车。连续拦下几辆，都是看一眼情况就开走了，没有人愿意拉血肉模糊的张树。

张树趴在地上，被一圈人围住看，看得生气起来，义愤填膺地冲着围观者吆喝：

"滚，滚！"

由于口齿不清，就成了无力的"浑，浑！"。

人群笑起来，丛好却放声大哭了。终于挤进来一个膀大腰圆的妇女，两只手插进张树的腋下，毫不费力地把他拖了起来，悠一下，扔在路边的一辆平板三轮车上，然后招呼着丛好也坐上去。妇女在前边蹬着车，把整个后背摆在丛好面前，那么宽，肉一路颤抖着。

在医院里，也是这位妇女帮着丛好安顿了张树，一直陪她把张树抬到治疗台上。然后她就走了。丛好在张树兜里摸出所有的钱追出去，喊：

"大姐，你等一下。"

可是人家已经骑着三轮车走了。丛好有些发愣，用力定了定神，终于找到了原因——她喊那位妇女大姐，这在昨天都是不可思议的。

换了昨天，她是要叫人家阿姨的。

张树让丛好回去找他父母要钱，但医生认为他的伤势严重，光检查的费用就得一大笔，坚持交了费才给他就诊。躺在门诊的治疗台上，张树呜呜噜噜地冲着医生发火：

"我躺在这儿她能跑了吗？她跑了你割我个肾卖掉，也赔不了钱吧？"

张树发火，振振有词，慷慨激昂，似乎还有用。医生终于答应了，让丛好快去快回，说着招呼进来几个护士，帮忙收拾张树。

丛好攥着张树给的钥匙一路跑回去，心情却跑出了空茫，焦急似乎没有了，有的是一种随波逐流的茫然。

打开房门，丛好就直奔张树父母的房间。她认为他们这个时候一定是不在家的，张树也交代过了：

"如果不在，就从他们床头柜的抽屉里把存折拿出来。"

但是他们却在。大白天的，赤裸裸的，一个坐在一个身上，像骑跨在一匹颠簸的马上。丛好一下子怔住，定定地看了几秒钟才呀的一声跑出来。张树的母亲骂起来，一边套件衣服，一边急吼吼地追出卧室，对丛好喝道：

"你真的有神经病哇！哎呀，你真的有神经病哇你！"

丛好脸色煞白，半天才把事情语无伦次地说清楚。张树的母亲像一只焦躁不安的母鸡，立刻在屋里扑腾起来。丛好六神无主地跟在她后面，又回到他们的房间，看她整个身子钻进衣柜里，摸索半天，举着一张存折爬出来——原来它并不在床头柜里，是张树故意迷惑医生才这么交代的。

张树的父亲依然躺在床上，脸扭向墙的一面，身上蒙着条被子，一直蒙到耳朵上，只留出一片乱糟糟的头发。

丛好突然间陷入莫名的悲伤中——这就是自己以后的生活吗？在大白天，和张树"日"！这个想法伴随着一幅非常具体的画面冲进她的脑海，像一排巨浪，来得势不可挡，猛烈地扑向她，撞得她头晕目眩，骤然向下栽倒。多亏张树的母亲手快，一把拽住她，一迭声地问：

"怎么了，怎么了，你哪儿不对了？"

丛好清醒过来，但身体像虚脱了一样。

她说："没事，我没事，我们快去医院吧。"

张树在外边和人斗殴是家常便饭的事，有时候他打别人，有时候就被别人打。

他伤得的确不轻。头上缝了十多针，左臂骨折，打上了石膏。张树的母亲见到儿子后就恢复了平静。在她眼里，自己的儿子被打成这样早已不是第一次了，根据她的经验，张树没什么危险，所以就安静了，只是一个劲地抱怨：

"两千多，你又花了我两千多！"

面目全非的张树看都不看地说："去去去。"

丛好小声问他："你痛不？"

张树于是就哎哟起来，一看到丛好眼睛里又闪出了泪光，他就换了腔调：

"你放心，我死不了，你不会做寡妇的！"

这话让他的母亲都笑了起来。

7

张树粉身碎骨地躺在医院里。丛好一天三回地往返在张家和医院之间，提一把分成几层的保温桶，分别盛上饭和菜，为张树运输三餐。

有天中午，丛好快走到家属区门口时，身边突然插过来一个老头，笑嘻嘻地对她说：

"张树媳妇，张树又和人打架了啊？"

丛好一时没有反应过来，以为这人是在和别人说话。走出很远了，才回味过来，人家这是和她说话呢——"张树媳妇",这不就是她吗!

丛好走在深秋的街道上,身边不时经过一些肥了腰身的中年女人,有一个居然和她一样,也提了一把同样的保温桶。这个偶然的一致,在丛好的心里具有了某种象征性的意义。于是,一片落叶从眼前飘过去,就令丛好有些不能自持的难过。可是难过什么呢?又说不出。

晚上一进家门,张树的母亲就问她:"隔壁王伯跟你说话,你为什么不理人家?"

丛好又一次反应迟钝了,想一想,才回答道:"我可能没听见吧。"

张树的母亲口气带着训斥:"人家是伯呢,你不理不睬的没个样子。"

丛好埋头回了张树的房间,不开灯,坐在床边,心里面一瞬间是空着的,什么感觉也没有,只用一只手反复地抚摸着自己的脸。张树的母亲却跟了进来,端一碗饭,上面尖尖地全是菜。

张树的母亲像大多数兰城的妇女一样,基本上是可以算作善良的,起码不低于一个劳动妇女所应有的平均善良。丛好代替她行使起照顾张树的职责,她就完全把丛好当作媳妇看待了,操心起丛好的饮食,而且动手给丛好织了一件橘黄色的毛衣。这件毛衣织好后就穿在了丛好的身上。青春期的少女几乎天天都在长，让她身上的衣服时时看上去都会短那么一截。毛衣的颜色丛好很喜欢，她不是一个对服饰格外热衷的女孩，却会被某种色彩所迷惑。丛好觉得自己喜欢橘黄色，穿在身上，像一株总是奋力迎向太阳的葵花。对于这件橘黄色的毛衣，丛好有些温暖的感觉，不强烈，和时常涌起的一些没有根据的难过一样，都是含糊不清的。但丛好对于张树的眷恋却是日甚一日。丛好觉得只有待在张树身边，她才是踏实的。

张树的左臂打着石膏，向前半举着，像动画片里的铁臂阿童木；站起来的时候，平举着的胳膊也让他看起来好像是在高瞻远瞩。丛好喜欢看他的这个样子，喜欢把头依靠在他的"铁臂"上，那种凉凉的、硬的感觉，却令丛好的心里柔软。

丛好把张树伺候得很好，饭都是一勺一勺地喂在嘴里。张树天生就是有些不知好歹的，被丛好体贴着，倒多出许多脾气来。有次他让丛好去医院门口给他买烟，丛好稍慢了些，他就发起火，让丛好滚蛋，还用一只拖鞋扔丛好。其他病友都看不下去了，说他：

"这么好的媳妇，上哪找？"

其实这是张树爱听的，一转眼就换上了笑脸，有些扬扬得意的味道。丛好也笑,把拖鞋给他捡回到病床边,觉得做一个媳妇,也没什么不好。

像所有的医院一样,这家医院也有一个种了些植物的花园。说是花园,花却没有几朵,基本上是一些疏于修剪的冬青。即便如此,在兰城这座干旱的北方城市,也算是块绿地了。张树身临这样一块绿地,会少有地浪漫起来,和丛好在草丛中寻找象征着吉祥的四叶草,找到了就很兴奋,找不到就造假,拼凑出四片乃至五片六片的叶子,给自己一个拼凑出来的吉祥。张树把摘了一手的草别在丛好衣服的扣眼里,头枕着丛好的腿,躺在花园回廊的水泥栏杆上。他刚刚吃完了一根粗大的香蕉,这时用一种缠绵的、香蕉般的音调发问:

"好好,你妈呢?怎么从来没听你说起过你妈?"

丛好撸着他的乱发,问:"你问这干吗?"

张树说:"我问一下不是很正常吗?她是我丈母娘嘛。"

丛好淡淡地笑了,脑子里是母亲离开时的情形:她放学回来,看到父亲捧着脑袋坐在餐桌边,餐桌上放着一副金耳环,一枚不大的金戒指。于是丛好立刻就明白了——母亲走了,留下了父亲送给她的最值钱的东西。丛好在他们无数次的争吵中获得了这样的信息:父亲还是爱母亲的，而他证明自己这份爱的依据就是——"我给你买了金货！"现在，这些"金货"留下了，摆在了这个家的餐桌上，就像一道菜，里面盛着父亲那份爱的依据。这个家的光线不好，即使是"金货"，陈列在一张老旧的餐桌上，也没有什么耀目的光彩，好像还有些发乌，像饭后洒落的残渣。

丛好叹了口气，不无严肃地说："那你没丈母娘了，我妈死了。"

张树扬着脸问："死了？"

丛好点头，心里真的就是一种凭吊的心情。

身处花园之中的张树是一个柔情的张树，他翻身坐起来，搂住丛好问：

"啥时候死的，咋死的？"

丛好蹙着眉，在张树眼里，就是那种往事不堪回首的神情。

他善解人意地比画一下打着石膏的"铁臂"："算了，咱不说这些难过的事了！不如去喝点儿酒？"

"喝点儿酒"是少年张树表达自己情绪的终极方式，快活了要"喝点儿酒"，不快活了更要"喝点儿酒"。现在张树不快活了，当然是为了丛好的不幸。——孩子没娘，还有比这点让一个兰城人更觉得不幸的吗？

医院门口有不少小饭馆,丛好被张树领着,找了家看起来比较干净的坐下了。张树好像比丛好还悲伤,真的是如丧考妣。他要了瓶52度的泸州精制大曲,不等菜上来,先咕咚咚咚痛饮了一大杯,用以寄托自己的哀思。

丛好心里的伤心被他带动了出来,母亲走后堆积下的那些情绪开始被郑重地酝酿,就是要酝酿出强度来好好宣泄一下的趋势。

菜也不过是花生米、萝卜皮和刚刚在兰城流行起来的新疆大盘鸡。

张树并不自己喝,苦着脸也劝丛好:"喝,喝,喝了就不难过了。"

丛好就喝了。这是她第一次喝酒,当然觉得很不好喝,喉咙里是万箭齐发的滋味,但发现也只是不好喝在喉咙那一截,喝下去后,成了万箭穿心,血脉偾张、热流涌动,那感觉倒也舒服。

看着丛好真这么和自己喝上了,张树的脸就不苦了,慢慢地眉开眼笑,再慢慢地,就开始和丛好论起高低来。我喝干了,你为啥还剩这么多,养鱼呢?这杯不算,这是上一杯,上一杯你就没喝!直到丛好哇的一声哭出来。

那个强度终于被酒精催化着酝酿出来了,诸般凄苦一股脑儿涌上心头,让少女突然间发出了号啕。

丛好趴在桌子上,一只胳膊肘杵进了大盘鸡的盘子里,哭得昏天黑地。张树顾自吃了两块肉,又顾自喝了两杯酒,才发觉有些不妥,伸手拨拉丛好的头:

"别哭了,别哭了别哭了。"

丛好还哭。他就起来拽她,不想刚刚拽起半个肩膀,丛好就剧烈地呕吐起来。旁边的几个食客都受了惊,纷纷跳了起来。

老板也不乐意了,过来说:"怎么就往桌子上吐啊?"

张树红着眼睛,"铁臂"一挥:"吐也是吐我们自己桌子上了,吐你锅里了吗?"

他鼻青脸肿、凶神恶煞的没个人样,一看就不是个善茬,老板只得摆手。

张树半揽着丛好,喝问道:"你干啥?赶我走?"

老板说:"你随便,你随便。"

张树当真就"随便"起来,账也不结,托着丛好便走。

老板追出店门,眼看就是要动手的样子。旁边小饭馆的老板们也都围了上来,他们在一条街上做生意,相互帮衬惯了。张树心里有些虚,但还死扛着,一脸的不买账,心想有种你们把我这一胳膊石膏也敲碎了。幸好丛好的意识清醒了一些,头耷在他肩上,拽他衣服,让他别惹事。她拽得凄婉,一下一下地随着自己的身子晃,一下一下地就把张树的心拽软了，也给张树拽出了台阶。

张树这才结了账，骂骂咧咧地搀扶着丛好往回走。丛好还在哽咽，走几步又突然弓着腰往外吐。但该吐的都已经吐到大盘鸡里了，不该吐的也实在吐不出来了，只是咳出些胃液。

醒来的时候丛好发现自己是睡在病房里的，她像一个病人，睡在张树的病床上，而张树则像一个陪护的家属，搬了把凳子在床边坐了一夜。

那时候天光熹微，病房里一片昏蒙。丛好能听到自己耳根后的脉动。她看着趴在床沿上熟睡的张树，浮头肿脑，鼾声如鼓，不由伸手替他揩去了嘴角的口水，心里是无边无际的、淡淡的惆怅。

> 我知道，对于男人，我始终在渴望着什么。但是，我从来难以仔细地去体察自己内心某种女性特有的情感——那就是，在某种程度上，我又常常对男人心生怜悯。

那时候我十七岁，看着他，偶尔忽然会觉得是在看着一个小孩子。

他对我说："我当然比你大！"

这里面就已经有了沾沾自喜的自负。好像一切是不证自明的,是先验的。然而,每当这种自负在他身上愈发不可一世的时候,我就会隐隐地生出一些哀愁。

但是情况很复杂。

有一次,他含着我的乳房,嬉皮笑脸地喊我"姐姐",那一刻,除了身体内遽然地波动,情感上,我却是有些排斥的。

在他这里,我最大的盼望是一双可以四处攻击的男人的臂膀。

我不愿意成为他的"姐姐"。

张树的体格似乎生来就是抗打击的,住了一周的医院,除了胳膊上还打着石膏、面目淤紫外,其他都恢复得差不多了。出院那天,丛好和张树的母亲一左一右陪着张树回家,走在风中的兰城街道上,俨然就是一家人的样子了。

出院后张树要做的第一件事,就是带丛好去看那部没有看成的《菊豆》,结果这部片子却被禁演了,谁也说不出被禁的原因,于是众口一词:黄呗!张树为此很懊恼,觉得错过了一件美妙的事。若干年后,丛好有机会看了这部早已开禁的电影,并不觉得有多么的黄,只是觉得电影里的那个天白,要是让张树演起来的话,没准效果会更好。

恢复了的张树依然在外面厮混,通常都要很晚才回来。这个没心没肺的少年,对待丛好却具备一种可贵的教养,他回到家里,只要丛好已经睡熟了,就绝不骚扰丛好,轻手轻脚,有时候干脆就窝在过道里的沙发上睡了。

白天丛好一个人在家,心里空荡荡的,倒不是寂寞,没有那么锐利,只是空,时间一长,性格似乎就固定下来,成为一种顽固的无聊感,什么也不往深了去想。她自然而然地开始给张家的三口人做饭了,一上手,居然就是一个娴熟的主妇,一切都做得像模像样,仿佛她十七年来,只神秘地学会了一件事情——成为一名合格的主妇。丛好不知道,这种奇迹只是发生在她一个人身上,还是所有的兰城少女们,都是这样神奇而又简单地转变着。丛好当然不会去这么想。张树家的厨房里随时都有一半瓶打开的白酒,她在做饭的时候,偶尔会偷偷地呷一口。这时候,借着短暂而浅薄的一丝酒意,她可能想起过父亲,可能想起过母亲,但也都是不往深处想。

这么过了一段日子,丛好才突然发现,原来在自己家里,她都没有动手做过一顿饭。那么自从母亲走后,她吃下的那一顿一顿的饭,只能是出自父亲之手了。这样一个画面隐约浮上脑海:父亲背着光,在厨房里和面,对此他显然并不在行,案板上撒了过多的面粉,面粉随着他夸张的、用力过度的运动腾起了片片的烟雾……而那个时候,在她眼里,像擦拭那辆女式自行车一样,这个男人与其说是在做饭,不如说是借了这个由头在可耻地泄愤。

入冬之前兰城难得有一段好天气。有一天趁着太阳好,张树的母亲带着丛好把家里的被褥都抱到楼下晾晒。张树的母亲一边用一根棍子抽打被褥,一边对丛好说道:

"你们小心点。"

丛好也正在举着一根棍子效仿着,听到这句话感到摸不着头脑,棍子停在半空,问:

"啥?"

"别怀上了!"张树的母亲直言不讳,"太早了点儿,这时候还给你们办不成婚事,你们年龄不够。"

她嘴里说着,手头的棍子并不消停,很有一股鞭挞的味道。

丛好呆愣了,手中的棍子有一下没一下地落在被褥上。腾起的尘埃悬浮在阳光里,是漫天飞舞的架势。

8

不知道从什么时候起,张树的母亲把家里的菜钱都交给丛好来掌握了。

在交权之前,张树的母亲刻意培训了丛好。她带着丛好来到菜市场,以身作则,给丛好示范在菜市场里周旋的各类技巧。比如,她们来到一个卖桃子的妇女面前,张树的母亲便如是开始:

"嫂子。"她先唤了一声。

妇女应一声:"婶。"

这就叫出了混乱的关系,叫出了另外的买卖原则,不大像交易了,像凑在一起打牌,有点儿小竞争,也有点儿小欢喜。

张树的母亲问:"多少钱一斤?"

答:"一块。"

"便宜!"张树的母亲回道,摸了只桃子,在自己腿面上蹭一蹭,顺手递给了丛好。"别的地方卖一块五呢!"

妇女坦陈:"好点儿的挑给儿子去热闹地方卖了,卖一块五,剩下的,我在这儿卖。不图挣钱了,自家树上的。——这儿的人都没啥钱!"

"挑剩下的呀?看不出来,我看挺好的嘛!"张树的母亲说着又摸起一只桃子,同样在自己腿面上蹭一蹭,啃一口,同时示意丛好,"尝一下尝一下。"

丛好迟疑着,就也啃一口手里的桃子。

妇女问了:"婶你称几斤?"

"一斤吧,一斤,"张树的母亲赞道,"我看挺甜的嘛!"

"一斤!"妇女叫一声,但还是不温不火,这种买家她司空见惯了——这儿的人都没啥钱!她已经接受了这种家长里短般的买卖方式。"一斤也就四五个桃,婶你都尝了俩啦!多称点儿吧,我在秤上给你称高些。"

张树的母亲不表态,却是一迭声地问丛好:"甜不甜?甜不甜?"

那意思,丛好要是说"不甜",这买卖还做不成。

这里面似乎就要有个默契了,要形成一种配合的关系。丛好不知道该说"甜",还是该说"不甜",只得继续啃一口桃子。

好在张树的母亲也并不想在她这儿听到答案,不过是顾左右而言他。她拍下大腿,决定了:

"那好,就称两斤!"

这就成交了,秤也的确是"高高的"。卷成卷的零钞被摸出来,两块钱,凑了四张五角的。

经过如是训练后,在兰城的菜市场上,就多了这样一个女人:趿拉着棉拖鞋,经常穿一条叫作"踩脚裤"的那种紧身毛裤,手里拎着各种蔬菜,有时候还有一块硬邦邦的冻肉。她和其他的女人们没什么不同,只是戴着一副兰城女人们脸上少见的细边眼镜。

  我那时十七岁。似乎不需要格外的训练,一旦走进兰城的菜市场,走进那种由腐败的菜叶和鲜肉的血腥共同散发出的空气里,即使像我这样的一个少女,都会立刻萌生出诡诈、贪婪的心思。我不可避免地期待用最少的钱买回最多的东西,每次在交易即将完成的时候,都会要求小贩们再给我些便宜,多搭一棵小油菜,少算两毛钱的零头。

  我要承认,这些微不足道的便宜,的确带给了我快乐,让我返回的时候,即使只拎了一根葱,也有着满载而归的喜悦。

冬天的一个傍晚,丛好在菜市场见到了自己的母亲。

当时丛好正在菜摊前挑萝卜,付完钱回过身来,就看到了母亲。母亲眼睛红红的,看着她,周身散发出泥水和铁锈的气息。

丛好的心最初是没有丝毫波澜的,仿佛和张树喝过了那场酒,她已经完成了对于母亲的埋葬和祭奠,在她的心里,母亲已经不复存在。可这个不复存在的人,现在,红彤彤地站在她的面前,却又存在了。丛好很专注地打量着母亲。母亲显得年轻了,头发光滑地绾在脑后,额头和眼角没有一丝皱纹,穿一件鲜红色的大衣,质地很好的样子。可是,当母亲的眼泪从眼眶中滑出来的瞬间,丛好的心也跟着猛烈地痛起来。

母亲的嘴唇一直在抖,说一句"好好怎么会这样……"就再也说不出什么了。

丛好木木的,也觉得什么也说不出。母女俩站在菜市场里,需要不时躲避一下身边经过的三轮车,这似乎分散了她们的悲伤。

母亲终于又说话了,她说:"妈回来看看你,妈都知道了,那个男的对你好吗?"

丛好点点头。

母亲说:"他们家人对你好吗?"

丛好的头埋下去,依然点一点。

母亲呜咽着说:"好,好,妈还会回来的,下次,下次妈回来,就会带你走,把你也带走……"

说完她塞给丛好一只信封,然后就回头走了。

丛好看着母亲的背影,像一把熊熊燃烧的火炬。这把火炬走着走着就跑起来,拐过菜市场的出口,消失了。

母亲给她的那只信封里装着一叠钱。丛好从来没有拿到过这么多的钱,她犹豫了一会儿,从里面抽出一张,买了两条草鱼。这两条草鱼活蹦乱跳，在塑料袋里打着挺，不断地撞击着丛好的小腿，让她的心思很难集中起来。

一进家门，这两条草鱼就被张树的母亲发现了。她夸张地叫一声：

"啊呀怎么买了鱼——还是两条？"

丛好一言不发地进到厨房里。厨房的灯泡惨淡惨淡的，照在鱼鳞上却发出斑斓的光泽。丛好突然间就觉出了张树家的寒酸。以前她从没有这样觉得过，但是今天，似乎这两条扑腾着的鱼，把这种感觉反映出来了。它们身上的鳞片，成了欢腾而生动的镜子。张树的母亲踅进厨房，当然是追问这两条鱼的价钱。丛好默不作声，像是专心投入在杀鱼的工作当中。她拎在鱼尾巴上，甩手将鱼头抽向水池的边缘，干净利索地让这两条闹腾的家伙昏了过去。张树的母亲看出了一些苗头，啧啧两声，退了出去，把这个领地让给了丛好。

饭还没有做好，张树就大呼小叫地回来了。

"打起来了打起来了！要打起来了！"

他兴奋地叨咕着，额头上渗着一层细密的油汗。

他父亲怒冲冲地问他："你又要跟人打仗啦？我跟你妈生下你，就是为了让人在外面打死你吗？"

这是兰城人的语言，他们把打架叫打仗，说明打起来就很有气势,很有规模,不死不休那样的。

张树不屑地反驳他的父亲:"你懂什么?是老美要和伊拉克打起来了!多国部队听说过吧?萨达姆听说过吧?——你懂什么!"

他父亲不甘示弱,说:"我懂什么?你懂什么!伊拉克你知道多少,伊拉克蜜枣你听说过吧?"

"什么蜜枣?"张树一瞪眼,"你乱扯什么!"

他父亲得意地笑起来:"说你不懂你就是不懂,放在二十年前,伊拉克蜜枣就是今天的巧克力!四毛八一斤呢,吃在嘴里黏嗒嗒……"

张树不耐烦了:"什么老皇历了!新闻,我说的是新闻,眼跟前的事儿!"

他父亲愈发得意起来,说:"新闻咋了?我天天看新闻,我什么不知道?我还知道爱国者导弹呢!对了,还有飞毛腿!"

张树咧开嘴笑了,说:"那好,你天天看新闻,现在轮到我看了。"

张树说着就动手把客厅那台十八寸的电视机抱到了自己的房间。他父亲不愿意,被他反插住门挡回去,也只好作罢了。

丛好做好饭,喊张树出来吃。

张树说:"给我端进来。"

他母亲大声说:"你出来吃,有鱼!"

说着剜一眼丛好。

丛好心里生出抵触的情绪,分出一条鱼,和盛好的饭菜一起端进了张树的房间。

张树躺在床上看电视,让丛好找张报纸铺在床上,把饭菜放上去,就这么坐在床上吃。

电视里是黄昏中的伊斯兰城市,剪影般的建筑物,无声行驶着的车辆。画面的质量很差,镜头时常摇晃起来,令夕阳下的城市显得更加阴郁,像一艘被浪涛拍打着的巨轮。

丛好端着碗,有一下没一下地看看电视。母亲的出现让少女的心也是阴郁的,像没开灯的房间,只被电视里那抹异国的斜阳勉强地照亮着。吃着吃着,丛好哎呀了一声,恍然记起,自己忘了把那几根付了钱的萝卜提回来了。

为此,她感到有些心疼。

光线在一瞬间明朗起来。电视里连贯地穿插进一组画面:那个留着神气的小胡子的阿拉伯男人,他在阳光下亲吻儿童的额头;他微微凸出的小腹在戎装下傲慢地挺起;他在气定神闲地吸着粗大的雪茄;他在漫不经心地微笑;他浓密的眉头蹙起来;他不动声色地举着枪向天鸣放;他被簇拥着,脸上挂着一种似是而非的梦态……

"他是一个遗腹子,他是一个有号召力的少年,他曾刺杀过国家一号人物,他曾屠杀过持不同政见的人,他发动过两场战争,他同世界第一号强国对抗……这就是萨达姆·侯赛因……"

电视里这样解说着这个男人。

萨达姆·侯赛因。——在对于几根萝卜的不舍中,丛好记下了这个被一组排比句强调出来的名字。这个名字和它一同出现的画面,共同使张树的房间在冬天的夜里明亮起来,无端地成为一种具有意味的东西,牢固地定格在少女丛好的心里。如果说那个盛夏的午后,少年张树的出现,在丛好的心里像一道闪电划破了猥琐的庸常,那么,在这个冬天的兰城之夜,这个异国男人的出现,就令黑暗在一瞬间嬗变成了光明。

丛好却不觉得他遥不可及,甚至有一种久违的亲切。她看出来,这个男人的微笑有种梦游般的飘忽感,是不确定的,若有所失的,他在笑,却笑得自己都不能察觉。这种状态,像极了如今的丛好。

丛好恍惚地盯住电视屏幕,她镜片下的眼睛是模糊的,就像十七岁的心一样,世界似乎是清晰的,却总是显得朦胧。一根鱼刺卡在她喉咙里,她用力地吞咽着,却总是下不去。

丛好有事情做了，开始天天守在电视机前，关注起一场即将爆发的战争。她缺乏基本的国际常识，心里面做出错误的判断，认为在萨达姆·侯赛因的带领下，他的国家一定会毫无悬念地赢得胜利。这个判断如此固执，以至令丛好都有些焦灼，盼着战争早一天打响，从而为这个男人赢得荣耀。

丛好坐在电视机前，一边择菜一边幻想，所谓的多国部队，在萨达姆·侯赛因的攻击下溃不成军，萨达姆·侯赛因却并不因此耻笑自己的敌人，依然是那副若有所失的微笑。丛好觉得，这个世界有萨达姆·侯赛因这样的男人存在，才不显得那么令人沮丧，父亲，丈夫，这些称呼，才能够被期待。

张树对这场战争同样充满了热情，一个不良少年的心，突然被国际风云挟持了。张树天天在饭桌上和他的父亲用瘪瘪的兰城话辩论，俨然成了一名军事观察员，他面红耳赤地嚷嚷：

"防守反击你懂不懂？防守反击！"

直到若干年后，每当丛好想起张树，脑海里都会回旋起"防守反击"这个军事术语。

张树有着和丛好一样的立场，认为萨达姆·侯赛因会赢得胜利。张树做出这样的判断，虽然没有丛好那么盲目，但也基本上是基于一种少年式的颠覆情怀。萨达姆·侯赛因，仿佛天然地就会赢得少年们的心，尽管他一定赢得不了这场战争。

张树的父亲虽然不认可儿子的判断，嘴里一口一个人家老美如何如何，但是立场就没有儿子那么坚定。连丛好都看出来，其实老张也是期望萨达姆获胜的。丛好想，其实兰城人都是站在自己一边的，证据是，她在菜市场买菜时，听到菜贩子们都信誓旦旦地说：

"萨达姆肯定能干过布什！"

1990年的年末，整个兰城都陷入在对于这场战争的期待中了。萨达姆·侯赛因的名字被兰城人瘪瘪地广泛议论，街头少年们的血在舆论中沸腾起来，连续爆发出好几起血腥的群殴，他们迫不及待，惊惊乍乍的，率先愤怒地打起仗来。

9

1991年过完元旦没几天，张树就在半夜里被警察揪走了。

张树用一把军用刺刀刺穿了另一个少年的肺。张树说他早就打算这么干了，那一次，就是这个少年伙同他人把他打得住了院。

警察进来的时候丛好已经睡熟了,陡然被吵醒,看到光着身子的张树被人按倒在床边,屋子里兵荒马乱的,就像发生在战争年代的场面一样。等到稍微回过神来,张树已经被风卷残云般地带走了。

丛好和张树的母亲追到派出所,一眼看见张树被反铐在院子里的一棵树上,身上裹一件军大衣,腿上就只有一条线裤,警察连多穿一条裤子的时间都不给他。丛好看到了,张树的腿在哆嗦——他是冷还是怕啊?这个问题令丛好一下子就哭了。

张树的母亲求警察允许给张树穿上条裤子。

一个魁梧的警察吼一声:"你儿子还怕冷吗?"

丛好就知道了,张树在发抖,是因为恐惧,不是因为寒冷。

丛好的眼泪流下来,心里的感受很纷乱,只隐约地觉得,她宁愿张树冷,也不愿张树怕。又想到张树可能就要这样离开她了,不由得也颤抖起来。丛好没有征得许可,自己走过去,把怀里抱着的一条厚裤子给张树套上。张树的两只手反剪着,需要丛好替他把腿套进裤子里,并且提上去系好。丛好一边替他穿裤子,一边就更加确凿地感到了他的恐惧。张树腿上的肌肉都在跳,线裤下像是爬着一窝游走的蛇。

丛好却镇定了,轻轻地对张树说:"你不要怕,啊?"

张树咧着嘴笑一下,深吸口气,抖得似乎轻了一些。

丛好想陪在张树身边,却被警察断然赶走了。

雪下起来了,一开始就铺天盖地,没有一点前奏和预演,那种森严的态势,像一支掩杀而来的大部队。

  他总是对我吹嘘,说在兰城,他跺下脚半个城都会抖一抖的。我当然不会对这样的话认真,但是我喜欢他这种华而不实的表述。

  他说:"知道不,我身上起码缝过上百针!"

  说着他开始证明给我看。的确,头上,胳膊上,肩膀上,大腿上,布满了缝合的疤痕。这让他看起来像是一个缀满了拉链的包袱,这些拉链全部打开,他就会像一块布似的摊开。

  在我的眼里,这些丑陋的疤痕别具美感,是一条条嘉奖给他的绶带。

  我去抚摸它们,他的豪情被唤醒了,霸道地将我压在身下,将那些绶带大面积地贴在我的皮肤上。

  饥饿的滋味于是再一次席卷了我们。

张家乱了套。以前张树也被警察揪走过,但这次不同了,要严重得多,受害者躺在医院的急救室里,还没有脱离危险,能不能脱离,也还是个问题。所有能赶来的亲戚都赶来了,聚在张树家商量对策,七嘴八舌的,说来说去其实只有一个关键词——钱。这是兰城人最大的生活智慧,当然也是最实用的生活智慧,所有严峻的问题,解决之道,不外乎一个"钱"字——受害者要用钱来安抚,法律也可以用钱来贿赂。办法是现成的,立刻就能总结出来。但是,一具体到钱的来源,亲戚们就都没了主张,看似说得热闹,其实谁也说不出钱该从何而来。

丛好坐在厨房的一把小马轧上,听着满屋子瘪瘪的"钱"字,就想起些什么。她回到张树房间,从床上的褥子下抽出那只信封,出来递给张树的母亲。

张树的母亲打开一看,就被吓到似的叫出声:"这么多钱!"

令丛好始料不及的是,她继而对丛好硬邦邦地问道:

"张树还给你留下多少,全拿出来呀!"

丛好呆呆地,看着满屋子的人都瞪起眼珠看自己,半天才明白过来些什么。她的呼吸急促起来,拼命控制自己的情绪,但眼泪还是哗地流了出来。

"你哭啥?"张树的母亲感到不可思议,"我儿子眼看要坐牢了,你把他的钱交出来救他不应该啊?"

丛好咬住嘴唇,说:"没了,就这些。"

张树的母亲显然是不能相信丛好的,使一个眼神,亲戚们就浩浩荡荡跟着她开进了张树的房间。他们开始在里面搜查,被褥卷起来了,几只抽屉全部抽出来,里面的东西倒了一地。

丛好直挺挺地站着,嘴唇都咬出咸咸的血来。有那么一刻,连她自己都怀疑起来,是不是张树真的给她留下了大笔的钱呢?屋子里闹哄哄的,谁也注意不到丛好,她开门离开时,他们依然在专心地搜查着。

丛好走在冬天的街上,眼镜上面的泪水很快就成了一层雾,她看不清路,踩在一个冰疙瘩上,一个趔趄栽倒在马路边,眼镜都飞出去。她爬起来,捡回眼镜,戴上之前用手背狠狠地把眼泪抹了。

丛好去了派出所,进门后却在那棵树前看不到张树的影子。原来张树已经被送进了看守所。丛好重新走回到街上。又开始下雪了,雪粒像细碎的沙子一样,随着风势峻急地吹在眼镜片上,发出琤琤的声音。她走在雪里,想回忆一些有关张树的事情,但奇怪的是,居然只能想出一些模糊的大概,脑子仿佛被冻成了冰疙瘩,记忆在上面根本站不住脚,于是也被冻成一块含混的固体,出溜着滑到意识以外的地方，甚至让她都可以这样来认为：一切都没有发生过，她还是那个齿轮厂技校的女生，现在正是放学的时间，她不过是在往家里走——可是，那辆令兰城齿轮厂技校每个女生都望而生畏的"二八"自行车哪儿去了呢？

丛好无声地哭起来，她不知道，为什么一想到那辆自行车，自己就会如此悲伤。

天黑的时候，丛好回到了自己的家。老丛目瞪口呆地傻住。丛好一言不发地进到自己的房间，衣服都没有脱，就那么湿漉漉地把自己裹进被子里睡了。半夜里她却又醒来，裹着被子缩在走道的沙发里，打开电视看。

老丛从他房间里贼眉鼠眼地探出半个头，被丛好扫一眼，就急忙缩了回去。

新闻依然在滚动播出着，那场战事已经一触即发，距离美国人下达的最后期限已经时日无多。丛好呆呆地，看着电视画面中那个不断闪现的男人的身影，心渐渐被一种遥远的担忧揪扯过去。这样的担忧是虚妄的，因为实在是与己无关，所以就不是令人难以承受的。但它成功地分散了丛好具体的悲伤，把她从现实中带离，成为一个不知愁苦的旁观者。

谁能够想得到呢，远在天边的一场战争，却安慰着一个兰城的少女？

10

1991年1月17日晨,以美国为首的多国部队开始向伊拉克发起了代号为"沙漠风暴"的军事打击。2月24日,多国部队向伊拉克部队发动了代号为"沙漠军刀"的地面攻势,伊拉克军队在遭受重大伤亡后,于26日宣布接受联合国的有关决议,多国部队停止进攻性行动,持续了42天的海湾战争结束。

——新华社综述

十八岁的丛好在电视机前完整地目睹了这场战争,夕阳下的巴格达,成为她眼中一道挥之不去的风景:短暂的静谧,霎时的浓烟蔽日、火光冲天……

这场战争发生在少女丛好艰难的日子里,世界以"战争"这种最虚无的面目呈现在她眼前。当一切尘埃落定,十八岁的少女有种历经沧桑的滋味。

萨达姆·侯赛因以失败告终,张树的影子立刻就爬上丛好的心头。丛好想张树在看守所里是否也能够得到这个消息,萨达姆的失败,会不会令他沮丧,他还怕吗?现在丛好觉得张树的怕是可以被原谅的了——萨达姆都失败了，张树怕一下，就是可以被原谅的。

那辆"二八"男式自行车的确是丢了。它一直在楼下和一棵树拴在一起，某天早晨，却只在原地留下了两截断开的链锁。

丛好去了一趟张树家，张树的母亲依然断定丛好藏匿了张树的不义之财，干脆不给她开门。

张树的母亲隔着一扇木门对丛好说："你真爱我儿子，你就学王宝钏，等着他回来！"

王宝钏？丛好不知道这是个什么人，当然就无从学起了。

她在门外站了一会儿，只好离开了。走到楼下，却被张树的母亲在楼上喊住。她再次上楼，却在张树家的门外看到了自己的那只编织袋。

丛好拎着这只编织袋又去了看守所。她坐了一个多小时的公交车，在那扇铸着铁钉的大门外等了一天，才从一个警察嘴里得到些消息，人家说张树有可能会被判处十年以上的刑期……

"十年以上"这个概念让丛好听起来觉得恍惚极了，算一下自己和张树在一起的日子，不过三个月的样子，她就觉得"十年以上"就是一辈子那么长的光阴了。丛好木然回转，却被那个警察叫住了。

这个警察指着丛好手里的编织袋说："你不把东西留下？"

丛好有些糊涂，瞪大眼睛看对方。

警察说："你不是来给张树送东西的吗？"

丛好摇摇头。

警察说："不送东西你跑来干啥？你怎么能不送东西呢？你不知道正在过年吗？"

丛好这才想起现在的确在春节里，她问："被关起来的人也过春节吗？"

警察笑起来，说："傻话，是个人都是要过春节的。"

丛好就从自己的口袋里摸出了四十块钱。除夕那天夜里父亲给了丛好五十块钱压岁钱，无声无息地偷偷放在丛好的口袋里。现在，除去来回路费，丛好决定把其余的给张树留下。

这个好心的警察接了钱，转身进了那扇森严的铁门。

回去的路上，丛好感觉自己飘啊飘，脚底下仿佛没有了根，如果不是被那只编织袋缀着，她就会气球般的飘到天上去。一切都这么虚无，胡乱地发生着，胡乱地终止着，没有一点道理，就像一场战争和一个少女一样地联系不到一起。

  对于节日，从小我就没有过多的热望。原因很简单，我的那个家并不适于过节。但是1991年的这个春节，在我的意识里格外地被忽略了。我也听到了爆竹的轰响，我也看到了夜空绽放的烟花，然而世界在我眼里，全部被装进了一台电视机里。一切都是与我隔绝着的，我不过是在旁观，充其量，也只是被紧张的剧情而攫住。这台电视所播出的场面，成了立体的场面，有声有色，让我甚至可以嗅到战场刺鼻的硝烟。世界环绕着我，而我就站在世界的中心，环顾四周，全部都是即时发生着的节目。

混淆了，这段时间，我已经混淆了所有的边界。

老丛在这段时间却少有地振奋着。他在忙一件大事情。

南方的一座城市来了位私人老板，在齿轮厂招聘技术过硬的人员。老丛毫不犹豫地应聘了，并且最后还被人家看中。倒不是因为老丛的技术格外过硬，是那个时候兰城人的观念还非常固执，齿轮厂的工人们并不舍得他们大公园似的工厂，他们已经习惯了，已经露头的对于生活的恐惧，还不足以激励他们做出离乡背井的抉择。这样，老丛的优势就显出来。他对兰城充满失望，他在这里丢失了妻子，看黄色画报还被女儿发现，兰城在他眼里就成了悲观之地。他一度甚至想过要回到乡下去——老丛家在他进入兰城齿轮厂当上工人之前，祖祖辈辈都是窝在地里干农活的。

所以老丛很踊跃地抓住了这个离开兰城的机会。

那个老板的要求很挑剔，甚至苛刻，所以被选中后，老丛就有些拔得头筹的自信生出来。他不承认这是人家退而求其次的结果，觉得自己还是有价值的，以至于不再擦那辆女车了，风里来雨里去，把它骑成蓬头垢面的样子。

老丛头也不抬地坐在女儿面前，对女儿简单地说明了形势："咱们要离开兰城了，去南方！"

他一面说，一面揪着自己指甲边的肉刺。肉刺拔去的部位露出嫩红色的皮，看在丛好眼里，不知道为什么就显得有些猥亵。

春天的时候，丛好跟着父亲登上了离开兰城的火车。

他们几乎是空着手的。兰城没有给他们积攒下行李，只积攒下些心里面沉重的包袱。

开车前夕，丛好看到一个和自己年龄相仿的少年，从另一辆火车抬起的窗子里抓出一只黑色的包就跑。站台上的几个列车员追上去，紧跟着失主也从车上追下来，又冒出几个乘警和见义勇为的人，汇合在一起，形成一支正气凛然的队伍，沿着铁轨追赶那个少年。少年在拼命地跑。他们在拼命地追。终于追到了，按在铁轨上，往死里打……

丛好的眼睛被泪水模糊了。她在一瞬间甚至以为，那个被拼命追打的少年，就是张树。她想起那个夏日的午后，张树像一道闪电划破庸常。现在，她要离开兰城了，戴着一副细边眼镜，穿着一件橘黄色的毛衣，它们都与张树有关。

火车启动的时候，丛好想，自己这辈子也不会再见到张树了。

另外的人生开始了。丛好就此会遭遇一个又一个的男人。然而，寻找一个英雄，谋求那种巨大的乃至粗鲁的温存，始终会是一个少女憔悴的梦想。

第二部

柳市的人
好像都比较富裕

1

丛好十八岁时和父亲来到了南方的柳市,住进向宇汽车修理厂的宿舍。修理厂的老板潘向宇,最后成了她的丈夫。这当然不是他们来时就会预知的,就像最后丛好在这里成长为一名作家,一切都不在自己的预期之中。

从兰城到柳市,丛好觉得是到了异国他乡。这是完全迥异的两座城市。兰城是工厂和家属区的混合物;柳市则花木扶疏,植物不分四季地生长,把整座城市变成一个浓郁的大植物园。柳市人各个都很清爽的样子,精神气质上都挺昂扬的,在街上很难见着一个慢吞吞的人,连菜市场卖菜的女人都风风火火的。

丛好对这种状况没有什么好感,比较起来,她觉得自己其实在骨子里,还是习惯那种兰城式的散漫与衰败。

他们父女俩被安排在同一间宿舍,是那种平房,建在修理厂后院。左右邻居来自五湖四海,都是被老板潘向宇从类似兰城那样的地方招来的。潘向宇是精明的商人,知道这些人技术好，而且要求底。分配给他们父女的宿舍要大一些，中间拉起一道布帘，两面还都有一定的空间，除了放一张床，还有放桌椅的余地。但他们什么也没有放，就只一人一张床，各自的行李都装在一只大编织袋里。老丛的自信心的确有起色，他对丛好说：

"我们什么也不要，要就要好的。这里挣的钱是齿轮厂的五倍，用不了多久，我们就什么都会有了。"

丛好没有被父亲激励起来，她想，萨达姆·侯赛因那样的男人都会吃败仗，父亲这样的男人凭什么就可以自鸣得意呢？

丛好整天无事可做，大部分时间就用来睡觉了。老丛动过心思，想让女儿在修理厂也学到些手艺，没准以后就可以用来吃饭，但一看到丛好那副睡不醒的样子，就只好作罢。

南方湿润的空气和充足的睡眠，把十八岁的少女滋养起来。半年左右，丛好的身材就丰满了一些，虽然还是显得瘦，却长出了玲珑的曲线。只是脸色苍白，那是缺少户外运动的结果。

丛好没地方可去，每天只在黄昏的时候出来，在修理厂门前的一片小花园里转转。花园临街，被浓密的南方树木围住，里面种着丛好叫不出名字的花儿，都是水红、粉白那种不热烈的颜色。树上有鸟,叽叽喳喳地叫,日落的时候还会成群结队、压得低低地飞来飞去。

小丁就是在这里出现在丛好面前的。

小丁二十三岁,长得比丛好还瘦一圈,也戴眼镜,就是一个单薄书生的样子。据小丁说,本来他是考上大学了,但因为种种原因,只好出来谋生,来向宇汽车修理厂之前,他已经在南方漂泊了一圈,打工好几年了。小丁喜欢文学,经常在黄昏的时候,捧一本新买的文学刊物,坐在花园里读。于是,就经常遇到同样在黄昏时来花园里放风的丛好。

小丁知道这是丛师傅的女儿,所以第一次跟丛好打招呼时,也是这么说的:

"是丛师傅的女儿啊,你好。"

丛好看他一眼,不置可否地点了下头。她从来没有注意过这个豆芽菜似的青年。丛好到花园里来,真的是放风的性质,心里怏怏的,眼睛里除了花儿,就是空气和风。

小丁问她:"吃饭了吗?"

丛好回一声没吃。令她不解的是,这个青年听到她"没吃"后,邀请道:

"那我请你吃吧,街对面有家河粉店,味道还不错。"

他表情局促,又补充一句:"我也还没有吃。"

丛好对他和他的邀请都不反感,心里可去可不去的,是种无所谓的态度,既然是父亲的同事,也不存在什么危险,就默许着认可了。这个时候的丛好,当然是寂寞的,她已经很久没有与父亲之外的人讲过话了。

小丁看不懂她的默许,看她笑一下,以为是被拒绝了。丛好搞不懂,这个人为什么一瞬间有些委顿下去的趋势,埋头又去看他手里的那本刊物了。

丛好问他:"怎么,不去了吗?"

小丁一下子反倒有些诧异,明白过来后,窘迫地连声说:

"去!去去!"

在那家河粉店,丛好吃到牛肉炒河粉,很好吃,有点像兰城的粉条。修理厂有自己的食堂,这是她来柳市后第一次在外面吃东西,所以就留在了记忆里。

小丁对丛好说:"你叫我小丁好了,你呢,我叫你小丛吗?"

丛好说:"我叫丛好,你叫我丛好。"

她很想把自己的名字写给这个小丁,但河粉店没有为他们提供茶水。

付账的时候,丛好自己掏出了钱,这让小丁激动起来。

"怎么可以?这怎么可以!"

小丁有些愤愤不平,好像丛好坏了天大的规矩。丛好就由着他付了账，情绪也跟着好起来，吃完后又和小丁回到花园里坐了一会儿。

小丁那天手里拿着本《收获》，丛好翻看一下，看到了巴金的名字。巴金她是知道的，课本里学过。

丛好说："这样的书一定很好看了？"

"不是书，"小丁纠正她，"是刊物。"

丛好点点头，说："噢，是刊物。"

小丁有些兴奋，说："发表在这本刊物上面的都是些大作家的作品。"

又说："我的目标就是也能在这样的刊物上发表作品。"

丛好就吃了一惊，仔细打量一下身边的这个青年。刚刚吃河粉的时候，她都没怎么看他，专心在牛肉鲜嫩的滋味上。小丁发现丛好在好奇地看自己，心里有些紧张的喜悦。分手的时候，小丁邀请丛好有空去他的宿舍玩。

两天后丛好就去了小丁的宿舍。

小丁是单身，在厂子里又处在学徒的角色上，所以宿舍就分在平房最后面一排、把角儿最小的那间，只能放一张床那么小，所有的东西都放在床上了。丛好进到小丁的宿舍，首先就被床上那些书吓了一跳，居然有那么多，靠着墙，参差不齐地垒出半米高、两米长的规模，留出的位置，大概也只能睡进去小丁这么个纸片一样的人儿。丛好想不到向宇汽车修理厂还会有这样的人物——白天，像根炸糊了的油条一样钻在汽车的轮子下面谋生，夜晚，居然和书睡在一起。

对于丛好的造访，小丁当然是有些失措的。倒是丛好，自自然然。她不过是想找个人说说话。

丛好坐在床边，问小丁："你是柳市人吗？"

小丁说不是，他虽然也是南方人，但家离柳市很远。他说：

"我离开家后去过好多地方，广州，深圳，还有广西的南宁，都去过。"

这间宿舍开了门就是床，现在丛好坐在床上了，小丁就只好站着，靠着门。小丁穿着一条很窄的牛仔裤，两条腿细得很过分，他靠着门站在那儿，一条腿别在另一条腿前面，就让这两条腿显得更加过分了，让人不由得要怀疑，靠着这样的两条秸秆腿，他是如何行走四方的？——还广州，深圳，广西的南宁！

丛好看着他的两条腿，像是在对这两条腿盘问："那你去过兰城没有？"

"兰城？"小丁沉吟了一下，说："没去过。"

丛好听出来了，小丁非但没有去过兰城，他恐怕有可能连这座城市听都没听说过。为此,丛好觉得有些怅然,忽然觉得自己越发孤独了,好像是来自一个莫须有的地方,是一个没有来路的人。

小丁说:"你是从兰城来的吧?"

毫无原因,丛好竟摇了摇头。她突然想起一个问题,向小丁请教道:

"你知道王宝钏吗?"

小丁说:"谁?"

丛好又重复了一遍:"王宝钏。"

小丁沉吟着,搜肠刮肚,终于猜出个影子。

"是戏里面的那个女人吧?"小丁不太能肯定,"薛平贵的老婆,王宝钏。"

丛好追问:"薛平贵的老婆?这是出什么戏?"

小丁说:"古代的事,薛平贵出去打仗,王宝钏独居寒窑,等了他十八年。"

丛好就什么都明白了。原来张树的母亲抱负不小,想让她把这个王宝钏当成楷模。她愣愣的,脑子走了神。

小丁不是很会找话题的人,但也不能让场面冷下来,只好把两条腿的前后位置互换一下,没话找话,问丛好:

"你怎么不上学?"

丛好想了一下,对于这个问题,她很想如实回答,但

想一想,这个问题的答案又非常模糊,只好说:

"我学习成绩很差,考不上大学。"

小丁说:"很差吗?"

丛好说:"嗯。"

小丁挠挠头,问:"那你喜欢读书不?"

丛好认真思考了一下,觉得自己还是喜欢读书的,就说:"喜欢。"

"那就好,那就好。"小丁鼓励丛好说,"不上大学也没有关系,人是可以自己提高自己的,我就是这样做的。"

说着小丁将目光看向自己的那一床书。

丛好点点头,表示认可小丁的说法,同时就手拿过一本书来看。这本书的第一页写道:

> 我已经老了,有一天,在一处公共场所的大厅里,有一个男人向我走来。他主动介绍自己,他对我说,我认识你,永远记得你。那时候,你还很年轻,人人都说你美,现在,我是特为来告诉你,对我来说,我觉得现在你比年轻的时候更美,那时你是年轻女人,与你那时的面貌相比,我更爱你现在倍受摧残的面容。

这是一种丛好从未看到过的语言方式，她觉得自己被一枚针刺在了心上，像刺在一粒倔强的青春痘上，把它挑破了，青春旺盛的分泌物就流淌出来。

离开兰城已经半年多时间了，丛好心里无数次想起过张树，但都是含混的，只是被一种沉闷的情绪所笼罩，现在，眼前的这段话揭开了她心里的那层盖子，那种不可逆转的分离感，那种时光汩汩流淌时发出的难以捕捉的声响，都完整地呈现了出来。一瞬间丛好有些难以自抑。她不禁用书掩上了自己的脸。

后来，当丛好成了一名写作者，追溯自己写作的源头，她把在小丁宿舍里的这次阅读当作一个重要的启蒙。在这里，她第一次被文字那种感人至深的力量所俘虏。

丛好向小丁借了这本书。回家的路上，她想起了父亲枕头下的那本黄色画报，心里就做出一个比较：同样是男人，同样都得钻在汽车的轮子下面，但却看着不同的书。

这样，丛好就把小丁和父亲那样的男人区别开了，把小丁从那种令自己愤怒的"猥琐"男人中遴选出来，放在了对立的一面。

小丁和张树，当然也是截然不同的两种男人。小丁没有张树那股子明火执仗的匪气，但也看来阴柔强韧，自有一番不屈不挠的劲头。——他们共同划破猥琐。

2

丛好和小丁交往起来。两个人在修理厂对面的小店吃河粉，在小丁只能放一张床的宿舍里看书。小丁是修理厂的异类，平时没什么朋友，少言寡语的，现在身边有了丛好，人的面貌就活泛了些。在河粉店里，小丁将葱末都拢在一起吃掉，动作夸张地舔着碟子，声言自己是一个"从来也不会浪费粮食的人"，他这样做，像是在表演一个小品，不过是为了逗丛好开心。

工友们对小丁说："小丁，看你蔫头蔫脑的，倒把一个大姑娘领到床上去了。"

小丁被说得心花怒放，想掩饰都掩饰不住。他也不去澄清，心想，这倒也是事实，自己那间宿舍的确就只有一张床，丛好每次去，都是坐在床上的。

丛好是向宇汽车修理厂里唯一的女性，因为唯一，男人们于是就都觉得她很漂亮。小丁也觉得丛好漂亮，但他把自己的审美和其他人划分开，他认为其他人看丛好的眼光，都是生理性质的，像他们身上的工作服，油脏油脏的，而他的眼光，完全是精神层面上的。

小丁觉得丛好忧郁，像那些花园里的花儿，水红，粉白，是一种不热烈的颜色，透出不一样的格调。

小丁觉得只有他洞察了少女丛好的美。丛好坐在他的床边看书，裤子贴住腿形，勾勒出好看的曲线，小丁看在眼里时也会感到冲动，但他认为这无可厚非，他是先确定出了丛好的美，然后才产生出欲望，一切都是以美为起点的，所以就不肮脏。

丛好当然不知道小丁心里这些复杂的逻辑，她只是对小丁有好感，尤其得知小丁还在勤奋地搞着创作，心里就对这个青年产生出一些喜欢。

老丛也知道丛好和小丁的交往，但他对此并不紧张。老丛心里也有一个比较：比起那个土匪一样的张树，小丁这样的青年简直就太令人放心了。在厂里的浴室洗澡时，老丛观察过小丁——他在淋浴莲蓬头下都不随便撒尿，而是走到一边去解决；并且，小丁不仅面善，连他的那件东西也长得白白净净的，一副让人踏实的模样。老丛想，这样的青年，是没有任何危险的，女儿和他在一起，是不用人操心的。

而且这个时候老丛也有了自己需要操心的事。厂里的会计给老丛介绍了一个女人，比老丛小整整十岁，寡妇，没有孩子，已经提前办理了退休，各方面条件似乎都说得过去。

丛好有天夜里从小丁那里回来,在外面敲了半天门,进屋就看到一个脸盘很大的女人坐在父亲的床上。女人外套向上翻卷着,露出下面深红色的线衣,两只手下意识地捋着屁股下面床单上的褶皱。

老丛手里夹着烟,显然是刚点着,敷衍了事地吸一口,对丛好介绍道:

"这是你刘姨。"

丛好冷冷地看着父亲,等着他继续介绍。但老丛的眼皮却耷拉下去,做了亏心事一样的,只吧嗒地吸着烟了。

丛好心里无端愤怒了。她也说不清,这股对于父亲的鄙夷为何如此根深蒂固,随时都会跳出来,令她有制造事端的冲动。丛好转身就走,把门在身后响亮地摔开,仿佛要恶意地把父亲的秘密暴露出来。这个坐在床上的大脸盘女人和她欲盖弥彰的外套,在丛好的眼里都具备一种"打飞机"的性质——这个词是一瞬间蹦进丛好脑子里的,代表着阴暗,下流,见不得光。

小丁穿条短裤打开门,看到丛好顿感意外,问道:

"你怎么又来了?"

丛好一言不发地进去。小丁提溜起牛仔裤胡乱套上,还想再穿件上衣,却被丛好一把抱住了。

丛好陷入在激烈的情绪里不能自拔，有种要惩罚谁的愤恨，也有种难言的伤心。丛好觉得自己需要，需要那种张树式的热吻，那种磅礴的、先声夺人的、热乎乎的气息，才能够托住她，把她从泥泞中打捞出来。

但是小丁令丛好失望了。这个小丁整个傻掉。隔着他身上那件松松垮垮的白背心，丛好只能感到他硌手的肋骨和怦然作响的心跳。小丁用手笨拙地圈在丛好腰间，胯下鼓胀起来，顶在丛好的小腹上，其他的地方却都僵硬了。小丁的牙齿抖索着打架，嘴唇像两根冰凉的铁丝，不能灵活地配合丛好企盼的嘴唇。

丛好的舌尖探在小丁的唇齿之间，却感觉不到有效的回应。她闭着眼睛，舌尖尝试着，心一点一点平静下去。丛好知道了，并不是所有的男人，都像张树那样霸道。她抬起头，看到小丁的眼睛也闭着，仿佛休克了一样。

我十八岁了。表面上，我好像对一切都不感兴趣。但是只有我自己知道，我有多么毛躁。我开始格外关注父亲的床铺，一道微小的褶皱，一块隐蔽的污渍，都会令我激动不已。趁着父亲不在，我仔细地检查着他的领地。我找到了一些体毛，将它们放在白色的纸张上进行对比。我近视的眼睛端详着

这些样本，像一台精密的放大镜。结论出来了，从它们蜷曲的程度，到长短，颜色，我主观地鉴定出了差异。这个结论令我除了更加理直气壮地生气，奇怪的是，还令我有着小小的惊喜。仿佛我本来就盼望着这样的一个结论，仿佛一道已经有了答案的习题，而我不过是需要用自己的公式加以推算。

十八岁的我，总是这样本末倒置，习惯在结束的地方策动自己的开始。

虽然开始得有些令人沮丧，可毕竟是开始了。小丁可以确定丛好是喜欢上了他。但丛好却没那么确定。张树的影子常常在梦里跳出来，和他一起到来的，是那种凌厉的饥饿感，掏空丛好的身体，令她奄奄一息地醒来。

丛好渴望热烈，但身边的小丁却总是不能令人满意。渐渐地，他们也开始在小丁的宿舍里亲热了。但也仅限于接吻，不是小丁不愿意再进一步，是他实在缺乏勇气。小丁的吻也令人心灰意冷，是那种一小口一小口的吻，像农村的孩子舔食雪糕，总是不舍得大口吞咽。

丛好和小丁都戴眼镜，接吻的时候，经常无法把两副眼镜的角度协调好，它们总打架。有时候小丁会将自己的眼镜摘下来，但这个预先的动作往往会让丛好一下子没有了兴致，就好像一件本来应当自然生发的事情，突然被人喊了"预备"和"开始"的口令。而且，和许多近视的人一样，小丁每每摘下眼镜的时候都会有片刻的不适，他会不由自主地将眼睛眯起来，这个样子，也让丛好不太喜欢。

几次下来，丛好就没有多少兴趣了，觉得自己从小丁的嘴里吮吸不到什么，只能凉凉地搞出一身汗。小丁会些焊工的活儿，宿舍里有张电焊面罩，有时候气恼不过的丛好用这张面罩扣在他脸上，他居然会一直就那么任其扣着，躺在床上，将书举在面罩上看，如果丛好不发话，他肯定不会拿掉。

丛好因此也不讨厌小丁。而且，在小丁这里，丛好发现了原来世界上的每一个夜晚，还有人在做着这样的事情——趴在床上，整夜不睡地写东西。小丁趴在床上写出的东西不给丛好看，只顽强地投递出去，渴望被发表出来。小丁说当它们都变成印刷品后，才能捧在丛好的面前。丛好就有一些感动，不成功的身体接触虽然让她有些落寞，但自己在小丁心里被重视的程度，又令她觉得满足。

老丛热衷于那个大脸盘的刘姨。丛好对这件事怀着偏执的憎恶。她觉得父亲和这种事纠缠到一起，不外乎就是一幅黄色画报上的场面，肉，毛发，姿势，表情，还得压在枕头下面，更显得龌龊。所以小丁的纯洁，就成为一种可贵的品质，被丛好珍惜起来。

有天夜里，丛好回去后又见到了刘姨。她规规矩矩坐在父亲的床沿上，衣服也整整齐齐，但就是这样，也没有让丛好变得客气。

丛好冷冷地对父亲的女人说："这么晚了，你还不走吗？准备住下吗？"

女人尴尬地起来走了，临出门，想起什么，从口袋里摸出一样东西放在了老丛的床上，对丛好说：

"这是姨送你的。"

父亲追出去送人。丛好将这个礼物拿起来看了一眼，原来是一盒粉饼，不由得更是莫名其妙地火了。十八岁的丛好，从来没有化过妆，现在她看到这样一盒粉饼，毫无理由地竟然将之视为对于自己的冒犯。她想都没想，甩手向屋外扔了出去。

老丛正进屋，这盒粉饼恰好被他接住。他一个箭步冲了过来，一把捉住丛好的手腕，眉头居然聚合在一块儿，瞪住丛好，眼睛里燃起了火苗。

丛好很惊讶，觉得这不是父亲的脸，是一张挺括的男人的脸。

但老丛马上又恢复成原本的老丛，脸色稀里哗啦地跌

散,眼睛里的火苗只闪烁了一下,就熄灭了。他松开女儿的手腕,眉毛眼睛一同分散开,嘟囔一句:

"我和你刘姨是要结婚的,我会把结婚证拿给你看的。"

丛好冷笑一声,唰地拉开那道布帘,把自己和父亲分隔开。

躺在自己床上,丛好流下了眼泪,心里乱糟糟地想着,有种赌气发狠的味道在里面:父亲如果真的和这个刘姨结婚,她就也去跟小丁结婚。

3

接着就发生了那件事情。

来柳市一年多,丛好只是和父亲出去买过一次换季的衣服,对这座城市,依然充满着陌生感。小丁是敏感的文学青年,他不愿意把自己的恋人带到五光十色的城市中心,因为他知道,在那里他不会赢得光荣。柳市是蒸蒸日上的南方城市,它的主人们也都是一副副蒸蒸日上的派头,对于小丁这样的外来打工者,他们从来都是扬起脸的,把你当作一个混进他们城市的乞食者,根本不管你是不是怀着一个当作家的梦。丛好和小丁,最多只是去修理厂门前那个花园坐坐,从来没有去逛过街。

来年的夏天,小丁勤奋的写作终于结出一颗果实,他的一首小诗发表在一份面向打工者群体的刊物上。小丁很激动,第一次带丛好走上了柳市的街道。

傍晚的时候,他们先在那家小店吃了河粉,然后就手挽着手出发了。

华灯初上的柳市,在丛好眼里以一种梦幻般的面貌展现出来。繁华的街道,被灯光制造出水晶般的绚烂,来来往往的行人,个个都精神焕发,好像都比较富裕的样子。这和丛好心里的那座兰城形成了巨大的反差。在兰城,夜幕笼罩时,一切就都跟着黑下去,兰城人万人空巷地在家里看《渴望》,街上偶有行人,也都是走在晦暝的路灯下,走在风里,夜晚完全就是夜晚的样子。而眼前的柳市,重新定义了丛好关于"夜晚"、关于"城市"的概念。她在心里说,原来一切可以是这样的!

他们在街上转了很久,漫无目的,只是看。

有一条街,一间店铺一间店铺地延伸出去,有上千米的规模,这里专门卖各种女孩子们的廉价饰品,店头却都装饰得流光溢彩。在斑斓的灯光照射之下,陈列着的廉价饰品都变得华贵起来,凸显出一种虚假的奢华。在一家店档,小丁替丛好挑了一根手链,玻璃珠子串成的,很好看,也很便宜。他们刚刚买了成串的烤鱿鱼,小丁将自己手里的鱿鱼串横噙在嘴里,腾出手来将这根手链戴在丛好的手腕上。丛好的心里就涌出了一些欢喜。

街的尽头是一座公园。他们意犹未尽,进到公园里继续漫无目的地转。公园里却格外冷清。柳市人的夜生活并不在这里开展,在夜里,他们愿意把自己浸泡在酒精里,浸泡在歌舞中。小丁却有如鱼得水的松弛感,身边没有了柳市的人群,他才觉得自己被显露出来了。他刚发表了作品,很想被丛好重视着。

在一棵冠盖巨大的榕树下,小丁主动揽住了丛好的腰,把她抵在树干上,小口小口地亲吻。

夏天的柳市溽热无比,夜晚几乎和白天没有多大的温差,反而更多了些潮闷,能将人沤烂泡肿的架势。丛好感到小丁湿漉漉的手贴在自己的腿上,一点一点犹疑着向裙子里摸索。这只冰凉的手令丛好滋生出火热,胸口起伏着,由着它向上抚摸。但它真是缓慢,进一步退两步的,像一块黏腻的口香糖。丛好心里有些懊恼,忍不住用手去拉它,将它安顿在自己的臀部。隔着一层短裤,小丁的手仔细地捧起丛好的胯骨,向上,似乎要将她捧起来。丛好的体内也形成一股令她不由得要向上耸起的动力。她穿了一双夹脚拖鞋,踮起脚尖后干脆让一只脚脱离了鞋子,赤脚蹬在身后的树干上给自己助力。就在这个时候，那两个男人出现了。

他们从黑暗中闪出来，一把将小丁从丛好的身上揪开。

"警察！"

其中一个声音低低地喝一声。

突如其来的变故令小丁魂飞魄散，明显地哆嗦了一下。他惊悸着发出本能的辩护：

"我们没做什么。"

对方哼道："没做什么？手伸在裙子下面摸彩票呢？让我看看，你中了个什么奖，身份证呢？拿出来！"

小丁服从地摸出了自己的身份证。柳市是一个流行检查身份证的地方，小丁知道这个规矩。但他不知道，当他交出身份证之后，两把锋利的刀子会逼了上来：

"少啰唆，把钱也拿出来！"

尽管小丁一点儿也没有跟他们啰唆，但这样干脆的口气还是让人心肝发颤。

这样的要求，显然不会是出自警察之口。小丁立刻明白了，他们遇到了劫匪。但他别无选择，只有交出身上所有的钱。那里面的一部分，是年轻人第一次用诗歌换来的。小丁以为这样他们就可以被宽大了，但是他错了。随着一声"滚"，一把刀子从他的脖子上划过去，那里立刻就凉凉地渗出一些血来。

丛好早已经瘫软了,依在树干上才不至于滑下去。她匪夷所思地看着小丁真的是"滚"了,把她丢下,甩开两条细腿,头也不回地仓皇而逃。

两个男人不慌不忙地逼近丛好。那种瞬间的幻灭感,令丛好坍塌下去。她丧失掉大部分的意识,只感到自己被人平展地放倒在湿润的草地上,裙子被卷起来,皮肤接触到草茎上的露水,凉凉的,居然是一种舒服。丛好出现了幻觉:张树怒吼着从遥远的地方向她跑来,却怎么也跑不到跟前。眼泪从她的眼角流下来。丛好自觉地放弃掉所有的抵抗和挣扎,把身体绝望地打开……

直到被那条硕大的狼狗舔醒,丛好才恢复了意识。

公园里在深夜放出饲养的狼狗,让它们自由地四下梭巡。这条狼狗的出现拯救了丛好。两个尚未得逞的劫匪落荒而逃。丛好却还陷在昏迷之中。肥壮的狼狗围着这个少女转圈,伸出暗红色的大舌头,舔她的脸,把她的眼镜卷在了地上。丛好苏醒过来,闻到一股腥咸、腐臭的热流。这股浊气饱含着沉甸甸的重量,正在一团团拍击着她的脸。当她看出俯在自己头顶的是一颗硕大的狗头时,全身的汗毛立刻耸立起来。

那条大狗敏锐地察觉到了丛好的苏醒，它发出低沉的呼噜声，全身的毛也像丛好一样地乍起来。它退后几步，嘴角吐着白沫，龇牙咧嘴地瞪起眼睛，虎视眈眈地盯着丛好。极度的恐惧就不再是恐惧了，丛好一阵天旋地转的眩晕，一股尿液不禁流了出来。

在一层浅浅的意识当中，丛好感到自己的下身不断地被一根温热的狗舌漫卷着。再次苏醒过来，那条救命的狗已经没有了踪迹。

  那时，我仿佛睡在一个甜美的梦里，被身下的草温柔地托着，像睡在一块敦厚的飞毯上，飘啊飘的，向着无尽的夜空飞去。我直挺挺地又躺了一会儿，才伸手摸回了自己的眼镜戴上。我努力站起来，一只手扶在那棵榕树上，一只手缓慢地整理好自己的裙子。

  这条裙子是来柳市后父亲买给我的。那天在商场里，他跟在我的身后，做出随时会满足我一切要求的样子。然而我却没有了惩罚他的念头，我只是驻足在一些自认为价格不会给他造成压力的服装前。我想，除了对父亲难得的善意，同时我也惧怕自己会被某个数字弄得喘不上气来。

于是我们选中了这条裙子，无袖，过膝，再没有其他词语可供描述，六十八元钱。

脚上的两只拖鞋都不见了，丛好费了好大的劲儿才把它们找齐。两只拖鞋相隔着十几米远的距离，让人诧异是怎样的外力才造成了这样的局面。

她是缓慢的。缓慢地走出公园，缓慢地汇入柳市繁华的街道。她的下身湿淋淋的，沾满了尿液，口腔里弥留着烤鱿鱼的味道，眼镜也被狗舔花了，市声鼎沸的夜，在她眼里成了一团模糊的色块。

丛好在这样的夜里，看清楚了柳市浮华背面的凄凉，那种衰败，是与兰城毫无二致的。她迷路了，一直缓慢地走着，直到身边的人渐渐稀少，街道变得空旷。

丛好的身体里被两种截然相反的情绪撕扯着，她多么想纵声哭泣，同时又感到是多么厌倦和消极，厌倦消极到麻木的地步，连流泪似乎都是显得多余的。

远远过来一个人，像一片纸那么单薄，近些后，就被风刮过来。是小丁，他哭着说：

"你怎么了，我找了你好久！"

丛好望着他，只是一个模糊的轮廓。她说：

"我——被强奸了。"

小丁像鬼一样发出一声厉的惨叫,转身狂奔而去,只一瞬间,就消失在黑暗里。

丛好回到向宇汽车修理厂时,天边已经泛起了灰白的晨光。她在柳市转了一夜,累了就席地坐在路边休息一会儿。

老丛蹲在厂门口的路阶上等女儿。看到丛好的影子出现在街角,他就跑了过来。丛好的脸色苍白着,似乎并不是面无表情,而是浮着一丝若有若无的笑意。她的裙子很脏,左脚的脚踝上还有一些血迹。女儿的状态令老丛不敢发问,只是亦步亦趋地跟在后面。

丛好一声不出地回了宿舍。老丛想询问些什么,但是被她用那道布帘挡住了。

4

小丁在那天夜里消失在了黑暗里。他再也没有出现在向宇汽车修理厂。

没有人关心小丁的去向。在柳市,一个打工青年的出现和消失,根本不会成为一个问题。那个夜晚发生的事情，当然也成了一个不足挂齿的秘密。

老丛把小丁的那间宿舍争取了过来。他有充分的理由——女儿这么大了，谁都可以理解他的难处。丛好就搬进了那间小宿舍。小丁消失了，但那些书却留下来，现在由丛好陪着它们睡。

睡在那些书的旁边，丛好常常感到困惑，无端地产生出疑问：真的有小丁这个人吗？这个人和由他形成的记忆，都是那么令人怀疑。丛好甚至不知道他的名字；他的家乡，也是一个丛好根本没有听说过的地方，就像兰城之于他一样，那里对于丛好也是可以当作一个不存在的地方；他的纯洁，其实是一件怯懦的外套吧？他是假的，这样的男人就像一股空气，随时可以吹散在风里。

丛好想，是梦吧，一个逼真的梦，把这个扣着电焊面罩的人栩栩如生地送给她，只是为了让她在梦中经历一个绝望、沸腾的夜。

但是这个结论也不是非常可靠，丛好经常会被手腕上那根玻璃珠子串成的手链吓一跳。它是一个物质的存在，晶莹剔透，打磨出的棱面略显粗糙，有的部位对准了什么割下去，甚至可以当作刀子使用。看到它，丛好就有着从梦里给现实带回证据的荒谬感。

丛好的神经由此变得非常衰弱，经常整夜整夜地睡不着觉。睡着时又经常做梦。

我在这个逼仄的空间里拉了一条尼龙绳,用来挂一些女孩子不宜公开晾晒在外面的小衣服,夜里灯黑下来后,月光洒进来,这条绳子的阴影就将小屋横切成两半。我常常睁着眼睛,目光在绳子的两侧摇摆,渐渐就制造出这样的幻觉,仿佛那是一道空间的伤口,或者是一条梦、醒之间的界线,自己的目光从这一半跃到另一半,就会立刻跌入到活生生的梦境中。即使这个时候我依然睁大着眼睛,也会不能自拔地身临梦魇中的一切。

在梦里,一条大狼狗舔着我的身体,那温热的舌头,陡然将我卷离了地面,让我在悬空的状态中变得焦灼和潮湿。

我在不能入睡的夜晚,一边抟弄着那根手链,一边读完了身边的那些书。

然后我开始写作,把自己那些惊悸而亢奋的梦记录下来。那些书成了我最初的文体范本。

就像小丁所说的那样,"人是可以自己提高自己的"。

女儿从身边搬开，老丛和大脸盘刘姨的关系就进展得非常顺利，披荆斩棘，一路凯歌到1993年的国庆节，他们结婚了。

老丛兑现了他的诺言，在举行仪式的前一天晚上，把结婚证拿给丛好看。丛好翻了翻那本证书，没有格外的意见，只是觉得，照片上的这个刘姨，脸盘实在是大啊。又看到了父亲的名字：丛楠生。——居然有着几分斯文和清雅。这个名字几乎被丛好遗忘了，如今又重新和父亲对上了号，让父亲仿佛被重新命名和确认了一样，再生一般，具备了他所应当具备的那些尊严。

这个时候的丛好，整个人的内心都趋向安静了。少女被一场沸腾的梦涤荡着，洗心革面、脱胎换骨一般，性格呈现出一种虚无的姿态，似乎也不觉得这个"丛楠生"有多么面目可憎了。

丛好打量着父亲，发现父亲胖了些，面色也很红润，完全不像一个兰城人了，心里面居然有些替父亲高兴。

丛好说："这个刘姨对你好吗？"

老丛不知道她什么意思，半天才哼哼着说："好，还好。"

丛好教导父亲："那你也要对人家好，要像个男人的样子。"

老丛受宠若惊地愣住,不由得便"要像个男人的样子"地挺起了胸。

仪式挺简单的,就在厂子附近的一家饭馆里举行。父亲请了工友们,在一种粗糙的热闹中宣告了新生活的开始。丛好坐在饭桌上,却想到了自己家里那盘端在餐桌上的鸡。

刘姨又给丛好准备了礼物,一件白色的连衣裙,这一次,丛好收下了,并且对刘姨说了谢谢。

来柳市对于老丛绝对是一个正确的选择。他在这里运气变得好起来,有了新的女人,而且这女人还给了他一个家。刘姨自己有一套两居室的房子,两人结婚后,老丛就搬了过去。他态度端正地征求过丛好的意见,问她是不是也跟着搬到新家去住。丛好拒绝了,她要留在那间小宿舍里。

老丛还不死心,说:"把你一个人留在厂里我交代不过去。"

丛好问:"你要跟谁交代呢?"

老丛说:"跟我自己啊,我是你爸,在这世上,咱们俩是相依为命的人。"

"相依为命"这样的词让丛好难过,更坚定了自己的立场。她已经习惯了那间小宿舍,在里面读书,在里面做梦。工友们对她这个向宇汽车修理厂里唯一的女性也很好，比如每天专门会把浴室留出一个小时给她使用。而且，不为人知的是，她已经在那间把角儿的小宿舍里结出了自己的果实。

丛好把自己写出来的东西寄给了一家文学刊物。刊物也是小丁留下来的，丛好不过是循着地址将自己的作品寄了出去。她住在这间小宿舍里，似乎是继续小丁走了一半的路，前面的歧路，小丁已经替她跋涉过了，而她后面要走的，已经是坦途。

没有一点悬念，寄出的作品很快就发表了出来。丛好丝毫不感到意外，非常自信。她的写作是被梦托举着的，也像是躺在一块敦厚的飞毯之上，有种梦幻般的性质。而梦，是没有边界的，在梦里，没有所谓的奇迹，一切都是必然的。

起初丛好只是把稿件寄出去，连地址都不留，只隔些日子去报刊亭看看新出版的刊物，看到自己的名字出现在上面，就买一本回来。走在路上，翻到里面要求她速与编辑部联系的启事，嘴角露出一丝不易觉察的笑。这样的方式维持了一年多的时间，发表了近十万字的小说，渐渐地没了新鲜感，丛好才开始在寄出的稿件上落下向宇汽车修理厂的地址。

收到第一张稿费单的时候，丛好不由得想起了小丁。

她去邮局把钱领了出来,只有一百二十块钱,拿着这笔钱,丛好一个人勇敢地出了门,也是先在门口的河粉店吃了份牛肉河粉,然后就只身在夜晚的柳市徜徉了许久。她什么也没有买,一百二十块钱回来的时候还是一百二十块钱。躺在床上,丛好灵机一动,用那张电焊面罩罩在了自己的脸上,夜晚一下子变得格外安全,让她睡了一个无梦的好觉。

向宇汽车修理厂的老板潘向宇,在一天中午敲响了丛好的房门。

柳市作家协会的一位主席是潘向宇的朋友,他向潘向宇打听一个叫丛好的人,说这个人写出的东西"蛮有意思",但一直隐藏着身份,最近终于有了下落,地址居然在潘向宇的厂子里,他让潘向宇落实一下。潘向宇以为对方是在和他开玩笑,听完就丢在脑后。但对方隔三岔五打电话催问他,他才意识到了这件事情的神奇。潘向宇找来具体负责厂子的经理询问,果真是有这么一个叫丛好的人,还是个女孩子,是自己手下一个职工的家属。这个结果令潘向宇顿感好奇,他决定亲自来见一见这个女孩子。

丛好还在睡觉,她的白天与黑夜是颠倒过来的。丛好以为是父亲,迷迷糊糊爬起来去开门。门外却站着一个挺拔的男人，红色T恤统在裤腰里，小腹微凸着，手背在身后，扬着刮得青青的下巴。

丛好愣一下，急忙缩回门里，因为她只穿着简单的睡衣。穿好衣服重新打开门，潘向宇依然保持着刚才的那个姿势，纹丝不动，甚至让人感觉他连眼皮都没有眨一下。

丛好是认识潘向宇的，她见过这个男人，知道他是这个厂子的老板。潘向宇被让进屋，一眼看见满床的书，就什么都信了。那条横在半空中的绳子让他有些不知所以，又看到一条醒目的白色短裤，扔在一张电焊面罩上，不由得就转身去打量它的主人了。丛好意识到他看见了什么，很自然地弯腰把那条短裤收拾起来，团一下，塞在枕头下面，整个动作不慌不忙。

丛好说："对不起，我这里没有坐的地方。"

潘向宇在自己的厂子里从来没有听到过这样的话，她说"我这里"，完全就是一种主人的口吻，这就使他这个实际上的老板显得像一个客人了。潘向宇看着这个单薄的女孩子，心里起了微妙的感觉。

"既然这样，我请你吃午餐吧。"潘向宇提议说，"我们边吃边谈。"

丛好点一下头表示同意。潘向宇看着她不慌不忙地把暖瓶里的水倒出来，就着一只搪瓷脸盆洗脸刷牙，头发都不用梳，只向后拢起，用一块手帕扎住。离开兰城后，丛好的头发就一直留着了，如今已经长过了肩头，并且有些自然的蜷曲。

潘向宇没有见过这么从容的女孩子，从容到一种冷漠的地步，更没有见过不化一点妆就出门的姑娘，以至于丛好将脸盆里的水开门泼在屋外后，做出"开始吧"的表情时，他都有些回不过神来。

潘向宇开车带着丛好去了一家中式快餐店，简单地吃了顿午餐。吃的过程中，他询问了几个无关痛痒的问题，关于丛好写作的事，却是只字未提。

"丛好？"他问道。

丛好点点头，并不奇怪这个人何以知道自己的名字。

"丛师傅是你父亲吧？"

潘向宇的这些问题都不像是问题，他是在陈述，不过是用了疑问的句式。

丛好再次点了点头。

问了丛好的年龄后，潘向宇同样问道："你怎么不上学？"

丛好的回答令潘向宇刮目相看，她沉静地说：

"人是可以自己提高自己的。"

潘向宇摸着自己的下巴，点头表示认可。

吃完后，潘向宇就送丛好回了修理厂，将她放在厂门前，一直目送着她走了进去。厂门外挂着牌子，"向宇汽车修理厂"这几个字，让潘向宇落实了自己在这个空间里的那种主权感。

5

潘向宇是典型的柳市人，可以代表这座城市的主流趋势：乐观，有头脑，有野心，蒸蒸日上。大学毕业后他就开始经商，从开汽车修理厂，卖走私车，到经营加油站和物流业，三十岁就已经拥有了可观的财富。

丛好进入到潘向宇的视野里，令他有种说不出的感觉。潘向宇憬然发现，这个世界还有这样的一种女孩子，完全在他的经验之外，像一株神奇的植物，生长在一块他从来未曾涉足过的神秘之地。而对于那些人迹罕至的风光，潘向宇这类人有着天然的征服欲，探险啦，登山啦，这些行为，就是他们释放这种欲望的一个途径。

现在，潘向宇的这只探索之手就伸向了丛好。

丛好那间进门就是床的宿舍，是潘向宇见到过的最为古怪的一个空间。床上堆积如山的书，横空的绳子，以及那条醒目的白色短裤与一张电焊面罩的奇异搭配，都令潘向宇有种震撼的感觉。潘向宇发现自己被一种新鲜的刺激调动起来了,说不清是这个女孩子让他蠢蠢欲动,还是这间小宿舍所展现出的那种诡谲让他亢奋不已。

平时潘向宇基本上是不去修理厂的,那只是他产业中微不足道的一部分。现在他开始关注那里,坐在公司的办公室里打电话过去,命令修理厂的经理给丛好换一间大些的宿舍,"再配一个书柜"。但反馈回来的消息又一次令他感到了着迷:丛好拒绝搬出去。潘向宇决定了,一定要把这个女孩子搞清楚。

潘向宇开始频繁地出现在汽车修理厂,邀请丛好出去吃饭。往往是晚餐,通常在这个时候,潘向宇打理了一天的生意后,还需要去应付各种凶险的酒局,但这段日子由丛好陪着正正经经地用晚餐,让潘向宇的身心都得到了宝贵的休息。

潘向宇在黄昏的时候将丛好接出那间小宿舍,两个人都没有太多的话。潘向宇是这里的老板,做什么似乎都是不用理由的;而丛好也没有一点不知所措的样子,甚至和潘向宇这个老板一样,也有股天经地义的味道在里面。她一点也不显得惶惑,仿佛这很正常,跟潘向宇认识了几十年似的。

这令潘向宇更拿不准,悄悄观察身边的这个女孩子。

她穿着土气的外套，里面应当没有穿内衣，外套已经不合身了，绷在她本来并不显得丰满的胸上，居然也会将纽扣那里扯出不雅观的开口，在胸前凸显出两颗若隐若现的乳点；脸色苍白，一副黑边眼镜戴在上面，黑白分明得令人过目不忘，倒比那些红红绿绿的脸更醒目，有种平白无故的味道；蜷曲的头发非常柔软，随随便便地扎在脑后，在光线下侧看，毛茸茸的有一层朦胧的光。她安静地吃着那些食物。看得出，很多东西她都是第一次吃到，她不得要领，该吃皮的却吃了瓤。但她吃得镇定自若，没有一点心虚的样子，让一旁的潘向宇都接受了这样的事实，觉得吃就吃了吧，这么吃仿佛倒是正确的了。潘向宇的胃口早已经败坏了，食不甘味，对什么都不感兴趣，但是这样和丛好吃了几顿，居然吃出了乐趣，变得有滋有味了。

潘向宇一边吃着，一边在心里构想，和这个女孩子在床上，会是怎样的情景？他想，她漂亮吗？好像还不能这么说，但是她性感，一种青涩的性感，和腰身澎湃的生理性女人不同，她是一个精灵。

潘向宇陷入一种不健康的憧憬之中。但他并不急于把这种欲望过早地释放出来，愿意忍住，攒着这股劲。

潘向宇开始送丛好一些礼物，衣服首饰之类的。

衣服都是经过潘向宇认真挑选的，看起来平平淡淡，但却都是些很地道的牌子。丛好换上这些衣服，果然也不令潘向宇失望，与他经历过的那些花红柳绿的女人相比，别有一番清澈的仪态。少女本来的那种冷漠，被包装起来，更加显得可信，让人觉得有种难以染指的气质。

首饰也都是那种外观朴素的，但昂贵，有一根潘向宇托朋友从印度带回来的木质手链，被丛好和那根玻璃珠子串成的手链戴在一起，看得潘向宇一阵心痛。他几乎要去纠正她了，告诉她这根木质手链有多大的来头，但最终还是忍住了。丛好那种无知无觉的态度是潘向宇喜欢的。她的魅力就在这里，从容地接受，并且自然地消化掉这些馈赠，根本没有丝毫的感激之情，仿佛潘向宇欠着她似的。

潘向宇宛如是在眺望一座雪山，计划着如何攀登上去，整装待发的过程，就已经是一种享受了。

潘向宇向那位作协的朋友咨询了一下，丛好的写作究竟有没有前途，得到的回答还算是比较正面。

潘向宇问："她的小说好在哪里？"

那位作协主席说："梦，她是一个记录梦的人。"

潘向宇觉得朋友言之有理。丛好的那间小宿舍，在他眼里的确有着一种梦幻般的场面感，像一个舞台剧的布景，像一个隐藏着幽暗秘密的洞穴，而它的主人，可不就是一个具有巫术的少女，一个"记录梦的人"？

潘向宇决定运作一下，让这个"记录梦的人"尽快成功。他是一个老练的商人，熟知这个世界的规则，而且交际的圈子非常广，他知道该怎么办。一想到自己最终要俘获的将是一位具有灵异气息的少女，潘向宇的心就跃跃欲试。

很快，潘向宇就把丛好发表过的小说搞出一本集子，送到朋友面前，要求给丛好评一个奖。朋友说这种事情比较麻烦，首先丛好需要加入协会，否则就没有资格，而且柳市的文学奖四年才评一次，各方面都需要协调。

潘向宇笑了，这种事情，他知道并不会那么复杂，先替丛好填了入会的表。这些都是他背着丛好做的。潘向宇知道，丛好对这些事也不会拒绝，一定还是那种无所谓的态度。但他还是期望制造出一个惊喜来，他想，如果有一天，这个精灵显露出被感动了的迹象，他就把她带到床上去。

　　十九岁的我，心里却并不像表面上那样的无所谓。那一天，我穿着简单的睡衣看到他时，这个扬着下巴的傲慢男人，就令我的心悬了起来。

　　他是我经验之外的那一类男人，举手投足间都透着主人的气势，世界仿佛就是他的。他不需要去破坏什么，比如说像闪电一样地去划破庸常，他就稳如磐石地站在庸常里，背着手，扬着刮得青青的下巴，成为一个有力的庸常，于是具体的庸常就退在他身后了。

这个男人具备一种标杆一样的尺度。这种尺度对于我是高不可攀的。

我所经历的，满眼都是那些兰城式的低姿态男人。张树充其量也不过是个敢于迎着痛打而上的少年，是一个光脚者。而他，却是一个优越的穿鞋者，他不需要去面对拳头，他有更有力的东西令危路变成坦途。

丛好不知道这个男人为什么围在了自己的身边，他的所有举动都有着不由分说的味道，很像是一道道的命令，你只能去执行，根本用不着去质疑。丛好把这一切又当作一个古怪的梦了，浑浑噩噩的，由着潘向宇变戏法。

有一天，丛好在梦里梦到，那条硕大的狼狗恬静地卧在潘向宇的脚下，摇着尾巴，再也不会威胁到她。在梦里，她的眼泪流出来，那么多，像积攒了几辈子。醒来后，眼泪也果真已经打湿了枕头。

这个梦太可贵了，把丛好约束和钳制住，以至于面对潘向宇时，她不敢并且难以变得生动起来。她只有木木的，生怕失措间，把梦弄碎。

6

这件事情起初老丛并不知道，他有了新家，下班后就回家去住，而潘向宇基本上都是黄昏才出现，所以老丛并不掌握情况。

老丛常常会带一些家里的饭菜给丛好，也给食堂的师傅打了招呼，让大家照顾一下丛好，需要的时候，帮丛好把饭菜热一下。但那些饭菜几乎从来没被丛好动过，这一点，挺让老丛伤心的，认为女儿依然在和自己别扭着。对于女儿，老丛始终有些没来由的愧意。按理说，老丛婚姻的失败，责任应该更多在丛好的母亲那里——是她，跟别人跑了。但作为一个男人，有时候就是这么冤枉，老婆跑了，似乎倒是自己欠下了全世界的债。何况，老丛在女儿这里还有一个致命的污点——那本黄色画报。一个做父亲的，这点儿秘密被女儿撞破了，老丛当然就不太能抬起头了。老丛能够感觉到来自女儿的敌意。

有一天，一个工友招呼老丛，叫他："丛经理！"

老丛愠怒道："开什么玩笑，让经理听见，我老丛还怎么混？"

工友很正经地说:"怎么是开玩笑呢?你老丛今天不是经理,明天也会是,明天不是,后天也会是。总之你一定会成为丛经理的。"

老丛摆手,跟人家一笑:"不跟你胡扯了,我老丛家祖坟上没长当经理的草。"

说罢老丛就钻进一堆轮胎里去忙自己的了。

可这个工友并不罢休,追着老丛继续胡扯:"你老丛当经理用不着往祖坟上找,你往下找就行了。"

老丛说:"往下找?"

工友说:"对呀,不用找祖宗,找你闺女就行了。"

老丛说:"啥意思,你啥意思?"

工友说:"你不知道啊,咱们潘老板看上你闺女了。"

潘向宇在这个厂子里就像一个遥远的传说,大家都知道他才是最大的当家人,"潘老板"这个称呼,就像一个牌位一样,被向宇汽车修理厂的工人们在口头上膜拜着。

老丛脾气再好,对于别人拿自己女儿开玩笑还是很不情愿的。他有些不高兴了,很严肃地说:

"我跟你讲啊,你说我老丛啥都没问题,你不要说我闺女好不好?"

这个工友也急了,拿出赌咒发誓的样子,对老丛说道:"丛经理我说的可是事实呀,潘老板天天开车来拉你闺女，这总是事实吧？"

老丛眼见着对方不像是开玩笑的架势了，心里马上就犯了嘀咕。

转天老丛下班后没有急着回家，守在厂子的门房里，果然就看到潘向宇的车子在傍晚的时候出现了。潘向宇下了车，也果然就往丛好那间小宿舍去了。过了几分钟，丛好跟着潘向宇出来，双双上了车，走了。

老丛觉得自己的心里狠狠地拧了几下。这种感觉老丛并不陌生，就像当年他在雨雾中撞到了和别人偷情的妻子一样。作为一个男人，老丛在情感上对于自己家里的这两位女性，居然有很多相仿佛的地方，任何男人对于她们的侵占和觊觎，都会令老丛感到紧张不安。老丛感到紧张不安，当然是一种软弱的表现，首先他知道，自己搞不定自己的这两位亲人，由此出发，就让老丛也觉得自己一定也是搞不定那些个虎视眈眈的男人了。这就是一个恶性的循环，一个在家里没有舒展起来的男人，势必面对世界的时候，都会变得缩手缩脚。

何况，现在从老丛眼皮下带走丛好的，是"潘老板"。

潘向宇的威慑力，加重了老丛心里的阴影，更让他觉得自己又有了危机——又一个更加强悍的男人出现了，这一次，他又要剥夺老丛身边的一个女性。

老丛将潘向宇想象为一个侵略者，也并不是全无道理。在老丛眼里，潘向宇这样的男人，接近丛好，一定就是抱着来欺负丛好的目的。潘向宇和小丁不一样，甚至和张树都不一样，说狠一些的话，小丁、张树和丛好是一个阶级的，而潘向宇呢，对他们来说，就是另一个阶级的了，而且这个阶级，还是剥削阶级，一个敌对的阶级。那么潘向宇"潘老板"，他就是一个阶级敌人了。

所以老丛被这样的事实吓住了，他很害怕自己的女儿会吃亏。

当天老丛一直等在修理厂的门房里。看门的是一个复员军人，一条腿在当兵的时候负了伤，留下了残疾，潘向宇为国分忧，解决了这个人的就业。这位门卫心里本来就很感激潘向宇，现在也把老丛和潘向宇联系在一起考虑，就对老丛格外地热情，看老丛待在他这里不走，也不问缘由，只是热情地招呼起老丛来。门卫从食堂打了饭，又买了些凉菜和一瓶酒回来，请老丛和他一起喝酒。

老丛本来不太能喝酒，但这时候正在心烦意乱，索性就和人家一杯一杯地干了起来。

酒喝到一半，潘向宇的车回来了。这有些出乎老丛的意料，他想不到会这么快，也就是一顿饭的工夫。

潘向宇并没有下车，而是坐在车上，目送着丛好进了她的小宿舍。这时候老丛已经有些酒意了,豪气被酒精助长了出来。

潘向宇的车子在厂里掉了个头,刚开到厂门口,门房里突然蹿出来一个人,拦在他的车前,手里面好像还提了双筷子。潘向宇有点儿生气,心想什么人这么冒失,手底下按了几声喇叭。谁想,这个人居然并不避让,反而把一只手扛在了他的车头上。

潘向宇这回是恼了,头伸出车窗,大声问:"干什么的!"

并无什么酒量的老丛大约喝了有四两白酒,已经是头晕眼花,人也变得更加木讷,整张脸是红的,脖子也粗了一圈。他之所以用手撑在潘向宇的车头上,完全是因为不这么做他就站不稳了。

这时候那个门卫也跑出来了,一边架住老丛,一边跟潘向宇解释:

"潘总好,老丛他这是喝多了,您别生气。"

车里的潘向宇转了一下念头,就明白了一些。潘向宇应该认识老丛,老丛是潘向宇亲自从兰城招来的工人,但这样一个角色,对潘向宇来说,忘记也就忘记了,何况现在的老丛,已经和兰城时的老丛不可同日而语了。如果说潘向宇对于老丛还有那么一点印象,那这个印象中的老丛也应该是一副灰头土脸的样子,哪里会有这么满面红光?

潘向宇认真打量着老丛,想在他身上找到一些丛好的影子,看了半天也没看出有什么地方足以说明问题,于是就没了耐心,对着车外摆了摆手。

门卫已经架开了老丛,潘向宇的车子踩了油门就开走了。

老丛兀自在呆愣之中,嘴里含混不清地问门卫:"哎呀你怎么让他走了?我还有话要跟他说!"

门卫说:"你有什么话也不应该拦着人家车说呀。"

老丛问:"那我怎么跟他说?"

门卫说:"明天去公司里找嘛,或者让你闺女给带个话。"

老丛顿一顿,手里的筷子一挥,说:"好!"

第二天老丛并没有去潘向宇的公司找潘向宇,他的酒醒了,哪里还会有这样的作风?倒是一大早,老丛就敲响了丛好的房门。

丛好写东西熬了一夜,刚刚睡下不久,被他吵醒,先就有些不高兴了,等听明白父亲的话,立刻就有了敌意。

老丛开门见山,冲着睡意蒙眬的女儿说道:"好好你千万不要上当。"

丛好说:"你说什么呢?"

老丛说:"那个潘老板,你千万不要上他的当。"

丛好稍微明白了一点儿，首先就为父亲话里的意思不愉快起来。要知道，所有少女都会抵触别人干预自己和异性的交往，往往是拧着你来的意思，你不干预则罢，你干预了，她们反而更来劲儿，没准就会来了气焰。况且丛好和父亲又是处在这么一种对立的情绪当中。老丛的干预，只能适得其反。

丛好反问道："我能上什么当呢？"

老丛就被问得张口结舌了。女孩子上男人的当，无外乎就是那么一种状况，可这一种状况，对老丛来讲又是难以启齿的。——他自己有把柄落在女儿手里，对于那种状况，是要格外避免涉及的。

老丛笨嘴拙舌地对女儿说："你要相信我，我是男人，我了解男人的，你要相信我！"

丛好幽幽地回了一句："你是男人？"

老丛更不知道说什么好了，索性对丛好讲明利害。

他说："爸跟你讲啊，你一个姑娘，以后是要嫁人的，嫁一个好人，你才能过上好日子，你现在上了男人的当，以后要嫁个好人就很难了。"

丛好针锋相对地说："谁是好人？你是好人不？"

话说到这里，老丛就再也说不下去了。他拿这个女儿是一点办法也没有的，就像当年他拿自己的老婆无能为力一样。老丛眼里不由得都难过出泪花来,但也只能抹了一把眼角,转身走了。

到了月末,工资发下来,老丛比以前多领到五百块钱。起初他以为大家都涨工资了,但私下里打问一下,却并不是这么回事儿。原来是潘向宇打了招呼,每月多发老丛五百块钱,算是一个优待。老丛明白了里面的缘由,没有迟疑,找到修理厂的经理,一言不发,把那多出的五百块钱放在了经理的办公桌上。

经理在身后叫住老丛,说:"老丛你什么意思?"

老丛头也不回,石破天惊,说出了自己一生中最硬气的话。

他说:"我丛楠生不卖女儿!"

做完这件事,说完这句话,老丛就已经算是到了极致。他在心里发了个狠,想,如果那个"潘老板"真要欺负了丛好,他就把命跟"潘老板"换了。

7

这列火车的目的地是距兰城数百公里的一个

南方城市。一路上，他却一直在给她描述一个叫作"槐树洲"的地方，仿佛那里才是此行的终点。他甚至掏出了一张地图，手指一路逶迤，在这张地图上指点着他们的行程。她看出来了，这不过是一张自制的手绘地图，但是勾画得却惟妙惟肖，不同的色块标识着不同的地貌，在一些村庄和丘陵，还画有三角形的小红旗。

他扬扬得意地说："这是全世界最精确的一张地图，喏，你看到没有，它甚至画出了池塘里的鸭子。"

她把头凑近了去看，由衷地赞叹了一声。

果然，在他的指尖处，那粒明黄的小色斑，是一只浮在水面上的鸭子。

…………

潘向宇找到一本刊有丛好小说的刊物读了。小说写了一个女孩，在火车站受到一个陌生男人催眠般的暗示，与之踏上了寻找一个名叫"槐树洲"的地方，而这个地方，却子虚乌有，从始至终，都是一个近在咫尺却又遥不可及的目的地。潘向宇看得云山雾罩，并没有读出什么名堂，认为比自己上大学时读过的一些诗歌更加令人不知所云。

他将这本刊物带到了丛好的面前，问她：

"是你写的?"

丛好有些惊讶,但表面上仍然看不出来,只是抬了抬头,点了一下。

"曾经,我有一个梦想。"潘向宇托着自己的下巴,对丛好说道,"上大学的时候,我一度希望自己系(是)一位系(诗)人。"

为了证明自己所言不虚,潘向宇开动脑筋,还真的记起了这样的几行诗句,他对丛好朗诵出来:

即使明天早上
枪口和血淋淋的太阳
让我交出青春、自由和笔
我也决不会交出这个夜晚
我决不会交出你

丛好的心里再一次惊讶了。不是吗?诗句很打动人。更关键的是,本来发音方言味儿很重的潘向宇,在朗诵这样的诗句时,音调突然大变,就像电视里的主持人一样,顿挫有致,发音标准极了。这让他仿佛突然变了一个人。

丛好略微向自己对面的这个男人笑了笑,心里想,自己曾经有过什么梦想吗?她想不出来,不要说曾经,就算是现在,她似乎也没有过什么清晰的梦想。如果一定要找到一个所谓的"梦想",那么,很简单吧,少女丛好一直以来不过是"梦想"着这样的一个男人出现——不猥琐,有担当,时刻能够保护着她。

潘向宇继续说:"当然,这个梦想最终没有实现,不过,我很乐于看到别人在实践这样的梦想。"

说着,他用手指点点餐桌上的那本刊物,看着丛好,眼睛里是不言而喻的意思。这就让潘向宇给自己如今的行为找到了一个理由。三天两头地将这个女孩子带到餐厅里,大多数时候,两个人都相对无言,这让潘向宇都觉得有些说不过去了,感到有些难堪。总该有个什么理由吧?这下好了,这个理由被潘向宇找到了。潘向宇把自己形容成了一个曾经的文学爱好者,那么,现在他对丛好表现出的兴趣,就有了一个说得过去的缘由,两个人显得有些不近情理的交往,就显得近了情理。

暗地里,这个理由也让丛好舒缓了一些。她也在为这个男人的举动而感到疑惑,在心里面,也有着和老丛相似的警惕,尽管不像老丛那样坚定不移,但多少还是有些不安的。丛好的心里找不到潘向宇接近她的理由,即使把这一切当作一个古怪的梦,也难免会在某些清醒的时候发出内心的诘问。现在好了,潘向宇给出了答案——原来,

"曾经,我有一个梦想"。

丛好停下了手中的筷子,对着潘向宇郑重地点了点头。

两个人于是好像都松了口气。接下去的交往就变得自然了许多,仿佛彼此都行走在一条很正当、给谁都能交代得过去的正路上。

当然,就此之后,潘向宇再也不跟丛好谈论这个话题了,这个曾经的工科生,如今的商人,没有资源也没有兴趣总是弄出这样的谈资。

这天潘向宇送丛好回去,在那间小宿舍里留下了一只传呼机。丛好并不知道,所以第二天黄昏这只传呼机嘀嘀嘀地蜂鸣起来时,丛好被吓了一跳。找了半天,她在床边的几本书下找到了这个声音的来源。丛好没有见过这样的设备,惊奇地看着屏幕上的一句话:

我到了,出门。

她心里大致有些明白,出门后,果然就看到了潘向宇的车停在院子里。

潘向宇的头探在车窗外,看到她如期出现,脸上就浮现出做成了某件坏事一般的笑。丛好也忍不住笑了。这就像一个小把戏,让两个人似乎突然有了一种默契。

从此,潘向宇基本上不进丛好的那间小宿舍了,都是快到的时候，用这只传呼机招呼丛好。丛好对这个小玩意儿渐渐却有了一种依赖，每当它叫起来的时候，心里不禁便会有一些雀跃，荡漾起一股频率短促的振奋之情——就像这只传呼机发出的律动一样。有时候潘向宇没有来，这只传呼机的静默便让丛好有些意乱心烦。在丛好看来，见不见到潘向宇倒成了次要的事情，反而是这只传呼机的响动才成了拨动她心弦的东西。

转瞬就是1994年的年末了。在潘向宇的运作下，刚刚二十岁的丛好获得了柳市青年文学奖。这个奖可以说是专门为丛好设立的，费用全部由潘向宇承担，有关部门不过是具名确认一下。潘向宇把这个消息通知丛好，丛好无动于衷地点点头。

领奖那天，潘向宇陪着丛好。

丛好站在台上，一眼看见下面潘向宇那扬起的下巴，陡然涌起一股终于被救赎后的光明感。丛好不是为着这样的一个奖励而动情，是她终于几乎可以看到，那条硕大的狼狗此刻就在自己的眼前落荒而去。这让丛好有了从梦境中回归的愿望，手指暗自去触摸那根玻璃珠子串成的手链，有意摩擦那些粗糙锐利的棱角，用痛感来说服自己——这一切，已不再是梦魇。

坐在台下的潘向宇看到了丛好眼里的泪光,心里一瞬间也有种峰回路转、柳暗花明的感触,好像真的"曾经,我有一个梦想",而如今,这个梦想终于实现了。

台上的丛好,穿着格子呢裙,额头有几粒正在露头的粉刺,微黄的头发系着紫色的丝绒箍带,两边的发梢蜷曲着垂在小巧结实的胸前,一双苍白的手相互交错着搭在小腹上,一纸证书夹在腋下。潘向宇觉得,这是他的作品,是他塑造了她,把她从一个穿着旧衣服的巫女变成了今天的这副模样,一个精致的小美人,一个西方古典油画中的公主。潘向宇心里涌出狂乱的情欲,他想起了那条搭在一张电焊面罩上的白色短裤。

颁奖结束后,还有其他的庆祝活动。丛好受到邀请,但她没有任何主意。她对一切都太陌生,被挤在人堆里,心里慌张极了。丛好在寻找潘向宇,终于看到他,马上就踏实下来,穿过人群,小跑着向他靠拢过去。

潘向宇一直在观察着丛好。看到她仓皇四顾,以及终于找到他后眼神中那一瞬间的明媚,都像他所期望的那样发生着,就有种胜券在握的笃定感。丛好到了跟前,一只手很自然地交在了潘向宇的手里。两只手握在一起了。不是一般的握法,十指交错,严丝合缝的榫接着,像是被焊在了一起。

丛好就这样被潘向宇牢牢地捉住，带领着离开了会场。

一跨上潘向宇的车开得飞起来。那种水到渠成的欲望强烈到令他暴怒的地步。他暴怒地踩着油门，暴怒地揿着喇叭，向着欲望释放的终点暴怒地飞奔。

终于到家了，车开进车库里，卷帘门却在后面放了下来。潘向宇等不及了，车都没有下就侧身抱住了身边的丛好。车库里漆黑一片，像一个无尽的深渊。潘向宇吻着丛好，手粗暴地伸进裙子下面脱她的连裤袜。丛好挣扎了一下，就配合地抬了抬身子。座椅被潘向宇放下去，车身里非常不方便，又那么黑，他的姿势变形着，将丛好的一条腿几乎是扛在自己肩膀上，没有一点过渡，就强硬地进入了丛好。

丛好半窝在座椅里，就像是被塞在了一个无法挣扎的容器内，当两腿之间被异物深入的那一刻，她仿佛是哀鸣一般地尖叫起来。她的指甲抓烂了座椅侧面的皮革，头剧烈地摇摆着，沉闷地撞在车门上。这一切，是由于比疼痛更令她猝不及防的震惊。丛好震惊了，在这个瞬间，她终于明白，原来自己和张树那些饥馑的夜晚，失之毫厘，谬以千里，都是源于一种没有实质的、错误的行为。——自以为是的张树，横冲直撞的张树，从来就没有在她这里得逞过。

那种熟悉的、泥水与铁锈混合在一起的气息，骤然弥漫开。而且，醍醐灌顶，那本黄色画报上的画面突然全部清晰地纷至沓来，宛如生理教科书一般地条分缕析。丛好的眼泪夺眶而出，因为撕裂般的痛，因为几近疯狂的忧伤。丛好在心里呼喊：

"张树啊，原来你就是这样'摘花儿'的啊！"

潘向宇结束得非常快。他控制不住自己，一方面是因为欲望已经到了极点，另一方面，也因为他感到了自己身下那种异样的紧致。潘向宇经历过很多女人了，却没有碰到过这样的局面。车灯被他打开。他察看一下，就得到了证实。座椅上那块白色的绒垫上，留下了一大块的污迹。

潘向宇和丛好吃了无数次的饭，话却说得很少，每一次用餐，他都在沉默地构想着这一天，他想出过很多刺激的情景，就像登山前设计路线一样，诸般可能都涉及了，他甚至都想到了，如果被丛好拒绝，他就不惜采取强暴的手段，揪她头发，打她耳光，将她的手反剪起来。什么离奇的可能都被设计到了，他甚至不惜将丛好想象成一个女巫或者精灵，但唯独没有把丛好展望成一个处女。

潘向宇在这一点上缺乏想象力，不是因为丛好令人不能往那个方面去想，是因为在一个柳市的成功男人的思维里，已经没有了关于这种可能的概念。那种对于女人的要求,在这个时代不仅是封建残余思想,更是绝对的奢望,是苛求,所以潘向宇的奇思妙想就自觉地回避了这个念头。

潘向宇大学里的第一个女朋友,言辞恳切地向他表白过,他只是她的第二个男人,这样都令潘向宇感到了欢欣鼓舞,像中上了大奖。但是今天真正的奇迹发生了,潘向宇不知道该怎样比喻这样的好运气。这个意外的收获让他有点蒙,他并不是非常看重女人所谓的贞洁,这就好比一个有钱的人,并不会在乎自己在牌桌上输赢的多少,他所关注的,只是自己每一局是否获得了胜利,牌出得是否漂亮。而现在,潘向宇发现自己握了一手的好牌。

事情就是这样不以人的意志为转移。潘向宇最初的动机,只是源于那种追逐新鲜刺激的本能,考验考验自己的耐心,玩一场循序渐进的游戏而已,一旦得手,在充分享受了游戏的过程和结果后,就会进入下一场游戏。这一点,从某种意义上讲,是被老丛看准了。但是,现在却出现了意想不到的故障,把他这个老丛眼里的"阶级敌人"滞留在游戏里面不能自拔了。

他们从车库出来,进到房子里。刚刚进门,潘向宇就从身后脱掉了丛好的外套,继而是短裙,直至将丛好完全地剥光。丛好被他一路推拥着来到了床上。她赤裸的身体被质地精良的卧具衬托着,在潘向宇的眼里更是有着一种无辜之美：瘦削的膝盖，两只拳头一样紧握的乳房，窄小的骨盆，阴影一般的浅灰色的耻毛，皮肤上因为刚刚在车里面的那一番碰撞，竟然留下了好几处瘀青。潘向宇浑身滚烫，他想温柔一些，但由不得自己，行动起来就顾忌不到什么了。他站在床边，将丛好的头搬在自己的腹部。丛好一下子变得无师自通，那本黄色画报的画面像教科书一般地指导着她。她含住了潘向宇。这就够了，其余的，潘向宇会自己处理。他在丛好的唇齿之间耸动着，很快就重新恢复了，于是退出来，再一次去重温那种他从未品尝过的滋味。

这一天，潘向宇一次又一次地兴奋起来，直到身体变成了一台机器，麻木掉，根本释放不出什么了，还要机械地运动着。

> 我在向他开放着，一次又一次地接受他。我觉得自己某个重要的环节被打开了，不完全是身体，还有一份重要的情感在里面。这种情感对于张树都没有产生过，那是一种绝对的服从感和归属感，像一个跋涉者终于抵达终点的那一刻。
>
> 这时，我以为——原来爱是这样的。
>
> 在这个时候，我用自己的身体爱上了他。而这

个身体的分量，一点也不亚于心灵。我爱他到这样的地步，可以忍受住身体那种灼热的剧痛，即使咬破了嘴唇，也不对他说出一个"不"字。

就这样交给他，让他剥夺，让他穿透。

我觉得自己的两腿之间变成了一个靶心。我觉得自己的两腿之间变成了一块泥塘。

"累了吗？"

当一切归于沉寂，丛好问。她感到了自己内心那种母性特有的温柔。

潘向宇趴着，脸埋在枕头里，眨眼间已经沉沉睡去。

8

1995年的元旦，来自兰城的丛好嫁给了柳市的潘向宇。

这个选择，对于他们都是心甘情愿的。潘向宇不是在大事上盲目的人，他衡量过了，丛好，作为一个有希望的年轻作家，作为一个不谙世事的纯洁女孩，是可以成为潘太太的。

丛好搬出了那间小宿舍。收拾东西时，翻出了一件橘黄色的毛衣，样式，甚至气味，都是兰城的。它出自张树的母亲之手，是一件婆婆织给儿媳妇的毛衣。丛好把它丢掉了，像丢掉它所代表的那种虚假的关系，以及那种兰城式的生活。手腕上的那根玻璃手链却被丛好保留了下来，她依旧不能够完全确信，生活于她，真的不再是一场叵测的梦，而这根手链的粗糙会时时给她提供那种必要的痛感，让她借以区别梦境与现实的边界。离开时她再次抚摸那张电焊面罩。

有谁会知道，这张面罩曾经在多少个夜晚，扣在一张少女的脸上，为她遮挡住夜的狰狞？

潘向宇的父母都是土生土长的兰城人，两人算得上是知识分子，退休前在一家科研单位做研究员。也许知识分子的确有些异于常人吧，这对夫妻离职后，就过上了一种候鸟般的生活。他们在北方的一座城市买了房子，春夏两季飞过去，住在陌生的地方，到了秋天，再返回柳市。谁也说不清这么做好在哪里，柳市是四季不分的城市，因此气候因素不该是他们这么飞来飞去的理由。潘向宇和丛好结婚的时候，恰逢冬季，他们其实是在柳市的，但居然都没有露面。

迎娶丛好这件事，在潘向宇本来就是有着一股浓厚的游戏精神，加上他又不是一个低调的人，所以婚礼就被张罗得堪称夸张。潘向宇是场面上的人，朋友们投其所好，都很给面子，结果他们的婚礼镜头上了第二天的《柳市晨报》，花团锦簇的，也说不好是被批判了还是被祝福了。

接新娘是个重头戏，但是显然，把丛好从哪里接出来成了一个问题。丛好和父亲，本质上是这座城市的外来务工者。丛好在柳市，没有一个所谓的"娘家"。潘向宇当然不会考虑让自己的新娘从刘姨的那个家被迎出来，干脆就在酒店包了房间，姑且算作丛好的一个来路。整个仪式被潘向宇弄得教条刻板，头一天夜里，丛好就被严格地安置在了一家五星级酒店的套房里。

我在这一夜居然睡得很好，这让我自己都有些吃惊。

孤身躺在这样的一个房间里，我在黑暗中试图让自己的意识流转起来。我认为，自己内心深处必定会有些什么东西需要被自己所体验。这种预计非常强烈，然而奇异的是，我什么也想不起了，只被一个庞大却又空洞的感觉笼罩着。

酒店房间里那种特有的整肃与单调，即使关掉灯，隐匿在黑暗里，也让人有种超现实的感觉。我却很难将自己今晚的感受比喻成一个梦，因为我清楚的知道,这一切正在确凿地发生着。那根玻璃手链被我攥在手心,同时,被他过度使用了的身体也时刻证明着一切绝非梦境——我的两腿之间犹如夹着一枚火热的桃子。

但即便如此,我依然无法唤醒自己清晰的意识。

我就这样睡在了自己新婚之前的那个夜里,仿佛一个意识澄明的人,渐渐被乙醚所麻醉。

翌日,天还没亮,潘向宇指定的人马就来装扮丛好了。丛好不知所以地由着这群人收拾自己,光头发就摆弄了近两个小时。化了妆的丛好,面对着镜子,自己都认不出自己了。白色的婚纱铺展开,几乎可以覆盖住整个房间。

老丛早早就赶来了,不断发出长吁短叹一般的声音,他向身边的刘姨反复念叨:

"我闺女,我闺女。"

这句念叨,却是五味杂陈。喜悦是不用说的,还有辛酸。女儿就这么嫁了,嫁得从天而降,嫁得突如其来,结结实实的一件好事,却因为了突发的性质而让人伤感了。老丛没能给女儿一个像样的娘家,甚至连一份像样的嫁妆也没备下,潘向宇当然不在乎这些,但老丛他却不能不在乎。由此,那个叫"丛楠生"的人的上半辈子就纷至沓来了,酸楚、屈辱、悲怆、凄苦,不堪回首,说不完,也说不清。所以就五味杂陈了,让老丛几欲落泪。

刘姨抽个机会来到丛好跟前,将一只装有金戒指的首饰盒塞给了丛好。这是一个与老丛很般配的女人,她也像老丛一样,无论任何时候,只信任"金货"。

整个婚礼的过程都是如此,丛好被簇拥着,甚至连一个演员的滋味都没有,她没有那份自觉,不过是像一个木偶般的被别人牵着行动。

反而是老丛还有一些自我意识,他在鼎沸的喜庆当中,发现了一个问题——他没有见到自己的亲家。对于潘向宇的家世,他们父女俩毫无所知,但理论上讲,嫁了女儿,必然会结上了亲家,这个逻辑老丛是确知的。因此他有些小小的激动,一开始还在隐忍,四下在人群中巡睃,看看有什么人具备一对"亲家"的模样。为此他几乎闹出了笑话,和一对貌似男方家长的夫妻搭讪,虚与委蛇了半天,最后终于弄清楚了,对方不过是潘向宇生意上的朋友。

老丛渐渐有些愤懑。这显然不是他的作风。但这一刻,置身在这样一个热烈的场面里,遥看一位让他自己都辨认不出来的女儿,老丛仿佛突然被赋予了某种理直气壮的权柄。

潘向宇在四处与人寒暄,举着酒杯,眼见已经是有了酒意，于是当老丛倏地钻在眼前时，他被吓了一跳。对于老丛，潘向宇也缺乏一个正确的认识。由于自己的父母没有出席，刚才的仪式中就省略了一些环节，在潘向宇的意识里，他还没有将老丛确立为一个岳父。潘向宇感觉自己被眼前突然钻出的这个人冒犯了，不自觉就斥责了一声：

"做什么！"

老丛几乎要立刻赔上笑脸来，难得的是，稍一定神，他便站稳了脚跟。老丛在这一刻表现出了难得的持重，他不亢不卑地站在潘向宇面前，看着自己这位意气风发的女婿。

潘向宇也回过了神，立刻调整了脸色，毫不勉强地就叫了老丛一声：

"爸。"

这一声一下子就将老丛的斗志腐蚀掉了。他谨慎地浮出笑脸，用一种亲昵的姿势侧在潘向宇耳边问道：

"亲家呢？我怎么没看到？"

潘向宇愣了愣，旋即大而化之地说道：

"他们啊，有自己的事儿吧，没来。"

这个解释当然不能令老丛释然，但他的那个"自我"也仅仅只能发扬在这样一个程度，他若是继续不依不饶地追究下去，那么他就不是老丛了。

对于女儿的婚事，老丛已经不能用"满意"来形容了。他从骨子里不能确信，这样的幸运真的是发生在女儿头上了，潘向宇这个"阶级敌人"，居然真的是一个好人，如今一对缺席的亲家，陡然让他的不确信变得更加强烈起来。对于潘向宇，他缺乏勘验的勇气，便只好在女儿那里去求证了。

越过人群，老丛看到了丛好。谁能想得到呢，在这样的一场婚礼上，作为新娘的丛好，却被冷落在一个角落里。

不是没有人关注丛好。潘向宇的朋友们都是些世情练达的人，知道在这样的场合该怎么做。起初总有三五个女宾围着丛好，但她们发现了，眼前的这位新娘子显然并没有与人亲热的愿望。对于潘向宇的这位新娘，大家也是不明根底的，都觉得颇为神秘，面对丛好那张面无表情的脸，大家心里就更没底了。她们会错了意，丛好不过是不知所措，但被人看在眼里，就是一种拒绝了。大家觉得，潘向宇的这位新娘有一种令人不快的傲慢。而作为新郎的潘向宇，似乎并没有体察到这些。他很愉快，呼朋唤友，四下游走，像一条欢畅的鱼。

渐渐地，丛好身边就没有了人。此刻，她依旧陷入在那种清醒与蒙昧交织着的状态里。

刚刚发生过的一切，都像刀子一般镂刻在丛好的意识当中：被潘向宇从酒店的房间一路抱下了楼，塞在一辆硕大的花车里，司仪夸张的主持方式，交杯酒，震耳欲聋的爆竹声。一切是如此分明。但内心里，一切又是如此虚诞。

潘向宇算是少有地细致了一回，他没有要求丛好和自己一同去给客人们敬酒，自顾兴高采烈地招呼着。

丛好坐在一堆气球和鲜花里，安静地看着自己的婚礼。老丛情绪激动地来到了女儿的身边。报复似的，他向丛好伸出了一只手。原来，他是在向丛好索要一个证据，他要求看看他们的结婚证。

丛好一点也不觉得突兀，她始终很安静，当听明白父亲的要求后，她从自己的包里亮出了那两本证书。这是十天前办理的，她被潘向宇带到了民政局的婚姻登记处。本来这种事情办理起来是要费些周折的，户籍证明、婚姻证明等，原则上都需要丛好回到兰城去开具，但潘向宇是这个时代那一部分畅通无阻的人，规章与制度在他这里变得灵活起来，于是仅凭着一张身份证，他们就拿到了这样的两本证书。从那时候起，丛好就已经获得了某种无法说明的安静，旁观似的，让一切顺畅地发生着。

老丛认真检查过了这两本极具说服力的证书，深深地呼出一口气。仿佛那个有关亲家的问题，也一并得到了解决。

就这样，丛好和父亲，双双在柳市谋取到了一份婚姻的证明。兰城在身后越退越远。他们也像一个看起来都比较富裕的柳市人了。

第二天潘向宇举着《柳市晨报》让丛好欣赏登在上面的大幅照片——他们那队豪华的婚车堵塞了交通。然而，一夜疲惫的丛好，目光却被这份报纸同一版面上的其他内容吸引了。

树影婆娑，随风摇曳，这番景致透过一扇仿古的窗子映入丛好的眼帘。床的四角是雕着花纹的帐柱，天花板上是一盏垂着流苏的吊灯……

陌生。而且遥远。

丛好的身体有种空泛的滞胀，这种感觉难以形容，仿佛让她整个人都变得有些笨拙了。带着这种笨拙的滋味，丛好看到眼前的报纸上除了曝光一般地刊登着那队跋扈的婚车，还以热点报道的形式罗列着那个远在天边的男人的婚事：

1963年，萨达姆与萨吉达·海拉拉结为伉俪。

1986年，萨达姆与担任伊拉克民航公司总经理的前妻萨米拉·沙阿班达结婚。

1994年，57岁的萨达姆与名叫尼达尔·穆罕默德的年轻姑娘喜结良缘。

…………

9

有那么一个阶段,丛好是幸福的。以老丛的标准讲,就是"换了个阶级"。她的幸福感当然来自丈夫潘向宇。潘向宇算得上是个有些实力的富人了,生活的方式已经没有那种"显摆"的意思在里面,已经成为一种习惯和必须。他在柳市城中心唯一保留下的旧街买了一座独门独院的老房子,自己在院子里起了栋两层的小楼,青砖黑瓦,走得是仿唐的路子;寻常吃用,都不动声色地精致讲究,也是一股体面人家的派头。生活在这样的状态下,对人的心理是有暗示力的,优越感会出来,变得容易原谅和遗忘。尤其对于一个女人,更是这样。

即使在柳市,1995年的时候家里有车的人都不是很多,而潘向宇婚后的第一件事情,就是要求丛好学会开车。这时候的丛好,人变得很灵活,一个月左右的时间就学会了,只是当她握着方向盘的时候,不禁会想起那辆"二八"的男式自行车。

灰蒙蒙的兰城,以及由此而来的灰蒙蒙的记忆,在丛好心里,都成了一种叫作"往事"的东西。丛好似乎要忘记兰城和那些兰城的人了，偶尔浮上脑子，那种屈辱感和肮脏感也不再那么强烈。这从她对待父亲的态度上就可以看出来。人和人是不同的，就像柳市不同于兰城。在兰城你很难见到像样的草木；而在柳市，走几步好像就能进入原始森林，随便一棵树都能长得枝繁叶茂。它们沐浴的阳光和空气就是不同的，你不能要求一棵兰城的树也长成柳市的树，它先天不足，所以在姿态上，就不该对它要求更高。丛好在心里面接纳了这个事实，对于父亲的鄙夷减少下来，过上一半个月，就会去看看父亲。

老丛的面貌也发生了翻天覆地的改观，现在，他以岳父的身份，真的成了向宇汽车修理厂的"丛经理"。这种转变同样也暗示了他，整个人都朝着抖擞的方向发展，几乎是在一夜之间，像所有得到权力后的人那样，老丛也胖了起来，胖得令人怀疑，配合着白里透红的面色，就像一条盛满了面粉的口袋。

丛好买了几套西装送给父亲，换下他那些已经小得滑稽了的衣服。老丛也渐渐适应了女儿态度的转变，欣然换上新装，居然很有派头的样子。现在他如果回到兰城齿轮厂，谁还认得出，这就是当年那个骑着光彩耀眼的女式自行车的老丛呢？

丛好的幸福感维持了半年左右的时间。

潘向宇的更短,大概只有两三个月的时间,他就有些厌倦了。

起初潘向宇绝对是兴致勃勃的,对于自己身体里释放出的巨大欲望和这欲望的满足,潘向宇有种贪婪的痴迷。他都不知道自己会这样穷凶极恶地耽于性事,以前经历过那么多在床上极尽能事的女人,不就也只是短暂的欢愉吗?没有一个像丛好这样,能够给予他如此持久不衰的吸引。潘向宇经常在半夜醒过来时,都要再一次将丛好弄醒。他根本不需要征得丛好的同意,因为他不需要她的配合。他只是在和自己的欲望厮杀,百无禁忌,搏斗似的你死我活。

结婚初期,潘向宇对着镜子,自己都发出了调侃:你啊,像一条红了眼睛的公狗啦。

潘向宇也对这样的局面感到迷惑。丛好好在哪里呢?潘向宇在丛好睡熟后观察过她赤裸的身体——虽然长出了凸凹的曲线,但整体上还是偏于单薄了,本来算得上高挑的身材,在睡眠中缩紧,倒显得格外的小,像一个孩子;身上光洁的皮肤在灯光下却是灰暗的,发着靛蓝色的光。这个靛蓝色的孩子般的身体,并不火热,它从来都只是接受,缺乏迎合,但又不让人感到被动的消极,所以说不清楚是什么令它充满了诱惑力。它是暧昧的，是纯洁和邪恶，健康和不健康的混合体。房间里亮着灯，床上一派光明，可这个身体却明显暗于周边的事物，就像朗日下飘过了一块乌云，而她，恰好处在这块被乌云遮挡住阳光的荫翳之下。潘向宇死死盯着裸睡中的丛好，嘴里脱口骂出一声，妈的！忍不住又向那块被乌云遮挡住的方向爬了过去。

丛好的身体缺少配合，不是因为她缺乏欲望。事实上，在被潘向宇带进车库之前，她曾经无数次在梦里面战栗着，即使那梦里混杂了刀刃一般凌厉的恐惧和孤独，少女的她都能够被切割出蒙昧的欲望。她一次次梦到自己的身体沾满了尿液，湿漉漉地被一条大狼狗的舌头漫卷着舔舐。

但是，潘向宇的行为超出了正常的范围。他那么激烈，而且少有温存的态度，甚至有些予取予求的主子味道。这样，就在生理上和心理上全面地凌驾于丛好之上了，令她不能呈现正常的姿态。丛好被压制住，身体也在最初的时候受到了损伤，疼痛成为一种持续的感觉。鼻息中那番挥之不去的泥水与铁锈的气味，渐渐有了一股硫黄般呛人的味道。

这个时候，丛好没有这样的意识——她被潘向宇冷酷地剥削了，她的感受，她的欲望，从来就没有进入过潘向宇的考虑之中。

我只是感到疑惑，我想，难道他闻不到卧室里那股类似硝烟一般的气味吗？它越来越浓烈了，让我们的床像一个杀戮的战场。有时候，我都会被呛得咳嗽起来。

所以，就像当年那些依靠食物来打发的夜晚一样，现在的夜晚，我的感觉从胃部转移到了咽喉。我感到渴。每次完事，我都要喝下大量的水。不幸的是，如果他再次兴奋起来，这些灌进我身体里的水，甚至会让我失禁。

对于这些，老丛当然无从想象，否则，他一定会认为自己当初将潘向宇划到"阶级敌人"的队伍里，还是有先见之明的。

即便这样，潘向宇这个"阶级敌人"也在婚后两三个月就减弱了剥削的兴趣。潘向宇对丛好的痴迷，究竟是反常的，在根子上就不会是一种永恒的东西。而且人的身体毕竟会有极限，一段时间的过度使用，也需要恢复。潘向宇终于停止了这种"战事"一般的性事，身心俱疲，甚至有些懊恼，觉得自己这么不顾死活，实在有些可憎。

这段日子耽于性事的后果，除了让潘向宇损耗过度，还令他脱离了正常的社交圈，很多重要的聚会都被推辞掉，因此丢掉了几个难得的生意机会。冷却下来的潘向宇，心里愤愤地，对丛好居然有些责怪的态度。他开始恢复自己以前的社交习惯，经常夜不归宿，应酬完，就直接在酒店住下，并且很少通知一下丛好。

有个以前的女人，叫徐瑶雅，自己也做着一家贸易公司，和潘向宇保持了很多年的关系，人非常开放，是个在各方面都很有一套的出色女人。这天大家又聚在一起，在饭桌上交流些信息，然后又去夜总会玩了一通，其他朋友都很知趣，心照不宣地早早散了，把时间留给他们。两个人去宾馆开了房。潘向宇发现，原来徐瑶雅这样的女人，才是和他旗鼓相当的对手，你要胜过她，她反过来还要胜过你，大家一起发狠，要置对方于死地似的，那股子劲儿，是另一种的淋漓尽致。

完事后徐瑶雅去卫生间冲澡，潘向宇在后面看着她浑圆的臀部，心想，以前怎么就忽视了，她的屁股这么好看？

徐瑶雅冲完澡出来，边用浴巾擦头发，边巧笑着对潘向宇说：

"想不到你新婚宴尔，身体反而更棒了，是新娘子亏欠我们向宇了吧？"

潘向宇一愣，心里倒被启发了，原来这样来回地换换口味，居然对自己的状态大有裨益，粗粮细粮交替着吃，胃口才会好，营养才会均衡啊。这个理论不久就得到了论证。和外面那些浓艳的女人混一段时间后，潘向宇回到家里，对丛好青涩的身体便又重新滋生出了欲望。

被潘向宇当作了一种调剂胃口的粗粮，这一点丛好是没有意识的。新婚伊始，丛好对于潘向宇怀有一种顺服之情。现在的她，正处在一个无以言状的过渡期，像是漂泊在一条河的中央，河的两岸，一边是兰城，一边是柳市，一边是少女的世界，一边是成人的世界。她在水面上踟蹰，被一道炫目的光包裹进去，没有力量对之产生怀疑，仿佛目前的这种生活就是应该如此的，潘向宇这种男人就是应该如此的；她以前的生活是另外的生活，经验，逻辑，都不适用于现在的一切。

丛好一度终止了写作，大量的时间都用于侍弄自家院落里的那些南方花木。

这座院子算不上很大，但也不能说很小了，据说以前是一个德国领事的宅邸。潘向宇买下的时候，里面的房子已经破败不堪，所以就拆了重建起一栋两层的小楼，但那些原本就有的南方花木却始终葱茏，即使自生自灭，也都长得蓬蓬勃勃。潘向宇对于这些花木并不放在心上，觉得它们就是一种天然的存在，就是历史和岁月本身，用不着格外染指。这也许是一个柳市人的正常心态，他们世世代代活在这个大植物园一样的城市里，对于植物已经毫无感触了。但对丛好这个来自兰城的人来说，潜意识里便会稀罕满目的绿色，何况，如今这绿色还长在了自家的院落里。为此，丛好渐渐掌握了许多植物的常识。广玉兰，紫薇，海桐，杜英，这些植物大概在那位德国领事居住的时候就已经生长在院子里了，它们栉风沐雨，似乎已经不再需要人工的培植，但丛好却一一弄清了它们的名堂，浇水，修剪，像一个负责任的花匠一样侍弄起它们。

她的梦里没有了那条狼狗，只有潘向宇刮得青青的下巴了。

对于潘向宇的转变，丛好体察到了，但心里没有太大的起伏。她依旧是一个对这个世界知之甚少的人，那种随波逐流的态度，已经深入骨髓。

潘向宇不在家的夜晚，丛好都会将那只传呼机压在自己的枕头下，心里有着一些似是而非的盼望。当然，这只传呼机自从他们结婚后就再也没有响过。但丛好很怀念它曾经带给自己的那些微弱的喜悦，那种清脆的蜂鸣本身，已经大过它所传达的信息。有时候，丛好在院子里修修剪剪，会将这只传呼机装在自己的口袋里，调出音量，让它就那么装腔作势地鸣叫着。这样的时候,丛好的心里会感到一种难得的澄澈,仿佛身心都像花木一样随着一柄大剪刀得到了修整。于是,在这种可有可无的劳作中,她开始关心自己,从未有过地感受着自己那作为一个女性的身体。

仿佛醍醐灌顶,丛好恍然大悟,原来,就像那株香木莲的球形聚合果一样,她已经开裂成了两瓣。

这个领悟算是一个发端,当丛好自觉地体察起自己的身体,那种女性的意识便跟着觉醒了,这让她有了一个相对稳固的立场——以一个女人的目光,重新打量这个世界。

10

丛好开始审视自己的丈夫,渐渐地,潘向宇便在她的眼里被重新勾画着了。

潘向宇带着丛好去酒店吃饭。刚下车就撞上几个人,摇晃着从酒店出来,走在中间的一个男人一眼看见潘向宇,打着酒嗝招呼他过去。

潘向宇脸上堆着笑,嘴里一迭声地呼唤着:"周市长!周市长!"

周市长拍拍潘向宇的肩头,一下一下,带着酒劲,嘭

嘭地:

"小潘啊,你来的正好,我正想你呢。"

说完就乘上一辆车走了。

潘向宇没有丝毫犹豫,转身钻回自己的车里。丛好没有明白过来是怎么回事,被他叫一声才跟着钻进去,问他:

"怎么了,不吃饭了吗?"

潘向宇皱着眉头,发动起车子,紧紧跟住前面的那辆车。

他说:"你没看到吗?周市长在招呼我。"

丛好还是不懂,她想,那位醉醺醺的周市长是在招呼潘向宇吗?三言两语的,像捶打一样地拍肩膀,用这种方式招呼人,是什么意思呢?

周市长的车停在一家挂着宫灯的私人会所门前。潘向宇紧随而至,先对方一步下了车,迎在门楼的台阶前。周市长一行几人摇晃着进去,仿佛没看到一旁毕恭毕敬的潘向宇。丛好跟下去时,潘向宇已经进到了里面。他似乎对这里很熟,叫来当班的经理,站在前堂替周市长安排服务的项目。一切妥当了,潘向宇却没有走的意思,在堂厅的红木沙发上坐下。丛好跟在他后面,蒙蒙的。穿着旗袍的服务员默默地为他们捧来两杯茶。

抽完一支烟,潘向宇才想起些什么,问丛好:"你饿吧?要不我先叫些吃的给你。"

丛好说她不饿,她只是搞不懂潘向宇在做什么。

潘向宇有些不耐烦,脸板得硬硬地说:"这还不明白吗,我得跟在人家屁股后面埋单。"

说完,刮得青青的下巴就扬起来。

丛好在心里想了一会儿,才理出头绪。她被这个头绪吓了一跳。原来潘向宇是在巴结这位市长,手忙脚乱地跟上去,像一个贴身的仆从,现在还要守在外面,等候主人的下一个吩咐。这其实不奇怪,道理丛好是懂的。这种仆从的姿态她也不陌生——兰城齿轮厂的工人们见到车间主任时,都是这个样子。但是,这是潘向宇啊,一个总是将下巴扬起来的男人,原来他也会低声下气的做人。

潘向宇要了副扑克,坐在沙发里埋头在茶几上用扑克算命,样子有些垂头丧气。

中式的前堂是通透的,一堵影壁将后面的庭院挡在身后。一缕琵琶或者古筝的丝竹声若隐若现,缓慢、婉转,断断续续地带着些回音。

丛好有些恍惚,像当年她破译了兰城的那些秘密的暗语一样,在耳畔天籁一般的音律中,柳市也在她的眼前徐徐展开。她盯着一扇雕漆屏风上反射出来的那个自己,心中对于潘向宇的那种无条件的服从,开始打上了问号。

这一天他们一直跟在周市长的屁股后面,先后又去了好几处娱乐场所,都是人家进去玩,他们守在外面。那副扑克被潘向宇一路带着,翻来覆去地摆弄,也不知从中算出了什么样的玄机。一直到半夜三点多钟,周市长的酒似乎醒过来一些,从KTV的包房中出来,看见潘向宇,如梦方醒地问一声:

"小潘,你怎么也在这里玩啊?"

潘向宇撂下他的扑克,悻悻地笑,下巴埋下去说:

"周市长,您喝得多了些,我怕您有什么闪失,这才一路跟着。"

周市长一脸不解,说:"是这样的吗?你看你,快回去快回去。"

回去的路上,潘向宇脸色铁青着,丛好说吃些东西吧,被他赌气般地顶回去。

他说:"不吃,要吃你去吃。"

丛好其实也不想吃。她感觉非常疲惫,不单单是因为这一番转战式的鞍马劳顿,还因为她目睹到了潘向宇另外的一面。丛好心里堵堵的,一瞬间又很空茫。这种说不清楚的滋味她已经很久没有过了,像一条浑浊的河里的鱼,就在她已经要遗忘的时候,它们又浮出水面。

类似这样的事情还发生过好几回,都被丛好遇到,譬如每逢节日,潘向宇车子的后备箱里都会塞满礼物,被他拉着挨家送出去。丛好想,这其实也是潘向宇生活中的一个常态了,没有被她遇到的,一定也是经常上演着。

潘向宇的下巴时而扬起,也有时而垂下的时候。

有些东西一旦出现微小的缝隙,就会对整体构成威胁,而且是无法弥补的,譬如一只饱满的气球,针眼那么大的洞,都能让它无法转圜地瘪下去。我开始凝视自己的婚后生活。只要我把目光集中过去,立刻就看到破绽。他对我时断时续的欲望原来那么可被追究,他是自私和粗暴的,是在以一种"使用"的态度来对待我。

我恍然想起,张树那样的粗野少年都知道怕我痛,怕我羞,而他却根本没有这样的担忧,仿佛我是一个橡皮人,是没有痛感和羞耻感的。

也许,在他的眼里,我永远只是一个"兰城人",就像他自己在那位周市长眼里一样,只有在酒醒后,才被如梦方醒似的认出来。他居高临下的时候,对于自己下巴以下的人没有尊重的愿望。

他爱我吗?这个问题我从来没有去想过,但是现在被我从心里追究出来。

这个延缓的追究直接导致出丛好的转变。她从一段时间以来对于潘向宇迷信般的服从中走出来，心里转向那种从前的状态，虚妄，但是不那么极端。

二十岁出头的丛好生出一些散漫和寂寞的感觉。这种感觉并不陌生，她在十七岁时就已经体味过——就是那种少妇般的百无聊赖。

大量的闲暇时光，除了侍弄草木，就被丛好用来读书了，她没有放弃"自己提高自己"。先读的是唐诗。那首著名的《长恨歌》最令丛好神伤。一位多情的君王是怎样对待自己的女人呢？——"渔阳鼙鼓动地来"的时刻，却只能"回看血泪相和流"。多么让人绝望。丛好觉得这个男人可耻，甚至"猥琐"！他的"此恨绵绵无绝期"，毫不值得人来同情。他以江山为借口粉碎了自己的女人，那么即使获得了"东望都门信马归"的胜利，也是令人所不齿的。

在丛好内心的天平上，只有一个君王堪称楷模——萨达姆·侯赛因。

遥远的伊拉克依然是各种新闻媒介关注的热点。萨达姆·侯赛因依然君临着他的国家，这个男人乐于用一些语录给自己的人民上"伟大的课"，一天一条，刊登在报章的头版。丛好在有关的报道中读到其中的一条，萨达

姆·侯赛因说:

"不要将看轻你的人当作伙伴。"

这句来自萨达姆·侯赛因的教导,令丛好产生出一些觉悟,也产生出一些疑问。她想,那么,两个相互看轻的人,可以当作夫妻吗?

丛好又开始写作了。那条凶悍的狼狗又复活在她的梦里。有一次,它向她扑过来,腾空而起,而潘向宇就背着手、扬着下巴站在她的前面,还是一副中流砥柱的派头。梦在这一瞬间定格,留下了无尽的悬念——潘向宇会怎样?丢下她,"回看血泪相和流";抑或,保护她,"但教心似金钿坚"?丛好无法将这个梦的结局完成。但正是因为存有悬念,所以希望也还存在。

丛好对于自己的丈夫潘向宇还远谈不上失望,起码,这是一个在大部分时间能够把下巴扬起来的男人。只要希望还在,丛好就能够忍受来自丈夫的"看轻",能够忍受他不正常的性欲和偶尔低垂的下巴。

11

丛好第一次见到潘向宇的父母已经是他们婚后两年的

时候了。这对候鸟一般的老年夫妻完成了他们的又一次迁徙,在立秋的时候,回到了柳市。见面被潘向宇安排在一家餐厅。丛好完全不明就里,直到被潘向宇领到了这对老人面前时,丛好依然没有料到这是自己第一次面对自己的公婆。

餐厅在一家银行的楼上,装修使用了大量的木材,让人宛如置身在一家古代的阁楼里。

潘向宇对双方做出了介绍:"爸,妈,这是丛好。"

这对老人在打量丛好。丛好尚未从潘向宇的那一声称呼带来的震惊中缓过神,也瞪大了眼睛打量着对方。

潘向宇和这对老人毫无相似之处。他的父亲一头齐整的银发,在气度上,有种潘向宇格外缺乏的温和与宁静;他的母亲气质也很好,依旧看得出年轻时候容貌的底色,在眉眼上,潘向宇依稀有些他母亲的样子,但这个母亲身上那种倨傲的气息甚至比他这个做儿子的还要凌厉。

丛好被两种截然不同的目光审视着。她甚至能够感到潘向宇的父亲投射给她的那种叹息般的怜悯。丛好不知道这种怜悯从何而来,奇怪的是,对此,她并无好感。反而,潘向宇的母亲那种挑拣物品一般的眼光,更让她觉得自然。丛好毫不掩饰自己的惊讶,这让她显得有些失态。反而是她的这种表现,缓释了潘向宇母亲明显的敌意。她

笑了,回头看一眼自己的丈夫,说道:

"不是吗?还不错。"

潘向宇的父亲温和地说:"嗯,是的。"

不料,这却招致了自己妻子的不快。

潘向宇的母亲收了笑意,冷声说:"你只会说'是的',你从来就没有自己的主见。"

潘向宇的父亲依然不动声色,依然温和地说:"嗯,是的。"

这位做母亲的白了自己丈夫一眼,欲言又止,将头偏向了餐厅的窗外。丛好不由得也随着向窗外望去。而窗外,无外乎是柳市的秋天。即使柳市不分四季,大自然也自有其不由分说的威严,此刻的柳市,纵然万物葱茏,但一望之下,居然也颇显萧瑟。楼下的银行门前停着一辆运钞车,两个荷枪实弹的押运员站在车旁,警惕地四下张望着,更让一切显得紧张和肃杀。这个发现让丛好内心不由得缩紧了一下——原来,当自己深入到这座城市的深处时,世界并非最初的模样。但是,自己如今算是深入到这座城市的深处了吗?丛好想,也许是吧,一叶知秋,当自己的这对公婆如此出现在自己面前时,他乡所囊括的一切玄奥与叵测,便都有了细微的蛛丝马迹。

潘向宇一直在埋头翻看菜单,他仿佛一个置身事外的人。此刻他终于选好了自己要吃的东西,满意地招呼来服务生,一口气报出了菜名,还点了冰镇的米酒。

一顿饭吃得安静无比。潘向宇偶尔和他的父母交谈,用的都是地道的柳市方言,听在丛好耳朵里,完全可以说是外语。其间只有潘向宇的母亲用普通话问了问丛好,还是那个问题:

"你为什么不去上大学?"

丛好正要作答,潘向宇却开口了,字正腔圆。

他说:"人是可以自己提高自己的。"

丛好内心突然有些快乐,没想到这句出自小丁的话,居然快成了一句颠扑不破的格言。

这时潘向宇的父亲动手给自己的妻子夹菜。居然是一块鸡肉。他说:

"吃,吃。"

这一幕一瞬间便将丛好击垮了,她战栗起来,从来没有这样激动过。多年前那个雨天的雨雾,再一次真切地笼罩了她:尸体被重重地掷出去,兀自扑棱着翅膀跌跌撞撞地乱冲了一气的鸡,泥水与铁锈的气味……

那种漫长的、令人窒息的恐惧,在多年后,又一次覆盖了丛好。

丛好的反应令人不解,谁都看出了她的异样。她像打摆子一般的颤抖着,不能自已。身边的三个人都停止了咀嚼。潘向宇伸手搭在丛好的肩膀上,不能阻止住她的抖索,手里就用上了力气,几乎是在镇压她,问道:

"怎么了?不舒服?"

丛好努力平复着自己,但完全是身不由己。

潘向宇的母亲开口了:"不舒服就回去休息吧?"

她是在对着自己的丈夫说。

潘向宇的父亲温和地呼应道:"嗯,是的。"

于是大家起身离开了。潘向宇几乎是在架着丛好,他倒没有显得格外不快,照旧是大大咧咧的样子,向自己的父母说:

"没事的,不会有大问题。"

在丛好的身体中究竟发生了什么,潘向宇当然无从知晓。难得的是,他一贯地并不想去细究。

走出餐厅大门的时候,潘向宇似乎才想起些什么,摇晃一下手里的丛好,用一种快活的语调提醒她:

"哎呀,你还没叫爸妈呢,叫,叫一声!"

丛好照做了,虚弱地叫了一声:"爸,妈。"

潘向宇的母亲笑了,从包里摸出一只红色锦缎包裹的盒子,递在了丛好的手里。潘向宇劈手夺了过去,迫不及待地打开看,里面是一只剔透的钻戒。

"戒指！"

他像一个儿童在定义糖果似的念叨了一声，吹了声口哨，将丛好塞进了停在路边的车子里。

潘向宇的父母很有风度地站立在秋天的柳市街头，目送着他们离去。当车子刚刚脱离了两个老人的视线，丛好突然揽住了潘向宇的脖子。潘向宇正在开车，一惊之下车子险些撞在了隔离墩上。

他怒喝了一声："做什么！"

不料丛好整个人已经拥了过来，不由分说地吻向他。这太让潘向宇吃惊了。丛好什么时候这样热烈这样主动过呢？潘向宇照旧是懒得分析这里面的缘由，只是感到了一份快活的刺激。但是眼下他在开车，车子正行驶在拥挤的路面上，所以只能用一只手推搡着丛好，但心里面却是兴奋的，仿佛两只手都在驾驭着什么。

而丛好，也恰是在寻求这份被驾驭的滋味。她像一匹躁动的马驹，跳跃着，不断向潘向宇进攻，咬他的耳垂，双手用力扳他的脸。此刻，她渴望被某种有力的东西所俘虏，渴望被粗暴的对待，这样，她才能被从那个久远的恐惧中打捞出来。

潘向宇百般抵抗着丛好的袭击，车子一路开得歪歪扭扭。

"疯了！妈的，丛好你疯了！"

潘向宇欢畅地骂着，直到找到了停车的位置，将车戛然停下。那也不过是在路边，而且光天化日。潘向宇侧身将丛好压在了下面，将她的两只手抵在座椅的靠背上，死死地吻住她。那股当仁不让的气流被蛮横地送进来，一往无前，源源不断，甚至具备磅礴的气势。

丛好在一瞬间安静了下来。然而意识中，她宛如走进了当年齿轮厂家属七区边那条阒无人迹的小巷。车窗外人来人往，车水马龙，而丛好的内心却一片沉寂。

只有浩荡的风掠过耳畔。

没有人侵犯我，我想我是被自己吓怕了。也许，我最需要的，不是对这个世界妥协，而是与自己和解。

嫁为人妇的我，住在一座梦幻般的庭院里。我二十二岁了，世界于我基本上仍是一片空白。我所熟稔的，只有我自己。也许，我只能自己给自己假想出敌人，而这个假想的敌人，也只能是我自己，但是，我对自己的熟稔也会常常动摇，常常变得没有把握。这样的时候，我渴望抓住身边的任何一样物体来落实自己，一个人，几棵树，乃至一根手链或者一截吊灯上垂挂着的流苏。

潘向宇问起丛好的母亲，又是在他们婚后的第三年了。

潘向宇带着丛好去凤凰度假。选择湖南的这座小镇，潘向宇是用了心思的，在路上就对丛好反复暗示。让他吃惊的是，对于他的暗示，丛好却无动于衷。说白了，潘向宇之所以选择凤凰，是因为了沈从文。他认为，把从事写作的丛好带到凤凰，于情于理，都是一个不错的选择。

但丛好却对这样的苦心懵然无知。沈从文你会不知道？《边城》你会不知道？对不起，很遗憾，丛好的确是不知道。她写作的谱系不是由此而来的，她那种捕捉梦的书写只来自天然的禀赋和梦的本身，她没有后天的训练，不在那样的传承里面，如果非要找出一个对她的写作情感有所影响的人物，旁门左道，那也是萨达姆·侯赛因，而不是沈从文。

这里面的玄机，潘向宇当然不会明白。他感到有些懊丧，觉得自己是做了一件徒劳而又乏味的事。婚后他们几无交流，潘向宇做着什么，丛好无从知晓，而且也无意知晓；丛好做着什么，潘向宇也是同样的态度。他再也没有读过丛好写下的一个字，不是他不读书，也读，他偶尔会靠几本官场小说或者《三联新闻周刊》来催眠。两个人就是平行着的线，没有交集。潘向宇好不容易有了兴致，刻意为丛好安排出这么一趟文学之旅，结果也是阴差阳错。

坐在沱江河边的酒吧里，百无聊赖的潘向宇问丛好：

"怎么从来没有听你提过你母亲？"

丛好正在读《边城》，有些补课的意思，听到他的问题，意识还滞留在那些水汽氤氲的文字里。

她说："死了。"

"死了？"

丛好合起书，目光眺望出去。

潘向宇两手搭成塔形顶在下巴上，嘟哝道："原来是这样。怎么死的呢？生病？"

丛好摇摇头，她一下子没有想到还要杜撰出一个死因来。

潘向宇却并不罢休，他正在无聊之中，沱江河的景致并不吸引他，他是一个对风光不怎么敏感的人。

"怎么回事？"他问。

丛好沉吟了一下，说道："是一场事故。"

潘向宇说："事故？说说听。"

不知从哪里来了灵感，丛好张嘴就来，幽幽地说：

"机床上突然飞出的零件击穿了肚子，肠子哗就流出来了——有那么长！"

说完她自己首先愣住了，两只比画"有那么长"的手停在半空。潘向宇也愣住了，眼睛来回丈量着她那两只手之间的距离，迟疑着也跟着比画出来：

"——这么长?"

丛好的嘴角有了笑意,她突然发现,面对这个男人,这个作为自己丈夫的男人,杜撰与臆造,竟然是让人愉快的。

她点点头,说:"嗯!"

潘向宇长长地叹了口气,举起桌上的啤酒在丛好的杯子上碰了一下。

两个人这就喝了起来。

气氛沉郁,也是一种凭吊的滋味。丛好当然想到了那场与张树的共饮,她喝得很沉着,心思像窗外碧绿的沱江河一样浩渺。这些年她已经习惯了酒这种东西,写作的时候,常常会浅饮小酌。潘向宇也是在酒桌上久经磨炼的人,往往一周有三天都会喝得面色煞白,但此刻他的状态却不太好。他能有暇带着丛好出来,完全是由于生意上的事情实在让他感到了疲惫。这种疲惫已经无法靠着游山玩水之类的事情治疗了,不过是暂时搁置而已。现在,一个肠子流出"这么长"而死的母亲,就把这种排遣不了的疲惫又勾了出来,激活了。平时喝那些酒,潘向宇是聚精会神地在喝,他不能喝出纰漏,不能喝出闪失,但现在一江碧水,满目吊楼,他的心是松弛的。所以不知不觉就喝多了。

夜色渐暗,沿河的灯火织就出如梦似幻的罗绮。风行水上,河水郁郁,流转着令人沉溺的凉意。

喝多了的潘向宇倒不闹事，丛好扶起他的时候，他第一个动作就是摸出钱夹结账。丛好一路架着他，也能感觉到他残留的那点儿意识依然在主动支撑自己的脚步。这是一个时刻都力图控制住自己的男人，尽管他常常控制得并不成功，而且还常常有意想让自己失控。

回到宾馆后潘向宇就彻底丧失知觉了。丛好替他脱了衣服，用毛巾上上下下擦了擦他，依着他躺下。小睡了一会儿，丛好的酒意完全过去，不禁又开了灯，端详身边的这个男人。他睡得很沉，一头的汗，在梦中显露出一种不堪重负的疲态，两只手紧紧地攥着，偶尔像呼口号一般地举一举。

丛好感觉自己的眼泪快要出来了。作为一个妻子，她从未照顾过这个男人，家里有保姆，潘向宇每次醉着回来，都是由保姆来伺候的。天气并不热，他却睡得大汗淋漓，显然是身体太虚的缘故。而刚才，当丛好用毛巾擦拭着他的时候，心中就已经有了酸楚。

后来他们又去了张家界。潘向宇的体质不如丛好，爬山的时候，是丛好连拉带推地襄助他。丛好心甘情愿地把所有的辎重都背负了起来。

潘向宇空着两只手，就有了诉说的兴致，一边攀登，一边气喘吁吁地说着。他首先说起了刚刚结束的世界杯。法国获得了冠军,这让他感到遗憾,他的偶像是巴西人。然而最让他遗憾的是,他这个曾经的球迷,居然没有在电视里看过几场比赛,消息都是从报纸上"扫了一眼"得来的。——他太忙了。这就是在诉苦了,是在抱怨和喟叹。最糟糕的是,长江发生了罕见的大洪水,几乎全流域泛滥。丛好不明白长江的洪水为什么对于潘向宇会是"最糟糕的",他显然不是一个忧国忧民的人。但她既不会装作知道他在说什么,也不会打断他。谈兴正浓的潘向宇自己给出了答案:交通瘫痪,对于现代商业是最致命的打击,他的生意也受到了空前的影响,货发不出去,堆在仓库里都起了绿毛。

每当潘向宇似乎要停下来时,丛好就提出一个问题让他接着讲。她问他什么货物会长出绿毛?他的回答让丛好大吃一惊:汽车!这太神奇了,还魔幻。对于潘向宇的生意,丛好向来不明就里,但汽车居然会长出绿毛,还是让她感到了震惊。联想到此行在飞机上俯瞰到的一片泽国,丛好就觉得这个世界也是神奇和魔幻的。——几次持续大范围的降雨,居然也会和自己的生活发生如此紧密的联系。她默默地听着,不时搀扶一把爬累了也说累了的潘向宇,鼓励他继续爬继续说。她想,爬爬山,说说话,也许对潘向宇是有益的。

和大部分南方男人一样,潘向宇的个头并不高,平时西装革履的看不来,现在一身休闲的装束,人倒显得格外年轻了,像一个蛮干净的大小伙子。这也让丛好感觉不错。

在金鞭溪,心情舒畅起来的潘向宇抱住丛好亲吻。尽管湖南处在洪水的重灾区,但张家界的游客却并不见少。周围都是跋山涉水的人,丛好起初有些难为情,渐渐也融化了,忘情地与他拥吻。

地老天荒,满目青翠,人的衣服都被染出了绿色,皮肤都被染出了绿色,吻都被染出了绿色。

一切似乎都要好起来,但潘向宇的手机开始不停地催促他回去了,回到那个让他疲于奔命的柳市。

12

从张家界回来不久,花样翻新的潘向宇居然将那个叫徐瑶雅的女人带回了家。

其实不过是因为一句赌气般的玩笑话。那天两人参加完一个宴会,离开时,潘向宇顺嘴问了徐瑶雅一句:

"去哪儿?"

照理说"去哪儿"对于他们并不是什么问题,他们对于彼此早已是熟门熟路,在市里几家酒店常年都留有固定的客房。潘向宇不过是顺嘴一问,徐瑶雅也不过是顺嘴回了一句:

"能去哪儿?总不会是去你家吧。"

这段时间潘向宇的生意不太顺利,他刚刚开始拓展国际市场,在印尼投资建了个厂子,不想这个国家却发生了血腥的排华事件,潘向宇的投资顷刻间灰飞烟灭。现在,他正是处在所谓的低潮期里。

已过而立之年的潘向宇,外表上是一个标准的商人,骨子里依旧是个顽童。这种骨子里的劲头,反而成就了他的事业。生意场上当然不能缺少必要的清醒与谨慎,但性格上的那种大而化之、常常惹是生非一般的冒险精神,也令潘向宇比一般的商人多出了几分活力。这种活力作用在严谨的经济原则中,加上不错的运气,成了潘向宇经商之道中的创造力。

在事业上,潘向宇将这两个方面结合得很好,他知道轻重,完全是一个精明的商人,下巴在俯仰之间完全拿捏得住分寸。

面对丛好,潘向宇也是采用了同样的态度。婚姻这样的大事,他并不马虎,是经过衡量与判断的,但娶到手之后，这个三十多岁的男人完全就是凭着一股孩子气在率性而为了。公允地说，潘向宇对于丛好并无恶意，就好比一个贪婪的孩子，恶作剧般拍打着自己心爱的皮球，甚至在每一下的拍打之中，还有着欣悦的爱惜。

徐瑶雅随口的一句话让潘向宇冲动起来，本来郁闷着的心情，一下子找到了兴奋点。他刚刚喝了酒，并不多，恰恰是在血液刚刚变得有些黏稠的时候——彻底喝多了的时候，他往往是委顿的——而这种状态下的潘向宇，最喜欢不管不顾。潘向宇吹起了口哨，二话不说就发动起了车子。

徐瑶雅也喝了不多的酒，状态和潘向宇差不多。但她显然要比潘向宇识相，不用多久，她便看出来了，车子的确是在向着潘向宇的家行驶。以前徐瑶雅也去过潘向宇的家，可是毕竟，如今的潘家已经有了一位女主人。

徐瑶雅说："别瞎闹了，你还真这么干啊？"

潘向宇自顾吹着口哨，对她的话充耳不闻。此刻潘向宇的内心已经感到了那种无事生非的快乐，随着家的临近，身边这个女人不由自主的紧张让他觉得好玩极了。他想象着徐瑶雅的压力，确信每前进一步，对于徐瑶雅都会是一种考验。而看着别人承受考验，对潘向宇来说，就是给自己减压的最佳途径。

徐瑶雅也不是一般的女人，她了解潘向宇，多年来两个人你来我往，就是在这种暗自较量一般的态势中维持了下来，这种方式，也正是他们彼此还保持着某种吸引力的重要原因。徐瑶雅不再纠正他，在徐瑶雅心里，这件事情对于潘向宇同样也不啻于一番考验，她也想看看，这个家伙的底线会在哪里。两个人这就是针锋相对上了，谁都不愿意率先露怯。

到家了，将车停好，潘向宇依旧是若无其事的样子。徐瑶雅的脸上也毫无惧色，她甚至还在加重砝码，当潘向宇摁下门铃的时候，她有意将自己的胳膊塞在了潘向宇的肘弯里。徐瑶雅感觉到了，潘向宇有一瞬间的抵挡，但旋即又示威般的将她的胳膊紧紧夹住了。

开门的是潘家的保姆。徐瑶雅不由得还是吁了口气。

潘向宇在这天夜里挽着一个女人的胳膊回到了自己的家。丛好没有出现在眼前，他马上感到了有些失落。

潘向宇喊起来："丛好！丛好！来客人啦！"

丛好闻声出现了，从楼上下来，在楼梯刚刚可以看到门厅的地方停住。丛好看着自己的丈夫，还有丈夫挽着的那个女人。对于这一幕，她反应不过来，只在下意识里有些本能的不快。

潘向宇陷入在自己的游戏里，一切并无规则，不过是随机的。他本来怀揣着一股兴致勃勃的劲头，但当他迎着吊灯看到了丛好的身影时，情绪却发生了偏离。

丛好是从楼上而来的，那盏三根锁链吊着的巨大水晶枝形吊灯在门厅的上方，光影并没有将丛好笼罩，而是由下往上照亮了她的轮廓。丛好穿着一件睡袍，似乎还赤着脚，手搭在松木的楼梯扶手上。她单薄的身体包裹在阔大的睡袍里，像是一个并不存在的物体。她就是一个阴影，而这阴影的主体，却存在于看不到的虚空中。

这个影子一般的妻子，让潘向宇突然感到了一阵心酸。他转而将徐瑶雅的手握住了，举起来向着那个影子示意，说：

"这是我大学的同学，家在外地，今天刚到柳市，今晚就住咱们家。"

丛好站在高处，这让她似乎占据了球场裁判员那样的优势。而潘向宇，像一个申诉着的球员。

徐瑶雅的反应也很快，向隐身于灰暗之中的女主人说：

"打扰你们了，不方便的话我还是去住酒店吧。"

丛好走下来了。她不知道该怎样处理这样的局面。她没有一个女主人必要的经验。但是，在这一刻，那颗天然警觉着的心，依然让她甄别出了谎言。可是这样的洞察更加让她不知所措。她并不感到愤怒，心里波澜不惊，只不过是看到了某个真相。而这个真相，就像大地上的一切，山川，河流，你高兴也罢，悲伤也罢，它们都将是不争的事实，对之做出任何的比附，都不会改变它们的存在。

如今的丛好，显然也是一个复杂的混合体。她不过二十岁刚刚出头，对待这个世界，无外乎也只是一个二十岁出头者的眼光，但她的内心毕竟早早地经历了一些煎熬，目光不免就是一种回缩的性质。丛好已经习惯于向着自己的内心去凝视，这样就将她和大多数这个年纪的女性区别开了。要知道，人在二十多岁的时候，目光必定更多是向外张望着的。但这并不说明丛好的视野从来不旁及周边，实际上，她又是那么地敏感。她似乎永远保持着某种微妙的警觉，而世界，在她眼里，必定永远风声鹤唳，是在无尽的动荡之中。

于是，徐瑶雅就像当初第一次见到丛好时的潘向宇，她也被眼前这个安之若素的女孩打动了。丛好的面孔上没有丝毫的神情，但你又无法将之视为木讷或者矜重。尤其在此刻，这张云淡风轻、却又绝不空洞乏味的脸，着实显得格外地得体。面对这番状况，女主人脸上出现的任何表情都将会是失败的，只有眼前的这张脸，是对于这种挑衅最为完美的回答。

丛好在专注地凝视着这个闯入者——荷叶边的衬衫领口里峻峭的乳沟，紧身的窄裙下峥嵘的腰胯。她难以将自己和这个女人想象成同一种物种,不禁在心里喟叹,女人和女人原来也会如此地不同。她甚至有些相形见绌。

而徐瑶雅却是另一番滋味,她感到自己有了退缩的愿望。这里面没有惧怕,眼前的女主人毫无攻击力,完全是一个无害的人。但徐瑶雅也不能将自己的退缩归结在怜悯或者愧疚这样的感受里。徐瑶雅不是一个容易感到愧疚的人,而怜悯呢?她发现眼前的丛好,实际上又无法让人生出那种优越的情绪。

丛好开口了:"欢迎你,我不会招呼客人,请原谅,我这就给你去收拾一下客房……"

她有些语无伦次,但谁都看得出来,这并不是由于内心的慌张,她可能真的只是没有与人打交道的经验。说罢丛好顾自返身上楼了。潘向宇和徐瑶雅依然手挽着手,目送提着睡袍下摆拾阶而去的丛好,两个人的酒意都消退了一大半。

三个人经历了难言的一夜。

洗漱过后,徐瑶雅的酒彻底醒了。她不禁懊恼,暗恨自己真是荒唐,和这个长不大的潘向宇赌什么气,实在是不尴不尬!睡在客房里,徐瑶雅听到了潘向宇在外面弄出的动静:他趿拉着拖鞋,时不时从门前走过去,往复之间,还咳嗽几声。徐瑶雅的心里却全是紧张。她了解潘向宇，知道这个家伙会没谱到什么程度。但是在这一夜，徐瑶雅绝不会再去配合潘向宇那种冒险的兴致了。徐瑶雅不是胆小的女人，她也说不清缘由，为什么自己一看到丛好的那张脸，某种无法细查的疲惫与厌倦就迅速地占据了自己。徐瑶雅躺在床上想：嗯，潘向宇的这个太太能将身边的人感染出消极来——可是为什么潘向宇依然总是那么蠢蠢欲动呢？

潘向宇的确总是那么蠢蠢欲动。他消停了片刻，便又重新被游戏的热望激励了起来。但兴头却是打了折扣的，他并不确凿地想要做什么，只是觉得这个游戏并没有收尾，自己有些意犹未尽。所以他一再爬起来上厕所。经过客房门前，他故意让拖鞋趿拉得响动大一些，无缘无故地咳两声，自己首先把自己搞得很刺激的样子。返回后，又故意动静很大地睡到丛好的身边。如是往复了几次，这个三十多岁的男人终于困了，觉出了索然和乏味，并且也有些懊恼自己的荒唐了。

丛好在这一夜彻夜未眠。不仅是因为潘向宇在身边兴风作浪了许久。丛好也惊讶于自己在这一夜的表现，她觉得自己的心被悬了起来，周遭的一切都充满了危机。夜虫不停地撞击着窗子的玻璃，发出密集的、视死如归的声音。客房和他们的卧室隔着两间房子，每当潘向宇起身而去，丛好所有的感官便都调动了起来。她在竭力捕捉每一个响动，一度，她甚至希望潘向宇快一些推开那间客房的门。这里面同样是没有逻辑可循的，丛好唯一分明的感受是，她感到了某种虫咬针刺一般细密的痛苦。

这是妒忌的滋味吗？丛好在心里问自己。似乎又不全是。她无法判断什么谬误，只能安静地、充分地感知着那种细密的痛苦。

夜虫雨点般乒乒乓乓地撞击着窗棂——前赴后继。前赴后继。丛好想到了这个词，同时，睡意伴随着这个词猛然击倒了她。然而也就只有几秒钟的时间，她又醒了，机警地看看身边，那个人还在。于是，又一个词蹦出来——孤注一掷。

············

黎明的时候，在潘向宇轻微的鼾声中，丛好告诉自己：你不能再这样下去了，这样下去，你会疯掉的。

一大早徐瑶雅便不告而别了。潘向宇起来后看着空荡荡的客房，一时间感到有些灰溜溜的。

他和丛好坐在餐桌边吃早餐，丛好一如既往地不言不语不禁让他有些难以甘心。

潘向宇咳一声，像是不经意似的问一句："你相信我们是同学吗？"

丛好的回答让潘向宇大吃一惊。

她头也不抬地说:"不信。"

潘向宇嚼着面包,等着她继续说下去。孰料,丛好完全没有后话,这只能让潘向宇感到更加的无趣。

他苦着脸,长长地唉了一声,好像还颇感无奈。

丛好喝下一杯牛奶,突然问:"车子我可以开一下吗?"

潘向宇摸不着头脑,问道:"怎么?要去哪儿?有事儿?"

丛好并不回答,自顾回了卧室。过了一阵,潘向宇推开门进来,将车钥匙扔在了床上。

  这是我第一次独自驾驶。柳市的道路我并不是很熟,车速也不是很快,只一味地向着一个方向开。出了城大约有三四十公里的样子,我将车停在了一片荒芜的草滩边。

  已经是正午时分了,天上云层很低,空气中饱含着湿润的水分,草滩中间布满了大大小小的积水,倒映着青灰色的天光。

  我打开了车里的音响,将座椅放倒,躺下去,透过挡风玻璃遥望远处柳市积木堆砌一样的楼群。

  我感到了一种从未有过的安然。

13

1999年,潘向宇迷恋上了QQ。在这一年,腾讯公司开通了他们的这项即时通信服务,潘向宇成了腾讯公司的第一批QQ用户。他很热衷这个新鲜的通讯方式,天天趴在电脑上和天南地北的陌生人乱扯,几乎忘记了丛好的存在。聊天的时候,完全是一时兴起,潘向宇响应了一个民间组织的倡议,资助了一名贫困的大学生,承诺一直帮助这位大学生读完大学。做这件事情的时候,同样是想到哪儿算哪儿,潘向宇将资助者填上了丛好的名字。

丛好在这一年学会了抽烟,抽的时候不自觉地就是这样的姿态:下巴微微扬起,把一串串烟雾吐向天上。她还渐渐地发展出了一种洁癖,每天至少要洗两次澡,这种习惯居然也是受了萨达姆·侯赛因的启发。有一天丛好看到了这样的一条报道:萨达姆认为,一个人一天应该冲两次澡,至少得有一次。如果男人每天洗一次,那女人就应该洗两次,因为女人的嗅觉比男人更灵敏。

现在的丛好,完全具备每天洗两次澡的条件,她想,那么,为什么不呢?

柳市的道路似乎都是单向的，它没有回旋的余地，只能笔直地前进或者后退。这使驾驶有了另外的快乐，开车行驶在它漫长的马路上，我可以不考虑拐弯，无端就是一种一条道走到黑的心情，是一往无前和九死不悔的意思。

有一次，我驱车一路向北，果真就开到了高速公路的入口。路牌在阳光下熠熠生辉，我看到了那个笔直的箭头，它锐利地指向北方，那个位置，赫然标注着：兰城。在"兰城"的下方，是一组数字：3086KM。

丛好不再那么封闭自己，每天冲两次澡的她，起码表面上看起来神清气爽。潘向宇换了辆车，将自己那部别克给了丛好，她开始走出去，逐渐有了自己的圈子。

柳市在行政区划上不算大城市，又是一个崇尚经济原则的地方，写作者也就那么数得出来的几个人，彼此之间不免就互相有着倚重。通过参加一些活动，丛好很容易就和这些人熟络了。她的创作进行得也算顺利，有梦支撑着，有潘向宇这样的丈夫在一旁运作着，顺利就成了理所应当的事情。尽管，作为丛好的丈夫，潘向宇再也没有对她说过：

"曾经，我有一个梦想。"

潘向宇的梦想都是可以被量化的，比如资本扩张的规模、利润的最大化。这些都无可厚非，他是一个合格的商人。高瞻远瞩，潘向宇敏锐地发现了楼市这块巨大的蛋糕，已经开始转型涉足房地产生意。

他们各自活在自己的领域里，只在一些特殊的场合，丛好作为潘向宇妻子的身份才被强调出来。生意人的一大半精力都是用在社交上的，有些时候，带上自己的家眷出席，会显得郑重其事。因此，丛好能够记得陪着潘向宇光葬礼都参加了好几回。这些时候，潘向宇一本正经地穿着正装，示意丛好的手挽在他臂弯里，让丛好觉得自己不过就是一个必要的陪衬，就像他胳膊上的黑纱或者胸前的白花。

而这时候的丛好，接二连三地获奖，名气一天天大起来。

和名气共同增长的，是自信。

这天丛好在街上撞见了潘向宇和徐瑶雅。双方离得老远就已经发现了对方，但显然又不能各自调头回避开，只得硬起头皮一步步迎上去。潘向宇和徐瑶雅，这两个人再玩世不恭，遇到这种局面还是会有些尴尬。然而丛好的表现令人惊讶，她近前来，微笑着向徐瑶雅伸出了手，并且邀请道：

"也是刚来柳市吧，晚上还住我们家？"

这让徐瑶雅无言以对了，仓促地跟他们告辞，将刚刚还走在自己身边的潘向宇还给了丛好。

潘向宇在一旁有些幸灾乐祸，看到丛好就这么获胜了，不由得有些为她高兴。他和徐瑶雅本来没什么安排，刚从一家会所出来，两人的车都停在不远的停车场里，只是并肩走过去开车而已，并没有进一步的打算，现在被丛好撞到，倒好像真的有种被人捉奸在床了一样的刺激。

潘向宇笑着问丛好："你这是上哪儿？"

丛好回答说刚参加完作协的一个活动。潘向宇问她为什么不开车，她却不作声，自顾走了。潘向宇跟上去，多此一举地解释道：

"你不要瞎猜，我们也是恰好碰到。"

丛好依然不搭话，仿佛他是在自言自语，仿佛这自言自语就成了狡辩。

这让潘向宇恼恨起来，心思又是一个逆转，认为丛好真的是冤枉了他，是不讲理，又认为丛好这是敢于对他使性子了，心头不快，脚下就大步流星地甩开了丛好。

停车场在对面，潘向宇过去开了车，下到路面上，正左顾右盼观察着路况，右侧的车门突然被人拉开了，一只手飞快地伸进来,倏地抄走了他扔在座椅上的手包。潘向宇的反应够快的,条件反射一般劈手捞住了那只一闪即逝的手腕。作案的是一个十四五岁的少年,这个胆大妄为的窃贼被抓了个正着,竟然毫无惧色。潘向宇倒有些狼狈,手里揪住少年的手腕不放,人就只得从右面爬出了车。

周围立刻围上了一圈人,两个停车场里的保安也闻讯跑了出来,一左一右协助潘向宇扭住了少年。

少年的手在被潘向宇捉住的一瞬间就已经撂了赃物,此刻就是一副不认账的架势,气势汹汹地对潘向宇吼:

"松了我!"

潘向宇扒拉一下他的脑袋,想不到竟被他啐了一口。这下潘向宇的火大了,一把揪住少年染成黄色的头发将他往车里推搡,两个保安也吵吵着,让潘向宇直接把车开到派出所去。少年像一头蛮牛,两只手抵在车门框上,脚下乱踢,拼死挣扎着不肯就范。正不可开交,丛好挤进人群出现了。

她好像很激动,眼里噙着泪水,焦急地对潘向宇说:

"放了他吧!放了他!放了他吧!"

潘向宇正在火头上,把她的话当成耳旁风,手底下愈发地使着劲儿。丛好却扑上来了,两只手死命地掰他的手腕。潘向宇惊愕至极,他感到了丛好手上的那股力道,几乎就是有些歇斯底里的意思了。少年在他们一分神的空当挣脱了出来,像一支离弦的箭疾驰而去。

潘向宇甩着手腕,怏怏地扫视一圈围观的人,推搡一下丛好,让她坐进了车里。

潘向宇将丛好的表现当作是还在跟自己使气过不去,一边发动起车子,一边嘟囔着"神经病",心里面却有些窃喜,感到丛好终于对他的劣迹有所表态了,好像惹起了妻子的愤慨,他这个做丈夫的干出的坏事才成为有价值的坏事。

而身旁的丛好一路抽泣着,情绪是那么地不稳定,肩膀一直在不可抑制地发着抖。这样的举止让潘向宇满意极了。他并不知道丛好颤抖的根源,只在心里面按照自己的愿望设计着一切,并且从中享受到了惬意。

差一点,我就会成为一个母亲了。但是,那个胚胎从我的身体里被剥离了。我从来不知道,这个世界还有这样的一种椅子,扶手不是用来放胳膊,却是用来放腿的。它把人托举起来,亮给世界看。

休息了一段时间,我第一次出门就遇到了一场不大不小的事故。恰逢国庆节,我的脸在这场事故中受了伤,于是令自己的面孔无法和节日协调起

来。长假中的一天,我站在柳市的中央广场上等待一个朋友。一个年轻学生模样的男孩子埋头坐在路边,面前一张摊开的报纸上写着:

我没有找到工作,回不去了,我很饿。

这段话太平静了,似乎只是陈述了一个简单的事实,而且,里面蕴含着的,还极有可能是一个拙劣的骗局。但我却只在一瞥之间,眼泪就流了出来。

他是为了寻找工作而来到了这里,我呢?是为了什么来到了这里?他回不去了,我呢?我回得去吗?

我鼓了很大的勇气,才在男孩子的面前放上了一些钱。我需要与之斗争的是,自己心里的那一份矫情以及虚弱的无力。

候鸟在大地上自由来去,为的是适宜的温度和丰美的水草。我们在大地上迁移,为的是什么?我们被什么所吸引,从此地到彼地,奔走不息?

柳市作协一连几天给丛好打电话,说有一个她的同学在"焦急"地找她。接到消息,丛好下意识里想到的却是张树,心里一下子七上八下起来。出门的时候,丛好犹豫了一下,决定不开车。她不想开着车去作协。对于丛好的家境,柳市文学圈里已经有些议论了,他们把丛好看作是一个有"背景"的人。这个"背景",当然是在指潘向宇。即使丛好再迟钝,也懂得尽量避免刺激到这些人的眼睛。

到了作协,那个跟潘向宇熟悉的主席对丛好说明了情况:有一个女人,天天打电话来,说是丛好在兰城时"最要好"的同学,作协对她解释,说丛好并不在作协工作,她便索要丛好的联系方式。这个女人非常执着,天天准时在下午两点半把电话打进来,她可能认为这个时候恰好是上班的时间,但她不知道,作协的人上班从来都比法定时间晚个把钟头,这个时候作协的同志们往往正在办公室里睡午觉。要命的是,作协这部对外公布的电话正装在这位主席的办公室里,他首当其冲,被搞得烦不胜烦。但他又觉得不能随便将丛好的联系方式泄漏给一个陌生人,只好打电话让丛好自己来处理。

"女的?"丛好追问一句。

"女的。"主席看看表,说,"快了,她很准时。"

果然是很准时,就像整点报时一样,两点半整,电话就响起来了。丛好迟疑着,那位主席不断用目光鼓励她、敦促她。

举起电话,里面马上响起瘪瘪的兰城腔。

"我找丛好!"一个女人迫不及待地用兰城话说。

丛好定定神,说:"我就是。"

"哇!你就是?哇!"对方像被搔到了痒处,哧哧地笑起来。"可找到你啦!猜猜我是谁?你肯定猜不出!"

在一连串的乡音中,丛好觉得自己是站在了兰城的街头。

"好了,我是燕玲,李燕玲,想起来没?"

为了帮助丛好想起来,这个"李燕玲"开始给她罗列兰城齿轮厂技校往日的旧事,罗列一辆"二八"自行车在那时候的卓尔不群。仿佛骑上了一辆"二八"自行车,丛好沿着记忆开始在兰城齿轮厂技校转起了圈。似乎有一些印象了,同学中,是有这么一个"李燕玲",好像作文写得不错,常常被老师当作范文宣读或者张贴在教室后墙上的板报栏里……

"是啊!你可想起来了!"电话里又是一阵哧哧的笑。

李燕玲告诉丛好,她一直"虔诚"地热爱文学,即使现在是一名开天车的司机,但对于文学的初衷却从未改变。她在一本文学刊物上看到了丛好的名字(因为她"从不间断"地订阅着这本刊物),上面有丛好的简介,所以她就"顺藤摸瓜"找到了柳市作协的电话。

丛好说:"那么,你找我有什么事呢?"

"有什么事!"李燕玲匪夷所思地大叫一声,"会有什么事!文学啊,我们都爱好文学!当然,你现在不同了,你是作家,我要向你学习!"

丛好头晕眼花，心里有股恶气在翻腾，她几乎要用兰城话脱口说出：妈的！老子根本就不想当什么作家！

兰城的画面，兰城的记忆，顺着这个陌生的兰城腔调源源不断地传递过来，那种被不由分说拽扯和胁迫的感觉，让她快要崩溃了。

丛好忘了自己最终如何处理了这个电话，似乎是严厉地回应了几句，甚至是斥责了，让那个喋喋不休的声音戛然而止。

那位作协主席一直在旁边，大约也听出了一些门道，有些不以为然地看着丛好，说：

"热心读者吧？这种事情常有的，你要习惯起来，对读者的态度要理智些，他们是上帝嘛，难道不是吗？"

丛好稳定住情绪，拼命点了点头，心里却有种无以复加的委屈。

回去的路上丛好在心里做出决定：以后决不在刊物上留下自己下落的痕迹。她意识到了，自己身后那团巨大的阴影，那些挥之不去的秽亵，"顺藤摸瓜"，时刻都会以某种让她意料不到的方式席卷而来，它们像一条咬着骨头的狗，从来就没有一刻放松过对于她的撕咬。

心里面全是一些梳理不清的隐痛，以致柳市欣欣向荣的景致都让她突然感到了嫌腻。

潘向宇斥巨资买下的那个院落，现在也没有了当初的静谧。小巷正在改造，大多数老院子已经成了废墟，古旧的椽子裸露在瓦砾之间。可以想见，用不了多久，他们的那座小院就会被林立的建筑所包围，她和潘向宇都将去过一种坐井观天的日子。

不时有铲车迎面开过来，丛好一路绕行着回家，一进院门就看到了这样的一幕：

潘向宇叼着一支烟斗站在车道上，他的身边卧着一条毛色骆黄的大狗。

一瞬间，丛好觉得自己是一脚踏进了那个梦境。

大狗看到陌生人进来，弓背站了起来，是那种闻风而动、箭在弦上的态势。丛好发出一声凄厉的尖叫，扭头就逃离了出去。她不顾一切地跑着，感到那股叵测的命运随时便会从身后将自己扑倒。

潘向宇追了出来，看到穿着件橘黄色裙子的丛好在前面跑成了一道橙色的影子。好在车子他并没有开进去，此时就停在院门口，手忙脚乱地钻上车，潘向宇驱车向那道影子追了过去。当潘向宇的车子横在丛好身前的时候，他看到了自己此生所见到过的最为惊悚的一张脸。这张脸上的五官仿佛都已经飞散了，镜片后面的眼睛也散着光，只留下一个空空荡荡的表情，而这个表情，似乎就是赫然地

写着"惊悸"这两个字。潘向宇下了车,将她揽在怀里。她只是在抖,嘴里含混不清地反复说着:

"狗……狗……"

狗是潘向宇一个朋友送的,体格虽大,却是那种性情温和的苏格兰牧羊犬。潘向宇不能理解丛好对这只狗做出的反应,他觉得太夸张了,一边拍着她的后背,一边劝慰她:

"没事儿的,没事儿的,这狗很乖。"

但她丝毫没有平静下来的迹象,反而挣扎着从他怀里出来,瞪着两只茫然的眼睛,透过眼镜片,用一种不可思议的目光看着他。

潘向宇觉得眼前的丛好很神经质,也很凄楚,路边的树影在她苍白的脸上打下斑驳的阴影,让她在他眼里再一次显露出了那种无辜的美。

吁了口气,潘向宇再次揽住她的肩头,语气柔和地问:"你这么怕狗?"

丛好木然地点点头,又木然地摇摇头,肩头上再一次触电般的挛缩了一下。

潘向宇说:"好了,你真这么怕,我们就不养了。"

她看着他,是不能相信的神态。

潘向宇说:"真的不养了,明天我就把它送回去。"

她还是不能相信的样子,而且退后了一步,被"明天"这个词又惊吓了一下。

潘向宇定定神:"那好,我这就把它送走,你待在这里别动,我把狗带走了你再回去,嗯?"

说完潘向宇就回去拉狗了。

潘向宇本不是一个能够寄情于宠物的人。他的生意最近遭遇了很大的挫折,国家重拳打击走私,厦门侦破了新中国成立以来最大的走私案,而潘向宇起家就是靠着倒卖走私汽车,虽然渐渐拓展出新的生意,但与老行当总还有着千丝万缕的关系。看他心情不好,朋友就送了这只狗给他,这只狗的负担不轻,担负着安抚潘向宇受挫之心的重任。潘向宇呢,也想靠着一只狗来蒙蔽自己,人他是尝遍了,男人,女人,对于失落期的他,都不怎么有效了。但刚刚把狗牵回来,丛好的反应就这么激烈,实在让他有些措手不及。她好像不是见到了一只狗,而是见到了一个索命的鬼。潘向宇开着车,拉着狗,不由都想到了一些古典传说:某些化身为人的精怪,见到某些敏锐的动物时,都会魂飞魄散,因为这些动物可以看出他们的原形。这种想法让潘向宇浑身发颤,本来不好的心情,却好像高兴了一些。朋友见他把狗又给送回来了,问他是不是嫌狗不好,他故作神秘地说:"不,它很好,可以让妖怪原形毕露。"

当潘向宇返回来时,那个"妖怪"依然抱着肩膀呆立在街角。

他在车里向她招招手,她就像当年在获奖典礼的人群中豁然找到他时一样,眼神一瞬间明媚,马上跑到他面前要将自己的手和他的焊接在一起。

潘向宇却在一瞬间有些迟钝了。丛好在夕阳下跑来的身姿和这身姿中显露出的气韵,让他突然莫名地有些心痛。

他们很久已经是各睡各的了,虽然同在一张床上,但彼此之间的距离,可以再睡进一个人去。即使还有性事,也是结束后就拉开这样的距离。这天夜里丛好却一反常态,她始终蜷缩在潘向宇的怀里,头枕在潘向宇的臂弯里,紧紧地抱着他。

开始潘向宇还能忍受,但时间一长,浑身就有点儿不自在了,感到胳膊被她的头压得很麻。

"唉——"他长吁短叹起来,嘟哝着抱怨,"多好的一只狗,名字我都起好了,叫海伦,多好的一只狗……"

丛好始终沉默着,只在他想要抽身的时候,倔强地依偎上来。

潘向宇于是行动起来,将自己怀里的这团身子翻转过去,让她背对着自己,与自己重叠成两把椅子叠架在一起的形状。两把椅子颠簸着,一边就喘息起来,一边又是忍不住地嘟囔：

"名字都起好了啊……"

14

丛好的圈子里的那些人，个个都很骄傲的样子，仿佛不骄傲就进不到这个范围里来。这一点是很多像小丁那样的文学青年所不懂的，他们战战兢兢的，所以永远没有舒展的指望。

慢慢地，经过一些狭隘的人和事，丛好也发现了这些人不骄傲的一面，为了名，为了利，他们也时常是低首下心的。比如作协那位和潘向宇熟悉的主席，平时在圈子里颇有些地方豪强的样子，但每次见到丛好都会格外地放下身段。原因很简单，作协是典型的清水衙门，甚至连衙门都算不上，这位主席需要仰仗潘向宇的支持。潘向宇对此表面上很配合，作协搞什么活动，开什么会，资金上有了困难，只要找到他，他都会鼎力相助，拿出一副义不容辞的样子来。其实谁都明白，潘向宇的这种"义不容辞"，当然是落实在丛好这里的。于是难免会有这样的一些说法了：丛好的成就完全是潘向宇赎买出的结果。

私下里，潘向宇也常常对这些事情流露出某种意义上的调侃，他以商业原则看待一切，有了付出，必须索取回报。在这一点上，潘向宇是毫不含糊的。他坐飞机，多要了几次橙汁，空中小姐稍微有些不耐烦便被他揪住不放了，下了机第一件事就是向航空公司投诉。航空公司很认真，派了专门的经理反复打电话给他致歉，他却不依不饶。这时候手机还是双向收费的，航空公司的电话打过来，潘向宇一扯就是一个多小时，训斥人家，伸张自己作为一个"上帝"的权益，耗费的话资够他买几箱子橙汁了。丛好表示出不理解，他郑重地教导丛好，说这是规矩，大多数人就是因为不守这样的规矩，最终才被剥夺得一无所有了。丛好思索一下他的话，觉得是这样的道理。——老丛就是一个反面的教材，在兰城的老丛就是因为不守这样的规矩，不去据理力争，最终才被打上了"猥琐"的标记。

秉承着这样的原则，在潘向宇的暗示甚至勒索下，柳市作协破例将丛好安置了进去，并且是正式的在编人员。为此，潘向宇替丛好伪造了需要的档案，主要是学历，在这一栏填上了：大学。对于丛好的这个身份，潘向宇当然不是看得很重，但他必须这么做，就像一杯橙汁和几箱橙汁的价值，他有另外的换算标准，不去兑现权利，就觉得是损害了他所奉行的规则。

那片郊外的草滩，成了丛好私底下最爱去的一个地方。将车停在这里，让她仿佛就和柳市拉开了一些距离。车子的公里表准确显示，这个距离是"三十八公里"，而这个"三十八公里"，在丛好心里成了她与这座城市最恰当的距离——若即若离，近在咫尺，又只是周边。这就是她与柳市的关系。

运气好的话，有时候，她在这片草滩上还可以看到一些不知名的水鸟，觉得它们也和她一样，与这座城市保持了某种既是求生本能、又具有尊严感的距离。

直到有一天，当她再次驱车过去时，发现这里已经被圈了起来，成了一块庞大无边的工地，林立的钢筋已经插满了四野。丛好下了车，回望柳市。正是日落时分，一轮橘红的太阳烟烟袅袅地下沉，作为背景，将天边的柳市衬托得宛如海市蜃楼。

这是一个征兆吗？在20世纪刚刚过去的时候，这座城市已经用扩张的方式容纳了她？

  身在异乡，我最大的愿望是，有一天，学会用这座城市的方言在心里朗诵亨利·米勒的句子：
  生在那条街上，意味着你一生游荡，自由自

在，也意味着意外与偶然、戏剧性及运动。一种不相关事实的协调一致，赋予你的游荡一种形而上的确定性。在那条街上，你懂得了人类究竟是什么；而不在那条街上，或离开那条街之后，你就虚构他们。凡不在那条大街上的东西，便都是虚假的、派生的，也就是说，是文学……

如果这太烦琐，或者太荒诞，我就去努力学会用伟人的语式说出：这座城市是你们的，也是我们的，但归根结底，它是属于你们的。

出人意料，在一本诗集的首发式上，丛好见到了小丁。

诗集的作者是一个叫杨一的女诗人，是圈子里和丛好走得最近的。首发式在市里最大的一家书店举行，事先在报纸上做了广告。杨一怕冷场，邀了许多朋友来。没想到场面居然很热烈，让人感叹如今依然还有这么多的诗歌爱好者。其实想一想也不奇怪，柳市有着大量的外来务工青年，他们是这座城市地下涌动的暗流，支撑着这座城市活色生香的繁荣，却永远被杜绝在繁荣的背面。其中，当然不乏像小丁这样的年轻人，有一些知识，敏感而脆弱，经历了世态炎凉，心中的爱恨与情仇，堆积着，总要找到流泻的渠道。其他的方式成本都太高，这时候，写写诗或者做做文学的梦，不啻于最好的安慰，当然，说是某种蒙蔽自己的选择，其实也不为过。

丛好就在蜂拥着的人群中看到了小丁。她坐在正忙着签售的诗人杨一身边，戴着一副墨镜，无所事事中，突然感到了人群中投射而来的锐利目光。原来有时候人的目光也会具有一种物理性质的力度，丛好感觉自己突然像是被蜜蜂蜇了一下。循着感觉找过去，她便看到了小丁。

小丁依然还是当年的模样，挤在人堆里，穿一件白色的文化衫，像一张薄薄的纸片。隔着墨镜的镜片，丛好和小丁对视着。小丁也感觉到了自己已经被丛好发现，眼神一瞬间软弱下去，埋了头，转身挤出人群。

丛好几乎是不假思索，她站了起来，不动声色地侧身跟了出去。丛好没有什么具体的目的，不过是凭着一种本能。

小丁出了书店，两条套在牛仔裤里的瘦腿一路疾走。丛好跟在他后面，步子跟着加快，心中不由得升起了一些愤恨。但这愤恨又有些复杂，里面不多不少，还有些恶作剧一般的快感。

如今的丛好，活在柳市，活在潘向宇的气场里，尽管她有着自己的文字世界，但每每在游离而出的时刻，现实的一切却无处不是隔膜，会反复提醒着她，自己不过是一个来自兰城的异乡人，是一个寄居者，甚至是这座城市里一个莫须有的赝品或者影子。她就是一份伪造的档案。在这里，她没有过往，没有树木伸进土壤里的根基，就像是一枚浮萍，在无尽的水面上漂浮。

而眼前的小丁，这个纸片一样的背影，却像一条绳索，追索着，就是一个属于丛好自己的曾经。也许那样的一个曾经，也不过是另一个玄奥阴郁的梦境，但在时序上，它毕竟是排在了前面，由此便成了今天的来路。

在梦里次第倒退，丛好像是踏上了自己的归途。

小丁回头了，看到了尾随的丛好。他在犹豫是否该停下来，但脚步却愈发快了，不是跑，却更像发足狂奔的架势。

丛好一度也跑了起来。令她跑起来的动机原本就是含混不清的。她也不知道自己要去追逐什么。那张纸片一般的背影，其实乏善可陈。有多少年了，丛好已经没有体验身体加速起来后的滋味？就像当年，她骑着一辆"二八"的男式自行车，让兰城的风从自己的耳畔刮过。

像是条件反射，丛好的跑动让前面的小丁也真的跑起来，反馈回来，又拉动了丛好的速度。柳市无风，奔跑起来的丛好感觉不到多少运动着的风速。但她真的是跑出了百感交集的滋味，宛如再一次穿越那条灌满了一个少女的稀薄梦想的小巷。

但如今是在柳市宽阔的人行道上，风和日丽，人群熙攘,他们的飞奔,不免要引得路人驻足侧目。

是在一瞬间,丛好气馁了。她收住步子,茫然于自己不知所云的行止。丛好站在人行道上,看着前面的那张纸片飘扬而去,拐过一个街角,消失在自己眼中。她有些气息难定,喉头辛辣,是一种哽咽的滋味。

丛好缓步向前,心里再一次空空如也。世界在她的面前,不过是一条梦径,周而复始,不过是从一个梦循环进另一个梦里。

所以,当丛好又是一眼看到小丁时,仿佛视若无睹。

拐过那个街角,丛好看到了蹲在路边的小丁。小丁细得过分的两条腿似乎更加经不起一场奔跑。他依然在喘息,揉着膝盖,胸脯短促地起伏着。丛好站在他身边,居高临下,面无表情。

下来就是小丁尾随着丛好了。丛好并没有要求他这么做,自顾从小丁的身边走过去,仿佛无视他的存在,但小丁却像一个唯命是从的跟班,死心塌地地跟在了丛好的身后。

他们去了向宇汽车修理厂附近的那家河粉店,再一次吃了一份牛肉河粉。两个人谁都没有多余的言语。小丁是畏葸的情绪,丛好呢,毋宁说是没有情绪。丛好不知道自己想要做什么,她只是在吃河粉时,再一次被牛肉那种嫩滑的口感触动了味蕾。她努力克制自己不要去回忆,想要避免那种对比,她不想分辨眼前的这份牛肉河粉是比记忆中的更加鲜美还是不如从前。她拒绝把它们联系起来形成一种可以概括岁月的比照关系。但她的舌头上,却像流淌着酸甜苦辣一般地流淌着往昔时光,个中滋味,并不以她的意志为转移。

丛好大口吞咽着。小丁显然没有什么胃口,碟子里的河粉始终没有下去多少。当他流露出要将这份食物放弃的神情时,丛好瞪着眼睛,要求他必须吃下去。

她问道:"怎么,你现在是一个可以浪费粮食的人了?"

这个诘问很有力。小丁唯有强迫自己狼吞虎咽起来,直到把碟子里的酱汁都吃得干干净净。

结账的时候,丛好纹丝不动,小丁突然意识到什么似的,再一次替他们付了钱。

其后他们坐到了那个街边的花园里。

向宇汽车修理厂门头的招牌换了霓虹灯,此刻在浮薄的暮色中闪闪烁烁。厂里的门卫对丛好一直毕恭毕敬,这个残疾的退伍军人结婚了,和自己老婆住在门房,有一次丛好去厂里找父亲,看到他的老婆穿着一件橘黄色的毛衣站在大门口,像某种热切的植物。丛好立刻就认出来了——这件橘黄色的毛衣,就是自己扔掉的那件。

丛好动了念头,想将小丁领回他那间堆满书籍的宿舍。她知道那里一直再没有人住进去过，还保持着原样，小丁遗留下的书没有被她带走，还存放在里面，那张电焊面罩，想必也只是落了些灰尘。

但转瞬丛好就打消了念头。那间宿舍，堪称他们共同的秘密。小丁在那里酝酿过一个打工青年的文学之梦，丛好在那里开始了小丁未竟的追求。也许，这样的一个来路，只有小丁是知道的：她掠夺了他的资源，甚至，是偷取了他编织了一半的梦。像一块隐秘的伤疤，丛好不愿再去揭它了。可一瞬间，那种要撕破什么或者还原什么的愿望又是如此强烈。丛好渴望一种跌落，让今天的一切都粉碎吧，落在实处，让那个仓皇的少女回到她的原形吧——世界原本就是这样的脆弱，不堪追究。

天黑了。花园里暗香浮动，依然是草木扶疏。归巢的鸟群叫着叫着，慢慢安静下来。

他们之间依然无话。如今的丛好，在小丁的眼里，当然不再是那个纤弱的少女。丛好点起了一支烟，下巴微微扬起，把一串串烟雾吐向幽暗的夜色。

"丛老师……"

小丁嗫嚅着开了口。

他叫她"丛老师"，像所有面对一位作家时的文学青年。丛好回头看看他，在夜色和墨镜造成的双重黑暗中，心中有了邪恶的情绪。有生第一次，丛好这样去打量一个男人了，对这样的一个物种，生出摆布的心。

丛好说："你过来。"

他们并排坐在一张木椅上，之间的距离，可谓南辕北辙。

小丁很听话，屁股向她挪了挪。

丛好吩咐："靠着我。"

小丁僵硬着。他一直很紧张，似乎留下了后遗症，每当身边有人影走过，就警觉地挺直身子。

丛好再一次命令他："过来。"

小丁无力反抗这样的命令，只得挪在了丛好的身边，肩膀挨着肩膀。是两只同样消瘦的肩膀，彼此依偎，就都显得嶙峋了。

丛好说："抱着我。"

小丁的胳膊搂在了她的肩头。

丛好说："吻我。"

小丁不动。他无法揣测"丛老师"的意图。

丛好加重了语气："吻我！"

小丁终究还是被勒令着行动了。他无力抗拒，侧过身，吻在丛好的唇上。两副眼镜再一次打架，碰撞出的声响微不足道，却让人听起来有铿锵的感觉。两只嘴唇是冰凉的，贴在一起，有冻结的滋味。是丛好率先激烈起来，唇舌往复，激烈痛苦，那番兰城之夜常常统治着她的饥饿感又一次充满她的肺腑。丛好在饥饿中战栗，害怕再一次被一个男人遗弃在歹徒与恶犬的绝境之中。

小丁却被丛好吓到了，她柔韧的舌尖在小丁的感觉中却像是一把匕首，她的一只手摩挲着小丁的脖颈，让小丁感到自己的喉咙随时会被扼紧。她喘息着，小丁却连呼吸几乎都停止了。小丁的身体在向回缩。丛好用了蛮力，将他拥在怀中。小丁本能地挣扎。只一瞬间，丛好便彻底放弃了。这样一个往复，就足以令她精疲力竭，感到自己是在强暴着一张电焊面罩。

她要什么呢？安慰？惩罚？还是如一个溺水者般的，拼命去抓牢一根不堪救命的稻草？

丛好站了起来，头也不回地走了。走出几步，又转回来，将自己手腕上的那根玻璃珠子串成的手链褪下来，放在了呆若木鸡的小丁怀里。

自始至终，丛好没有问起小丁如今的下落。其实这是无需问起的——人是可以自己提高自己的。像所有来城务工的年轻人，小丁如今必定还是钻在车轮的下面，或者是站在流水线旁边，自己提高着自己，一任青春苍凉而过，即使怀有这般那般的梦想，不出意外的话，终究会娶妻生子，多半只是让另外的女人对于男人产生无尽的绝望。

15

我二十七岁了。七年的婚姻生活，我依次经历了这样的一些事情：堕了两次胎——没有很具体的理由，只是直觉上觉得不可以要孩子。第一次潘向宇知道，对此也不反对。第二次我没有告诉潘向宇，由朋友杨一陪着，自己去做了手术；获了若干个奖项；目睹过一次潘向宇和别的女人坐在车里接吻；柳市在我的眼里，也慢慢具备了"猥琐"的面目。

少女时代的我，懵懂地以为，"猥琐"是一种或多或少与贫穷有关的疾病，好像麻风病那样的瘟疫，总是高发于贫穷的地方，所以——在兰城，这没有什么好奇怪的。但是今天我已经渐渐懂得了，原来在柳市这样人人都看起来比较富裕的地方，"猥琐"依然肆虐。

有一次，我在超市里买东西，看到一个衣冠楚楚的中年男人，把一听两元钱的可乐塞进裤裆里，脸上挂着一种类似手淫般的别扭的幸福感，微酡着，很陶醉，裤子那里勃起般的鼓出一块。这才是最下流的偷窃，和少年张树在阳光下的行为有着绝对意义上的差别，甚至是互为比照的。天知道我怎么会在一瞬间怒不可遏，隔着好远，向这个体面的贼大声呵斥道：

"拿出来！"

男人的脸扭曲起来，令人作呕。他拉开拉链，把赃物掏出来，想落荒而逃，却被闻声而来的保安扭住。

我像一个见义勇为的人，一路跟着去了保安室，大义凛然地协助保安们指证这个贼。那一刻，我愤怒地想：为什么到处都是卑鄙龌龊的男人！

几年下来，丛好渐渐能够与人沟通了，在一些恰当的时刻，她也会向人倾诉。

一次大家在酒吧里闲聊，远方那个国度里的强人再一次成为大家的话题。这时候纽约刚刚发生了震惊世界的恐怖事件，美国人将其与萨达姆·侯赛因挂上了钩，而此前不久，这个男人刚刚出版了他的第二部小说《坚固的城堡》。大家从国际局势聊到政治人物的文学修养，继而说起了关于男人的比喻。

有人说男人是泥，曹雪芹早论证过了。

有人说男人是钥匙。这个比喻颇有些色情的意味，说出来后，大家都心照不宣地笑。

"你总是在挑选着钥匙。"

诗人杨一指着丛好背出了一句诗，惹得大家把笑声都给了丛好。

丛好抽着烟说："男人就是些树，长势好坏直接被环境所决定。"

这个时候丛好对潘向宇已经有了很充分的认识。潘向宇在权力面前的卑躬屈膝，对女人的广泛兴趣，顽童般的恶作剧倾向，都已经被丛好洞悉。但他依然不令丛好绝望。这得益于他的成功，在一个已经被认可为成功了的男人身上，就能够找出各种理由来为他不堪的一面辩护了。潘向宇这样的男人就是一棵树，当他出现在丛好面前时，就已经浓荫蔽日，先天地具备了可以不堪的理由。

诗人杨一听了丛好的比喻，即兴又背诵了一首非洲诗人的诗：

你是树
茂盛的枝叶在迎风摆动
在我的胸中敲响了胜利的手鼓

你是树

你的浆液阻止了苍穹

破裂成无数的碎片

你是树

将帮助我跨过

神仙们的河流和死亡的阴影

丛好突然间掉泪了。她从潘向宇出发做出的比喻，却落实在对于张树的回忆上。杨一背出的这首诗，在丛好的心里，飞快地和张树联系在了一起。一个声音在丛好的脑子里吵嚷起来：

"防守反击你懂不懂？防守反击！"

张树是那么一个毛病显著的少年，但丛好回望过去，他又是那么一个接近完美男人的少年。丛好甚至蹦出过这样的念头：只有张树这样的少年，才有可能成长为萨达姆·侯赛因那样的男人——对世界永远扬着下巴，永远不驯服，却挂着一张漫不经心的梦幻般的笑脸。

电视里，报纸上，关于萨达姆·侯赛因的消息从来就没有停止过，他并没有在那场失败的战争中屈从，依然乐于挑衅，依然是一副桀骜不驯的迷人作风，这个六十多岁的男人,在阅兵仪式上单手举枪,朝天鸣放142响……

这些都在丛好的心里构成隐秘的希望,虽然没有必然的逻辑在里面,但它确实是神奇地发生着,并且成为事物深处的核心。

回忆漫卷而来。诗人杨一不能理解丛好突如其来的悲痛。虽然在这个圈子里,莫名其妙的哭泣根本不算是新鲜的事。

杨一问:"怎么了,这首诗这么打动你啊?"

丛好抹去泪水,自嘲着笑一笑,说:"不是,我想起些过去的事情。"

杨一来了兴趣,举手在空气中虚抓了一把。"说说,说说,我最爱听人追忆似水流年!"

对于丛好的根底,圈子里的人都不明究竟,但都知道她是一个北方人,觉得她在柳市崭露头角就像是被突然空投下来的一样。

丛好定了定神,将杨一拉到无人的角落坐下。她也在刹那间有了诉说的愿望。

"他叫张树,"丛好说道,"那时候,我们都是兰城人。"

她一边说,一边用手指蘸了酒杯里的红酒,就像当年的张树一样,在桌面上写了一个大大的"树"字,继续说道:

"槐树的树。"

杨一打断她:"干嘛不是柳树的树?"

丛好闭上眼睛,说:"是一切树的树。"

杨一意味深长地看着她,说:"你啊,总是在挑选着钥匙。"

第三部

巴格达斜阳
是一种酒水

1

院子里的杜英生病了，一部分叶子变成了褐色，树干上向阳的皮干枯开裂。我去花市里请教了人，得到了这样一个有关植物的疾病名称——日灼。他们说就像人的感冒一样，过分的冷暖一样也会让树木生病。我的杜英是被夏天的阳光灼伤的。

在这个夏天，柳市几乎没有下一滴雨。而我却将杜英的树冠修剪出了很大的孔洞，它的主干直接暴露在了烈日下。过犹不及，我太辛劳了。

在花农们的指导下，我对受到日灼伤害的树皮进行了清理。我用利刀刮除了病变部位的树皮，刮到木质部分，像是看到了它的骨头。那里有些局部竟然也已经腐烂，我只有狠下心来为它刮骨疗伤。清理干净后，我在它的伤口涂上了防腐剂和愈合剂，同时，用草绳包扎起来。

这让它像是一个术后的病人了。

2002年的夏天,潘向宇去了一趟兰城。兰城与柳市之间依然没有航班,他不得不坐了火车。他是怀着一个目的去的。潘向宇从别人嘴里听到,丛好在兰城曾经有过一段与人同居的往事。

起初潘向宇是不信的,丛好在车库里哀哀的叫喊至今依然回旋在他耳边,他不能相信这里面会有疑点。但是说给他听的这个人言之凿凿,不由得他不信。于是,潘向宇决定亲自去一趟兰城。

在兰城,这个事实很快就得到了证实。张树曾经是兰城齿轮厂家喻户晓的名人,关于他的事迹,很多人都记忆犹新。潘向宇在兰城也有朋友,朋友很容易就替他落实了答案。

而且潘向宇还看到了张树。他和朋友坐在车里,还有朋友带来的一个齿轮厂的工人。他们的车停在齿轮厂家属四十三区的门前,在那位工人的指点下,潘向宇看到了那条壮汉。张树正从家属区出来,气咻咻的,光着膀子,穿一条肥大的短裤,赤裸在外面的身体疤痕累累,仿佛曾经被放在绞肉机里绞过一遍。这个生冷不忌的形象更加激起了潘向宇内心的厌恶。朋友不明白潘向宇为何对这样一个人发生了兴趣,问他:

"老潘你是不是想雇个保镖?"

潘向宇不置可否地笑一笑。

躺在兰城的宾馆里，潘向宇的心里除了憎恨还是憎恨。他想不通这里面究竟是怎么一个阴谋，他这样一个男人，是怎么落在陷阱里的。如果说，车库里哀哀的叫喊是假的，车座上的血迹是假的，那么，丛好那种一以贯之的青涩也是假的吗？如果一切都是欺骗，那么自己的感受也欺骗了自己吗？当自己进入丛好的那一刻，那种确凿的紧致难道是一种错觉吗？越想越混乱，都有些颠三倒四的疯魔了。

潘向宇感到从未有过的折磨。他感到折磨，当然是自尊心受损的结果，但还有另外一个重要的因素，那就是，当这个事实被证明的一刻，潘向宇突然发现，原来他如此在乎丛好。

他们做了七年的夫妻，是他看着她一步步从一个少女长成了女人，身上一天天散发出无可替代的魅力，那种自始至终的冷漠感，也越来越变得有力，被内心某种强大的东西支持起来，不复再像当年，只是一种虚无的、软弱的冷漠。尽管丛好在他面前似乎永远被动，但渐渐地，潘向宇感到，这种被动越来越像是她的一个自觉的态度。她选择这种梦游般的态度，把自己和其他兴致勃勃的女人区别开，从而表达出了某种程度上的漠视。她因此在某种程度上甚至是显得傲慢的，令人难以捉摸。她已经是一个出色的女人了，而这里面也有潘向宇的功劳。是他提供的优越条件，才使得她向着这种姿态去生长。

潘向宇的身边，从来不缺少一般意义上的好女人，但就是没有丛好这样的。丛好作为这唯一的一个，是适合用来做太太的。潘向宇对丛好难以释手。出于一个成功商人的立场，潘向宇也不会舍得，好比他苦心经营起来的一个企业，如今盈利了，却要割舍掉。

潘向宇睡在宾馆里，整整一天滴水未进。朋友打电话过来邀请他出去吃饭，也被他拒绝掉了。许多问题搅在一起，令潘向宇头痛欲裂。最初的憎恨过去了，换上来怨怼的情绪。潘向宇甚至都有些幽怨：丛好啊丛好，你怎么可以这样对待我？如果一切真的是你布下的圈套，那你就太可怕了。潘向宇从来都觉得自己是强势的，如今感到了自己的软弱，就有些自怜自艾。

晚上十点多钟的时候，有电话打进房间。潘向宇接听，是那种宾馆里常有的骚扰电话。一个女人媚笑着问他要不要服务。潘向宇气冲冲地说不要，刚想挂电话，女人给他补充道：

"有处女呢，先生也不要吗？"

潘向宇迟疑了一下，说："叫一个上来吧。"

现在潘向宇对"处女"这个词很敏感,正被这个词所造成的相关问题折磨着,所以就想通过这个词本身来解决掉那些问题。

很快门就被敲响了。门外站着一个瘦瘦高高的女孩子。潘向宇把她让进来,吃惊地发现,这个女孩子怎么看,怎么像当年的丛好。都是那种瘦高的身材,甚至头发也是用一块手帕扎在脑后的,身上的衣服也很土气,还不太合体,窄窄的短那么一截。

潘向宇以为自己眼睛花了,定住神仔细看,果然是有出入。女孩子身上的衣服,原来就是那种短的款式,是有意要露出一截肚皮的。她进来后径直坐在了床边,头低下去不出声。潘向宇不是一个检点的男人,但没有过嫖娼的经历,都是一些女人主动地送上门,而且似乎也没有为此和他做过什么交易。

潘向宇不知道该怎样开始这种事情,皱着眉头问:"你,是处女?"

女孩子面无表情地看他,不回答。潘向宇分析不出她这副架势能说明什么,想自己原来对一个处女是如此地缺乏甄别力。

他用手指指卫生间说:"进去洗吧。"

女孩子坐着不动。潘向宇心里就有些火了,问:"怎么你没听见吗?"

她心平气和地说:"听见了。"

潘向宇问:"听见了为什么不去?"

她说:"先说好价钱。"

潘向宇霎时震惊了。她们太像了,你可以把她们的从容看作是厚颜无耻,但是,你从另一个角度去看,这种厚颜无耻就成了那种足以打动人心的"冷漠"。潘向宇的心抖抖的,有种痛苦的感觉。

他问:"你要多少?"

女孩子平静地说:"一千。"

潘向宇没有这方面的经验,不知道这个价钱是否合理,但一千块钱对于他实在不是什么大数目,只让他觉得太贱。他想,原来一个处女只值这个数目,他却居然付出了婚姻这么大的代价。

女孩子听到他嗯一声表示了认可,这才不慌不忙地进了卫生间。

冲水声响起来。潘向宇跌坐在床上,浑身的骨头像被全部抽走了。这时候房门又被敲响了。来的是那位兰城的朋友。潘向宇和他很熟,是生意上多年的合作伙伴,十多年前潘向宇的父母决意要将兰城定为他们春夏之际的迁徙点时,就是这位朋友帮忙在兰城买的房子。朋友打电话约潘向宇出去吃饭遭到拒绝，加之一天都没有潘向宇的消息，心里就不太放心，赶到宾馆来看看。听到卫生间里的水声，朋友摆一下头，低声问：

"怎么，你有客人？"

潘向宇苦笑一下，说："找了个小姐。"

朋友哦一声，说："那我不打搅你，你没事就好。"说着就往外走，突然想起什么，回头问："她要你多少钱？"

潘向宇说："一千。"

朋友眼睛瞪起来，问："你答应了？"

潘向宇点下头。

"笨蛋！"朋友生气了，说，"妈的敢这么要价的！"

潘向宇无所谓地摆摆手说："是个处女。"

朋友不可思议地盯住他，声音也大起来："老潘这你也信？"

潘向宇不解地问："会有假吗？这种事也能骗人？"

朋友笑了，说："老潘啊，你真让我想不到。什么没有假？这种小姐过了今晚明天就进医院，连手术都不用做，买一个人造的塞进去，就又是一个处女了。"

"买一个……人造的？"

潘向宇听得瞠目结舌，活在积极的商业秩序中的他根本不知道居然还有这样的事情。

朋友拍拍他肩膀说:"你玩儿吧,真要好这口,明天我给你找个货真价实的。"说着脖子向卫生间歪一下,"里面这个,你顶多给她三百。"

潘向宇蒙蒙的,朋友走后半天才回过些神。

女孩子从卫生间出来了,光光的,胸上裹一条浴巾,但头发却是干的,显然她只是冲洗了局部。

潘向宇躺在床上,头枕着被垛看着她。

女孩子走过来,被潘向宇阻止道:"你就站在那儿。"

这个女孩子有股自行其是的派头,顾自靠上来。

潘向宇喝一声:"站那儿!"

女孩子站住,不知道他什么意思。

潘向宇说:"把浴巾脱了。"

女孩子照着他说的做,把浴巾解开扔在地上。潘向宇眯着眼睛看她:也是那种灰暗的孩子般的身体,乳房像两只小拳头,乳头边泛着一层细密的鸡皮疙瘩,连毛发的颜色都是浅浅的,像一团阴影,小腹平滑,胯骨细窄。这样的身体曾经令潘向宇像一台失控的机器,但是现在他一点欲望也没有,心里是冰凉的,有种无力的颓废。

女孩子被潘向宇看得心里发毛,她以为遇到了一个喜欢玩变态的家伙,这种人是她们的忌讳,太危险,什么伤害都有可能造成。真要是这样,她们干脆不做。她换上了职业的口吻说：

"我只和你做爱，其他的都不做。"

潘向宇严厉地说："给钱也不做吗？"

他几乎要说"给你个婚姻也不做吗"，心里有种消灭什么的狠劲儿，一字一顿地说道：

"你老老实实给我站在那儿，不要你动就不许动。"

女孩子从没听到过这样离奇的要求，试探着问："你给多少钱？"

潘向宇说："还是一千，一分也不会少你的。"

女孩子犹豫了，说："最多一个小时，超了要加钱的。"

潘向宇抬起手腕看看表，说："超了给你另算。"

女孩子就赤裸裸地站在那里不动了。潘向宇打开了房间里所有的灯，眼都不眨地看着她，心里再次产生出那种顽童般的快慰。这种散发着不健康的诱惑力的身体曾经蛊惑过他，如今他命令它暴露在那里，让它失效，只是被示众般地亮出来。

一个小时，对于潘向宇足够了。他甚至没用这么长时间，就已经达到了自己的目的。他确信自己把眼前的这种身体看到了憎恶，再也不会为之激动，就像一个游戏，终于被玩腻了。对于那个女孩子，一个小时也足够了。她也甚至没用到这么长时间，就已经感到了这件差事的艰巨。

原来这样长时间赤裸裸地直立不动，是这么困难，远比床笫之事要辛苦，有种说不出的焦灼和不安，让人渐渐地手足都会觉得无法安顿，放在哪里都感到不合适。她时而稍息，时而立正，把自己站出了憔悴。

她不知道，这种滋味，就是所谓的羞耻感。

潘向宇把一叠钱付给她。她仔细地数一遍。在她数的过程中，潘向宇无意间看她一下，骤然恍惚了。他从她盯住钱的眼神里，看到了那种无从掩饰的油腻的贪婪，像一只偷食得手后的母猫。

潘向宇一阵眩晕，急促地呼吸着。他在一瞬间相信了丛好，就凭这样的眼神，潘向宇就可以把丛好在这样的女孩子中遴选出来——丛好绝不会有这样的眼神。

潘向宇也不知道自己对这个结论何以如此确信不疑，就像一块铁那么结实和沉重。他的心响亮地摇撼起来。

潘向宇信了，尽管还有太多的疑问。

2

潘向宇在兰城逗留了两天。他向朋友借了辆车，驱车在兰城怅然地兜了几圈。十多年前他来兰城招工，是办另外一件事情之余的举措。关于那件事情,潘向宇本来并无太多的疑惑,十多年来,他也再没有来过兰城,如今他怀着悒郁的情绪,心思突然细致起来,对于当年的那件事情也感到了一些蹊跷。

这件事情是关于潘向宇父母的。对于自己的父母,潘向宇从来都是一种模棱两可的疏远态度。他很小就知道了,母亲背叛过父亲。这个信息不是通过争吵泄露出来的。这对知识分子对自己的定位一辈子都很稳固,所有的做派都是规定在"知识分子"这样一个角色里的。

知识分子的多情和知识分子的幼稚,在潘向宇母亲的身上都有着充分的体现,这种充分的多情和充分的幼稚,难免就会让她在年轻的时候被人伤害,或者伤害人。而潘向宇的父亲,也贯彻了一个知识分子的风度,对一切表现出了极大的谅解与宽容。孰料,这种知识分子化的谅解与宽容,在处理这样的问题时,却适得其反了。母亲并未因此而感激,她不因自己的情感失足而内疚,反而对父亲的态度日趋强势。事情就是那么一件事情,多说无益,也难以说出个对错,但这对夫妻却常年就此讨论起来。的确只是讨论,各自亮明态度,阐述看法,绝对不是争吵,甚至连辩论的味道都没有,因为大家都不打算说服对方。并且,随着讨论的旷日持久和日常化,他们渐渐都不避讳自己的儿子了，当着潘向宇的面，大大方方地说来说去，以至于潘向宇从小就对这种事情没有了是非的标准，也不觉得母亲便如何在道德上有了污点。

这样的处理方式好吗？摊上这样的事情，也许大多数婚姻会因此动荡乃至破裂，当事者会为之搭上生命的蹉跎，而在潘家，一个不争的事实却是，潘向宇的父母却以这样的方式相伴到了暮年。

潘向宇在这样的家庭气氛中成长了起来，在心理上，他不能算作很健康，然而总好过那些因为父母彼此仇视而彻底扭曲了的孩子。潘向宇受到的负面影响，莫过于他对家庭的态度。潘向宇不大强调家庭观念，也认为伴侣在一个人的生命中并不是举足轻重的。这种态度就反映在了他和丛好的婚姻里。迄今，潘向宇都是一个没有明确家庭观念的人。但是，当丛好身上的疑点出现的时候，潘向宇却当真感到了痛苦。这种感觉是不会欺骗人的，而且也出乎潘向宇自己的预料。由此，潘向宇发现自己并不是那个自以为是的自己，原来有些事情，真的重大，有些人，真的会令人痛心。

这个发现让潘向宇迷惘了。

那一年，潘向宇的父母双双退休，突然提出此后年年要去异地住上两季，而且目的地明确，直指兰城。对于自己父母的行为方式潘向宇已经见怪不怪了，这么南北穿梭似乎也没什么不好，算得上是一个别致的安度晚年的方式。潘向宇只是有些不解——为什么偏偏选择兰城呢？要知道，无论从哪个角度来考量，兰城都是一座一无是处的城市。这一次，潘向宇的父母全部变得沉默了，不再当着他的面讨论什么，面对潘向宇的疑问，只有母亲悠悠地一句答复：

"这是你爸爸答应过我的。"

潘向宇不是愚笨的人，从这句话里听出些弦外之音，但他又懒得细究，对于自己父母此生的情感纠葛，他早已经厌烦了，也早已经没有了窥测之心。这时候潘向宇已经事业有成，本着一个做儿子的责任感，他还是为自己的父母去落实了这个计划。潘向宇来到了兰城，一下火车就对这座灰败之城心生厌恶。在那个春天，潘向宇在朋友的协助下，替自己的父母在兰城买了一栋房子，装修一新后，他顺道在兰城齿轮厂招聘了一名技术工人。当时的潘向宇，当然不会想到，他选上的这名技术工人最终会成为他的岳父。

时值初夏，潘向宇的父母此时正在兰城客居。

潘向宇找到了自己为父母买的那栋房子。1991年的时候,这栋房子在兰城还算是一个体面的住所,留在潘向宇记忆里的,也是这么一个还算体面的概念,但下车后,他几乎有些怀疑自己的记忆了。那种砖混结构的楼房,即使在今天的兰城,都可以算在毫不起眼的建筑物里了。上楼的时候,潘向宇不禁对着满楼道堆积的杂物皱起了眉头。他多少还有些难过,想不到自己的父母每年都有一半的时光是和这些杂物一道塞在遥远的兰城。

开门的是父亲。父亲显然对潘向宇的到来感到惊诧,他在门前迟疑了一阵,似乎有了要将潘向宇拒之门外的打算。潘向宇却自顾侧身进了屋,算是向父亲解释道:

"我来兰城办事,顺便看看你们。"

房间里还是当年潘向宇装修出的样子,木墙裙,繁复的吊顶,玄关处立着一面庞大的镜子。这种风格在当年是很讲究的,如今却显得土气了。尤其还历经了十多年的岁月,让置身其间的潘向宇仿佛回到了旧社会。电视也是当年潘向宇买下的,现在开着,图像倒还算清晰。

潘向宇坐进客厅的沙发里,环顾一周,几乎要质问父亲了——你们这是何苦?但他忍了下来。面对父母,他向来没有太多质疑的兴趣,何况,此刻他自己本身就很消极。

父亲去厨房切了一盘西瓜过来,放在潘向宇面前的茶几上,然后和潘向宇并肩坐在了沙发里。虽然身处北方,但兰城的夏天酷暑难当,而且不同于南方的柳市,是那种干热,火烧火燎的,能热痛人。好在当年潘向宇给这栋房子装了空调。空调是开着的,但这台老机器已经发出轻微的轰鸣。循声望去,潘向宇看到封闭了的阳台上挂着一些晾干的衣服,裤衩,背心,显然全是父亲的。潘向宇感到有些恶心。这些悬挂着的内衣,就像是一件一件抖开拉展了的父亲,是父亲的隐私和真相。潘向宇觉得,自己这个做儿子的去面对这些东西,是一种冒犯,也是一种被冒犯。

"我妈呢?"潘向宇问。

父亲回答:"她不在。"

潘向宇没有接着问"去哪儿了",他和自己父母的对话从来都是这么浅尝辄止的,仿佛递进一步,便会损害了彼此之间的正常关系。

电视里在播放新闻,全是有关伊拉克大规模杀伤性武器核查问题的。新闻里说:美国媒体民意调查显示,很多美国人显露出出兵伊拉克的意向,但希望得到联合国的授权……

父亲突然评论道:"可能要打仗了吧?"

潘向宇嗯了一声,他有些昏昏欲睡,此刻世界的风云,根本唤不起他的丝毫兴趣。

父亲说:"布利克斯这个人的立场应该还是中立的。"

"布利克斯?"潘向宇问,"谁?"

"联合国对伊武器核查首席核查官啊!"父亲说出这么一个冗长的身份,有些为潘向宇的孤陋寡闻感到吃惊的样子。

潘向宇只有再次不置可否地嗯了一声。

"安南我觉得就有些受布什操纵——安南是联合国秘书长,"父亲补充了一句,给潘向宇普及国际常识,"你看,伊拉克官员会晤安南的时候,就拒绝了他的武器核查建议。"

潘向宇越发感到怔忪了。什么意思呢?置身在异乡这栋"旧社会"一般的房子里,垂暮的父亲却津津有味地关注着纷扰的国际事务,似乎变成了一个这方面的专家。

父亲兀自在念叨,半天得不到潘向宇的回应,顿了一下,再次开口的时候好像是在自言自语:

"唔,人生其实就是一场战争嘛。"

这句话来得有些没头没脑,而且也算得上是陈词滥调。潘向宇回头看了一眼身边的父亲,毫无理由地伸手拍了拍父亲的腿。他的确是困倦了,其后便倒在沙发里小睡了一阵。

醒来时已经是黄昏了。母亲依然没有出现。父亲一个人在棋盘上摆着棋谱。

潘向宇也不多问，招呼父亲："我们出去吃饭。"

父亲问："不喊上你妈吗？"

潘向宇说："你知道她在哪儿？"

父亲点了点头，似乎很郑重，下了什么决心的样子。

于是，潘向宇就驾着车和父亲去找母亲。一路上父亲都沉默着，潘向宇通过倒车镜观察父亲，发现自己的父亲似乎很凝重，嘴唇不断抿在牙齿里，像一个掉光了牙的人。

在一个狭小的广场上，潘向宇看到了自己的母亲。

广场其实本来并不小，只是因为人太多的缘故才显得逼仄了。四周全是小摊贩，他们只被允许在夜间经营，此刻刚刚准备开张，在路边就地摆放着自己的廉价货物。

广场中心，有一群中老年人在翩翩起舞。不知哪里传来的乐曲震耳欲聋，好在听起来还算欢快动听。潘向宇下了车，挤过人群，在自娱自乐的舞者中看到了自己的母亲。母亲穿了一条民族风格的花裙子，如果仅从背影来看，绝对不像一个年近七旬了的女性。她依然那么灵活，舞姿甚至堪称翩跹，脚尖踮着，轻盈地起伏回旋。她的舞伴因此显得有些笨拙，不过就是搭了把手的样子。这是个同样苍老了的男人，没有任何可资形容的，除了像一个老年男性，他什么也不像。

父亲在潘向宇的身后说："他是你母亲多年的朋友。"

潘向宇遥望着自己的母亲，在心里玩味了一下父亲的解释，某种还算清晰的事实便铺陈出来：退休后的母亲要求年年两季客居兰城，因为在这里有一位多年的朋友可以或者是需要她来共舞，她将自己暮年的时光公平地分摊了，一半留在柳市，一半归于这里，而这一切的核心在于——父亲对此是"答应过的"，并且，不惜陪伴着她来实现这样的承诺。荒唐吗？潘向宇多少有些厌恶这个推理，他甚至已经开始怀疑，在兰城，母亲是否和父亲住在一起。但另一种情绪更多地打动了他。

他知道这一切事关着什么，这个秽亵的尘世，由于有了岁月这样一个浩大而苍茫的根底，因此一下子变得可被接受了。

望着翩翩起舞的母亲，潘向宇居然有些感动。同时，身边的这个父亲，也更加让他欲说还休了。

潘向宇不是多愁善感的人，毋宁说那种愁肠百结的辛苦从来都被他本能地拒绝掉了。他不愿意自己去承担那些虚诞的捆绑。潘向宇决定还是不加细究的好，他招呼自己的父亲离开了，把母亲留在她欢乐的舞蹈中。

在饭桌上父亲再次纵论起国际局势，说美国把萨达姆和基地组织联系起来是一着好棋。

"多妙？"父亲眨着眼睛，叹息道，"这样他们就师出有名了，不是吗？起码美国人民的情绪就被煽动起来了！"

潘向宇间或嗯两声，他不能接受一向沉默寡言的父亲突然变得这么喋喋不休。他觉得，此时的父亲，更应该把心思放在那个在广场上翩翩起舞的母亲身上，而不是这样，用这些完全与己无关的破事来吸引自己的注意力。这是一种自我麻醉吗？潘向宇思忖，那么，有什么不好呢？

和自己的父亲吃了顿饭，潘向宇就回了柳市。

3

丛好也在2003年的春节前夕回到了兰城。

作协组织采风活动，选择了兰城作为目的地。最初接到通知，丛好是拒绝了的，她不想回到那个城市，那种灰蒙蒙的气氛，是她不愿意再去回味的。

在写作上，如今的丛好也遇到了瓶颈。说到底，丛好的学识与修养都不足以支撑她在这条路上走得太远，一个确据是，随着书写的深入，她竟然越来越离不开字典了；那些内心的感受挖掘殆尽，终有告罄的时候。致命的是，对于生活，丛好几乎始终像只悬浮的气球，嫁给了潘向宇，她便远离了那种具体的、烟熏火燎的生存历练，这让她的梦，连带那些对于梦的书写，都逐渐变得空洞。已经有评论家不留情面地指出她作品中的矫揉造作，甚至斥责她的作品"格调不高"了。而且将丛好的成就与潘向宇联系在一起的说法也愈演愈烈。对此，丛好感到了沮丧，也因此不大愿意与文学圈过从甚密了。

丛好是在最后一刻赶到的火车站。诗人杨一在车窗里看到她挤在站台拥挤的人群中，像个瞎子般的茫然四顾——她居然没戴眼镜。

丛好并不知道潘向宇的兰城之行，只是发觉他这一段时间有些异样，突然间变得很叵测，经常一个人坐在沙发里，一动不动，貌似在冥想或者玄思，像一个郁郁寡欢的哲学家。对此丛好并不太在意，认为他可能是在修炼某种类似瑜伽之类的功法——他一度对如何调理身心热衷起来，喝工夫茶，打坐，有种青春迟暮者觉醒了的迹象。

有一天在饭桌上，潘向宇突然没头没脑地问一句丛好："你爱我吗？"

丛好吃惊地抬起头看他，以为自己出现了幻听。

潘向宇嘴里嚼着东西，眼神是看向别处的，又问了一遍：

"嗯？爱吗？"

丛好怔住，心里感到震惊。潘向宇居然问出了这个问题——本来这该是她要问的啊。但是她都从来没有问出口过,他却开口问了。那么,爱吗?丛好感到自己回答不了这个问题,这是一个问出来都需要很大勇气的问题,更遑论答案了。但是丛好知道,她是感激潘向宇的,也应该感激。是这个男人在最关键的时刻托住了她,阻止住她有可能一落千丈的颓势,把她带进一种相对安全的生活,并且为她提供了向上浮起的助力。丛好难以想象,如果自己在二十岁的时候没有嫁给潘向宇这么一个男人,那么她如今将会是怎样的状况。

有这么一些时刻,丛好已经觉得是"爱"潘向宇了,虽然总是被这样那样地稀释,但丛好承认,那些感觉,是她三十年来,最接近"爱"的一种感觉。那一次,潘向宇送走那只牧羊犬拐回来出现在街角时,丛好看到他的车出现在视线里,看到这个男人从车窗里向她打着手势,就像葵花天然地要朝向太阳,她的心就在刹那间被这种"爱"的感觉所浸透。潘向宇对于这个世界的大而化之,潘向宇对于这个世界的不依不饶,在丛好眼里,也的确都有着他的可爱之处。丛好也知道,其后的日子,她是有着利用这个男人的实质在里面的。她不能没有他,那种危机四伏的日子,回想一下都令人不寒而栗,离开潘向宇,就意味着有可能重新回到那样的日子里去。丛好害怕在梦里面连一个悬念都没有的被恐惧攫紧。只要潘向宇还挡在身前,那条硕大的狼狗所释放的威胁,就有了被解除的可能。潘向宇就像那张电焊面罩。所以丛好可以忍受潘向宇的不完美,用"成功"来为之辩护,这个男人的"猥琐"为他谋取到的是"成功",于是就不那么令人痛恨。既然"猥琐"都可以被原谅,那么他那种顽童般的恶劣,就更加可以忽略不计了。

丛好也想过,自己究竟给潘向宇带来过什么?她觉得比起潘向宇对于她的重要性,她几乎对潘向宇没什么益处。她甚至不能够回答出他"你爱不爱我"的问题,但是他依然做着她的丈夫。

丛好给不出潘向宇答案,只有把头埋下去继续吃饭,眼睛里却一片潮湿。

潘向宇也不再追问,他习惯了丛好这种漠然的态度,不如此,也就不是丛好了。潘向宇继续被自己心里的诸般疑问困扰着,想要释然,却难以做到。这让他难过地觉得:也许自己老了?

> 我没有回答他,却从第二天开始,天天为他做饭了。婚后我没有下过厨房,我们这个家不需要我这么做,有保姆,而且,他也难得在家里吃几顿

饭。但从这天起,无论他回不回来吃,我都会准时将饭菜做好,履行一个主妇的职责。

对此,我并不显得生疏,当年在兰城,我已经无师自通,只不过那时候我操持的烹饪,是那种粗刀乱炖的方式,如今需要将一切精致化。

我去超市采购,还买了几本食谱来研究,做这些事情,让我有着一种踏实的感觉。

烹饪仿佛可以成为我的一种表达方式,将一堆材料加工成食物,本身就是一个想入非非的过程,我可以将自己所有无可言喻的情绪都加工进食物里,烹调成果溢于言表:在菠萝古老肉里加入超量的番茄酱往往会使我如释重负;给蚝油生菜中添加白糖时,往往能带给我某种近乎愉快的心情;而当我消沉的时候,这种心情就会表现在炝汁时火候的失度上,过热的油会将葱丝和姜末烧成一堆灰烬。

像我在院子里热衷于园艺一样,在厨房里沉浸在厨艺中,也缓释了我,让我将虚浮的情绪拉回了地面,找到了脚踏实地的感觉。

对此潘向宇是毫不知晓的,他关注不到这些,饭端在桌上,也就那么吃掉了。有一次,潘向宇进门看到丛好像一个刚刚下了手术台的外科医生,举着戴有两只塑胶手套的手从厨房里出来,不由得问了她一句这是在干吗。她嘴里支吾着,没有给出个答案。而潘向宇也没再多问,他不会把丛好的这副样子和晚餐那道"咖喱煎鹅脯"联系在一起。

丛好戴着塑胶手套是因为她刚刚腌制着鹅肉。

那天早晨,丛好在卫生间冲澡,一抬头突然看到潘向宇的脸,透过一条门缝映在镜子里,目不转睛地盯着她。丛好被吓了一跳,心跳得突突的,转身问他:

"你干什么?"

口气就有了责怪的味道。

站在门外的潘向宇面无表情地说:"不干什么。"

丛好有些火,"不干什么你像个鬼一样地盯着我看?"

潘向宇嘴角浮出冷笑,说:"我像个鬼?你心里没鬼会怕被人盯着吗?"

丛好一头雾水,不明白他话里的意思,怔一怔,回过身继续沐浴。

兰城之行所经历的一切,让潘向宇的内心发生了自己都难以觉察的变化。他变得敏感起来,即使刻意去避免内心蜂拥的感触,却再也回不到从前那颗大而化之的心了。现在,潘向宇突然就是一个人到中年了的心绪。他甚至常常会思念自己的父母,从父母那种不足以为外人道的私密生活中品味出一些浩渺的感触。父母在秋天回到柳市后,他就尽量多去看望一下他们。潘向宇发现,相比自己的父亲对待自己母亲的方式,原来他从未将丛好看清楚过,丛好内心那些重要的情感都针对着什么,他从来就不曾堪破。他承认了,面对自己的伴侣,他的父亲掌握着某种他似乎永远学不到手的方式。

潘向宇今天的情绪有些紊乱。他已经知道丛好推掉了作协的采风活动,也知道今天就是他们出发去兰城的日子。潘向宇思忖,丛好为什么不愿意回到兰城,她是一种什么心态?生出很多猜测,但都不得要领,只是让心里毛躁起来。

这样的情绪让潘向宇做出了少有的举动。他进来了,过去拽丛好的胳膊,要让她回过头来面对自己。丛好正在莲蓬头下刷牙,胳膊甩一下。潘向宇又去拉。丛好就甩得力气大了些。

潘向宇陡然失控了,胳膊伸进水流中,用力扳住丛好的肩膀,一把将她扭了过来。丛好几乎被他摔倒,手里握着的水杯泼出去,满满一杯水迎面浇在潘向宇的脸上。这杯水没有浇灭潘向宇的怒火,反而使它烧得更旺了。潘向宇认为丛好是故意用水来泼他的。

条件反射般的，潘向宇扬手就是一记响亮的耳光，清脆得如同蘸水抽出了一鞭子。

丛好的眼镜飞出去，摔在卫生间的墙上。她有一瞬间的静止，呆呆地不动，牙刷咬在嘴里。没有了眼镜，她的脸一下子变得很空洞。水流将她所有的毛发都冲刷得服帖在身上。潘向宇也有些蒙。他们身体之间，除了在做爱时的激烈地接触，从来没有发生过冲撞，所以这突如其来的暴力把两个人都吓住了。

大约有一分钟的时间，空气都凝固住。然后潘向宇看到，丛好在汹涌的水花中像个瞎子一样地弯下腰，咬着牙刷，两只手伸出去，在地上摸她的眼镜。她摸得艰难，战战兢兢的，像爬行一样。这副样子令潘向宇难受起来，他替她捡起了眼镜，递在她手里。

眼镜摔坏了，一只镜片彻底碎掉，另一只也从中间裂开。丛好戴上后，眼前的景象就是这样的：一半模糊，一半清晰地分裂。

回忆就是从这样的视觉中向丛好走来的。丛好在一瞬间模糊而又清晰地看到：那一年，她和张树走在深秋的兰城，张树手插在裤兜里自顾往前走了，走出老远，又折回来，像个陌生人似的与她擦肩而过，远远地又狂奔回来，一眨眼就到了身边，挽起她的手继续正正经经地走。他们刚刚配了一副眼镜。在那一年，这副眼镜居然要八百元……

丛好看不清楚，擦干身子，胡乱收拾了几样东西就出了门。

潘向宇一直埋头坐在沙发里，奇怪的是，脑子里始终是自己母亲在兰城那个小广场上翩翩起舞的样子。

丛好赶到火车站时，开往兰城的火车再差几分钟就要出站了。

一路上多亏杨一照顾她，没有了那副黑色的细边眼镜，丛好几乎什么都看不清楚。她总是下意识地去看自己的手，因为没了眼镜，她连自己伸出去的手都分辨不出来了。这种失去把握的感觉很强烈，让她觉得车厢里的一切都处于模棱两可的混沌之中，而窗外的世界，更是天地一色，一切都没有了界限。

杨一反复追问她出了什么事，丛好总是简短地回答：

"没什么。"

杨一不信，丛好被她问得很烦，干脆说：

"我找钥匙摔了一跤，行吧？"

4

兰城也发生了变化，街道宽了，楼高了，但骨子里，还是那个兰城。像旧时光的最后一口喘息,在街上,甚至还能见到穿着那种叫作"踩脚裤"的紧身毛裤的女人。

腊月里的兰城人喜气洋洋,北方冬季原本灰茫茫的街景陡然花红柳绿起来。园林部门在街边的枯树上捆绑了大量的塑料花,造成枯木逢春的假象,让整座城市像一个反季节的菜棚。这一点也和柳市不同,柳市人不需要在植物上造假,而且,他们对于春节的热情也不是很高。

丛好下车后先去配了眼镜,那副镜架被她带着,只是重新配上镜片。杨一陪着她,还和她开玩笑,在眼镜配好后对她说:

"好啦,这下你又可以挑选钥匙了。"

说着她开玩笑般掐了一下丛好的胳膊,但让丛好感觉她是在存心要掐疼人。

丛好并没有将潘向宇的那记耳光看得格外重或者格外轻。在这一点上,丛好和潘向宇似乎还有些相似,那就是,两个人在骨子里都有着一种根深蒂固的自由散漫和不求甚解。同时丛好也有一些后怕,当一切过去后,她意识到自己心里对于潘向宇的恶意——那杯水,原本不至于就会全部泼在他脸上吧?是自己就势宣泄了内心的某种潜藏着的渴望吧?那么,她究竟在仇视潘向宇什么?

兰城作协接待他们,其实就是安排他们去周边的一些景点游山玩水。丛好对此没有兴趣，虽然作为一个兰城人，这些景点大部分她都没有去过。丛好向负责接待的一个小姑娘提出要求，请人家给她借一辆自行车来，而且指明要那种男式的"二八"自行车。

小姑娘当然感到奇怪，但还是满足了丛好的要求，心想，这些作家们自然有他们不同寻常的癖好。

丛好骑着这辆车子在兰城的大街上穿行，慢悠悠的，信马由缰，一副心无所属的样子。她的心里也的确是空着的，十多年的时间被抽去，她仿佛还是那个兰城齿轮厂技校的女生。丛好想，如果当年张树没有在技校门前拦住她，如果张树不是那么当仁不让，也许自己就顺利地毕业了，然后顺利地成为一名齿轮厂的女工——再往下想，心里就有了一些恶意的调侃，丛好自嘲着想出了一句话——和某个男人，无所事事，在大白天里"日"！

丛好回到了齿轮厂家属七区。正午时分，家属区笼罩在冬日的暖阳里，各家各户晾晒出来的被褥遮挡住人的视线，让人走进去就像是在穿梭一个迷宫。有人在围坐着打麻将，有人在阳光下脱去了鞋袜，在聚精会神地用刀子修着自己脚上的鸡眼。居然还有人认出丛好。一个半老不老的妇女正坐在院子里织毛衣，看到她就瘆瘆地叫一声：

"啊呀，这不是丛好吗！"

马上就有人围过来,七嘴八舌地跟丛好打招呼,却没有一个是丛好能认得出来的。

他们问老丛好吗,问老丛结婚了吗,嘻嘻哈哈的。

丛好逃跑似的骑上车子走了,生怕里面突然冒出来个"李燕玲"。她听到他们在身后古怪地笑,想起了什么似的。

丛好的车子拐进了家属区东边的那条小巷。这里依然阒无人迹,似乎亘古不变。冬天的风在里面形成一股阻力。迎着风穿越过去,丛好已经是泪流满面了。心里的波澜大到夸张的地步,那种濒临绝境的情绪,令她自己都觉出一种戏剧感。

丛好最终还是没有去张树的家,她没有那样的勇气去探听什么。好像是一个泥泞的陷阱,即使还埋藏着些许珍宝,也令人不敢涉足其间。但内心某种盼望还是有的,丛好其实挺想知道张树如今的状况,不过这种盼望已经没有了太多的情感因素。

在兰城的大街上,丛好只是漫无目的地骑行着,仿佛就要一直这样骑下去,只是骑,一直骑到死去。潘向宇的那记耳光,把她打到一种无意识的状态中了。一切都是没有道理的,一切也都将向着没有道理而去。他们做了多年的夫妻,关系一直是不温不火的,根本浓烈不到需要去动用耳光的程度,所以潘向宇的举动让丛好的莫名其妙远远大于愤怒。

晚上回到住地，杨一他们已经回来了，拉着她出去唱歌，她就跟着去了。同行的有两个有些名气的评论家，一个叫何况，一个叫祝乃至，都是四十岁出头的男人，但还被归在"青年评论家"的范围内。丛好对这两个男人没什么好感，知道他们喜欢和圈子里的女人搞出些名堂，平时多少对他们有些不屑。但是杨一坚决要她一起去，都有些要翻脸的意思了，只好就答应下来。

在KTV唱歌的时候，好像商量好了，祝乃至挤住杨一坐，何况挤住丛好坐，分赃似的。这是两个聪明男人，连歌都唱得很不错。在KTV唱歌，五音不全不要紧，只要情绪饱满，该亢奋的时候能亢奋上去，该悲伤的时候能悲伤下来，就是一个好歌手。他们唱得尽兴，有股表演的味道在里面，自己感觉发挥得不错，就喝下去很多啤酒。杨一也很高兴，唱着，喝着，鼓掌着，就依在了祝乃至的怀里。

丛好起来上洗手间，从他们身边经过，一眼看见祝乃至的一只手揽在杨一背部，手指已经插在了杨一的裤腰里。丛好有些吃惊。虽然这种事情在圈子里根本不值得大惊小怪，但他们这样明目张胆的，还是令丛好感到有些尴尬。

从洗手间回来，却没了这两个人的影子，只何况一个人举着麦克风在唱《三套车》。丛好也不好问他什么，他也不解释什么，唱一句"你看呐这匹可怜的老马"，对着丛好意味深长地挤下眼睛。唱完这首歌何况就不唱了，坐回到丛好身边，一只手很自然地搭在丛好腿上。

丛好点支烟夹在手里，茫然地看着屏幕上的画面。

在柳市，从来没有哪个圈子里的男人试探过丛好。大家都知道她有一个有钱的老公，潘向宇的成功对他们构成了障碍，虽然他们也是些自认为成功的男人，但在这个时代，和一个商人的成功比起来，就都有些缩手缩脚了。

也许是离开柳市远了，那个成功商人的影子覆盖不到这里，所以评论家何况的手就自信起来。

丛好感觉那只手渐渐在用力，渐渐放肆，越来越接近她敏感的地方。令丛好惊讶的是，她居然不反感这只手。丛好也喝了不少的酒，包房里的光线明明灭灭，给一切涂抹上一种合金般的色泽，这些都令人沉溺。还有更重要的一点，丛好是一个不怎么会拒绝的人。她的冷漠其实在大多数时候是种无能为力的表现。

何况用另一只手搂在丛好肩头上，丛好也就靠进他怀里了。那种想要腐烂的愿望是一瞬间席卷上来的。丛好突然间渴望让自己或者变轻，或者变重，轻到浮起来，重到坠下去，总之有一个方向就好。

下或者上，都是无所谓的。

丛好感觉到了自己的欲望，腹部不自觉地在收缩。她已经是个堕过两次胎的女人了，这么多年以来，在性事上，丛好却基本上没有过欢乐。潘向宇那种单方面的索取一以贯之，她已经习惯了那种被"使用"的处境，以为天底下就只有这一种方式。但欲望却是真实地蛰伏在身体里。潘向宇不可谓不强，但是，丛好总感到身体里流动的那部分东西对他关闭住，越积越多，没有释放的希望。

何况的一只手伸进丛好的毛衣里，迂回着摸上去。丛好感到一种丧失久远了的温柔，眼睛闭起来，忍不住发出呻吟。她感觉自己的衣服被卷了起来，胸罩被打开了，感觉被不停顿地吻在胸前，整个乳房被含进一张温热的嘴里，乳头被舌尖来回地拨弄。一条腿插在了她的两腿间，并且用力地压迫着她。丛好咬着嘴唇，胯骨不自觉地向上迎合。她觉得自己真的是浮起来了，也真的是坠下去了。

突然左手的两根指头一阵刺痛。原来那支烟燃到了尽头，烫到了她的手指。丛好痛得张开眼睛，看到了这个爬在自己胸口上舔食着的男人。他的眼睛也是闭着的，半边脸被丛好卷起的毛衣遮挡住，露出的那半边脸上挂着一种类似手淫般的别扭的幸福感，微酡着，很陶醉，在暧昧的光线下显得更加不堪，像极了那个在超市里行窃的男人。

丛好瞬间清醒了，动作粗暴地推开了他。何况还没有明白过来，稀里糊涂地又往上凑，被她抬起的一只脚阻挡住，才愣在那里。

丛好慢慢地整理自己的衣服，有种毁于一旦的痛彻。

何况耸耸肩，拿过一瓶啤酒像嘬奶瓶那样地嘬着。

杨一和祝乃至突然从墙壁里冒了出来。原来这间包房是有夹层的，门开得很隐蔽，让人难以发现。这两个从墙壁里出来的人都软软的，一脸的散乱。

杨一用手拢着自己的头发，表情也有些不自在，过来软绵绵地坐在丛好身边。丛好觉得自己陷入在一个"大变活人"的魔术表演里了，成了一件道具。

杨一和丛好住在一个房间里。回去后，丛好始终没有跟杨一多说什么，这让杨一首先绷不住了。

"呵呵，我也在挑选钥匙。"杨一开着玩笑，又问丛好，"你呢，怎样？"

丛好站在宾馆的窗子边，正在俯瞰兰城的夜色，对她笑一笑，反问："你说呢？"

这个话题不宜深谈，大家心照不宣，只能到此为止。

杨一转了下脑子，问她："白天你都去哪儿了？旧梦重圆，访你那位'槐树的树'去了吧？"

丛好说:"没有的事。"

"为什么?"杨一追着问她,"为什么不去?"

丛好站在窗边,呆呆地看着夜色中的兰城。这家宾馆是新建的,她们住在十八层。丛好没有在这样的高度打量过兰城,心里面是一份复杂的感触。从这个角度俯瞰下去,万家灯火,像一池泛着星光的黝黑的水面,兰城竟然显得很美。不知道在这些灯火的下面,兰城人是否依然还过着和当年一样的日子?是否依然会有一些少女,站在铁皮桶加工出的设备下面,憔悴而又虔诚地冲洗着自己?

杨一见她在走神,过来和她一同站在窗前,问她:"伤感啦?"

丛好这才发现自己眼中有泪,不好意思地用手抹了。

"走,"杨一提议道,"我陪你去。"

"去哪儿?"丛好不明白她的意思。

"找你的旧相好去呀。"杨一嘻嘻哈哈的。

丛好也笑起来,准备去卫生间洗漱。

不想杨一却是认真的,抓起她的风衣往她身上套:"走吧走吧,好不容易出了日布巴拉家,咱们还不马铃儿响来玉鸟儿唱?"

杨一喜欢把家形容成牢笼,是地主"日布巴拉"控制的地盘儿,她的"日布巴拉"是她的丈夫,一个海关的处长,而丛好的"日布巴拉",当然就是潘向宇了。

丛好知道她的玩性又起来了,一边被她推着走,一边笑问:"真去呀?"

杨一说:"可不真去?"

在电梯里杨一还和她打趣,问她:"是不是很急迫——'心里像揣了头小鹿一样'?"

已经是深夜了,宾馆前台的两位姑娘都趴在柜面后边,好像是睡着了。

杨一和丛好蹑手蹑脚地走过去,仿佛真的是在做着一件不可告人的事。

那辆借来的"二八"男式自行车被丛好锁在宾馆院子里一棵塔松的下面,看到丛好将它从阴影下推出来,杨一半蹲下去,捂着嘴,夸张地发出半声"啊——"。

她不知道丛好借车的事,兴奋地问:"哪儿来的哪儿来的?"

丛好也兴奋起来了,嘘一下,低声说:"偷的。"

说着已经骗腿上了车子,催促杨一:"快上来!"

杨一蹦上后座,车子飞快地冲出宾馆的大门,骑出十来米,两个人同时尖叫起来。

隆冬的兰城之夜实在是太冷了,街上清寂空旷,只有浩浩荡荡的风。风穿过楼群,穿过小巷,拐弯抹角,扑到开阔的马路上时立刻就是扬眉吐气的大排场了，凄厉地呼啸着，是直抒胸臆那样的快活劲儿。丛好顶风骑行，身后的杨一缩成了团：

"这么冷！妈的居然会这么冷！太过分啦！"

丛好哈哈大笑着，突然就为兰城的"冷"骄傲起来，仿佛这"冷"是兰城独一无二的土特产，是馈赠给杨一这个柳市人最佳的见面礼。其实她也冷得够呛，出门的时候，对于兰城冬天的寒冷她也估计不足，穿的并不算多。十几年的柳市生活，让她已经久违了寒冷。现在她觉得自己是挺进在一排排迎面而来的风刀中。但内心却是热烈的，有种迎难而上、破釜沉舟的快意。两个女人尖叫着，抱怨着，把笑声一路撒在风里。

当车子骑过齿轮厂家属四十三区的门前时，丛好居然没有发觉。兰城也已经改头换面了，她并不知道，自己下榻的宾馆，距离张树的家并不遥远。她当然不会带着杨一去寻访故地。

那不过是个玩笑。

骑了快一个小时，她们钻进了路边的一家烤肉店。

"不行了，要死了，成冰棍了。"杨一跺着脚在小店里来回跑。

丛好比她强些，奋力骑了这么久，她膝盖发软，鼻腔刺痛，身上已经有了汗。她搓着手招呼老板，要了几十串烤肉。

杨一吵吵："酒，我要喝酒！"

于是一瓶54度的"宋河"摆在了她们桌上。

杨一又对兰城人的酒杯感叹起来，指着说："别蒙我，我认识，这不是酒杯，这是茶杯！"

那份骄傲又在丛好心里升起，连她自己都感到了诧异，原来，在一个柳市人面前，对于兰城，她居然会有这样的情感。她将两只杯子倒满，一瓶酒几乎下去了一半。

丛好举起杯，说："干！"

"干？"杨一直摆手，"你不要吓我好吧？"

丛好有些来劲，扬了脖子，即便没有干掉，也是结结实实的一大口。

杨一的酒量也不错，在她的激励下也喝下去一大口。

小店里还有一桌客人，两个披着羽绒服的小伙子，坐在离她们三张桌子远的地方，倒不是很闹，你来我往地喝着酒。当她们的烤肉上来的时候，其中的一个小伙子走了过来。小伙子长得挺周正，脸色通红，但神色却还镇定，他用手合着羽绒衣的下摆，低声向杨一说：

"怎么样，拼一桌？"

"拼一桌？"

杨一不动声色，向丛好使使眼色，将自己的酒杯推到小伙子面前。

丛好怕她惹事，向小伙子摆摆手。

对方很识趣，并不纠缠，默默地举起杨一的杯子，把酒喝干了，欠下身，算是道歉，随后转身回了自己的那桌，俯下身和自己的同伴说着什么。同伴伸手在他头上拨拉了一下。

丛好突然有些感动，为兰城的小伙子感到有些骄傲。

杨一吃了串烤肉，挥着铁签招呼老板："换个杯子来。"

丛好喝干了自己的酒，在心里，是和那个小伙子干一杯的意思。

杨一的头探过来，铁签悄悄指指那张桌子说："喏，两把钥匙。"

"钥匙？"丛好一时没有反应过来。

老板拿了新杯子过来，杨一替两人分别倒上酒，打开了话头。

"嗯，钥匙。男人都是钥匙，到处在找自己开得开的那只锁。"她问，"你说世界上有没有完全相同的钥匙？"

丛好蹙眉想了想，说："应该是有的。"

杨一打个响指："不错。而且比比皆是。我去过生产锁子的企业，钥匙和锁芯都是成批生产的，只是销售的时候才调剂开。"

丛好说:"那会不会出现这种情况,别人拿着钥匙,却打开了我们的门?"

"完全有可能!"杨一举杯和她碰一下,"这里面有个概率,以前呢,可能性很小,基本上是可控的,如今发生的概率就很大了。"

"为什么?"

丛好喝一口酒,招呼老板再来两碗羊汤。

杨一趴在她耳边神秘地说:"因为啊,这个时代流动起来了,人的交往密集了,钥匙们东捅一下,右捅一下,机会多了,没准一下就凑巧找对了锁芯。"

丛好的头有些晕,喃喃地纠正道:"西捅一下——东捅一下,西捅一下——不是右捅一下。"

"对,西捅一下!"杨一高兴地拍拍她的肩膀,手中的铁签再次指向那张桌子的两个小伙子,"你看,刚才这两把钥匙就在试锁。"

丛好被她的这个比喻逗笑了,抿了口酒。

杨一突然消沉了,叹息道:"锁子呢,就比较被动了,好像只能等着钥匙来试自己。不过我们应该主动起来,我们也该主动地寻找钥匙,挑选能捅开自己的那一把!"

她绕了一圈,原来还是在给自己KTV里的行为找理论依据。

丛好的酒意已经上来了，推她一下，嗔怪道：

"打开——打开自己——别'捅'呀'捅'的。"

两个人同时大笑起来，那两个兰城小伙子转过头定定地看着她们。

一瓶酒飞快地被喝完了，杨一似乎意犹未尽，但丛好却不愿意再喝了。

她怕自己会醉在兰城的夜里。

返回的路上还是丛好带着杨一。杨一好像被这半瓶酒勾出了什么心事，一下子就表现出醉态来。她坐在车子的后面，两只手搂着丛好的腰，头软软地靠在丛好的背上。丛好也有了酒意，被风吹着，车子就来回拐出了弧线。她一边摇摆着骑行，一边冒出这样的话：

"妈的，老子都成宋大成了！"

接下去几天，丛好依然骑着那辆"二八"自行车在兰城游荡。她的样子令人瞩目，穿着件烟灰色的薄羊绒风衣，用一双质地优良的小羊皮靴，蹬着一辆破旧的男式自行车。

离开兰城的那天，丛好坐在火车上，看着站台上那些行色匆匆的旅客，心突然揪紧。她摘下眼镜揉揉眼睛，然后戴回去仔细再看，心里就颤抖着叫出一声：妈妈！

那个推着食品车在站台上叫卖的女人，的确是她的母亲。

她明显地肥胖了，身材似乎也矮了下去，臃肿地裹着一件已经不是很白了的白大褂，剪得很短的头发已经白多黑少，胡乱地在风中支棱着。她正在给人找钱，手里捏着一叠零钞。

我用尽了所有的力气，才控制住自己没有走下火车。

母亲什么时候又回到了兰城？又如何从一把跃动的火炬变成了这样的模样？那个将她带走的钢筋混凝土一般的男人，去了哪里？莫非，这个一次一次在我嘴里"死了"的女人，冥冥之中，受到了我的诅咒？

我想这些都不重要了，重要的是那种没有余地的衰老，和那种绝对意义上的宿命。

那一刻，我倏忽想起了母亲的名字：余翠莲。

就是这样的：余翠莲的故事结束了，说不上波澜壮阔，但也绝不是风平浪静，很仓促，也很孤单悲伤。

火车启动了，我满脸泪水地在心里和"余翠莲"做出了告别。

5

诗人杨一是那种心思缜密的女人。两年前的一次朋友聚会上,她认识了潘向宇。

在杨一眼里,潘向宇是一把万能的钥匙。首先他一定是聪明的,否则不会有这样的成功,而且他把聪明用在了正确的事情上面,于是成就出所有的优势,有了财富,然后自信,懂得品位,会享受,最后就成为一种质量很高的风度。重要的是,他的身上还有一股难能可贵的孩子气。这样的男人是杨一所倾心的,一旦摆在眼前,立刻就打开了她这把锁。

那次聚会是在一家高尔夫球俱乐部举行的,晚上大家都住下来,杨一主动找过去,很顺利地就上了潘向宇的床。完事后,她告诉潘向宇,自己是丛好的朋友。潘向宇置若罔闻,没有什么过多的表示,手指捻着她的一粒乳头,来回地搓捏。这个动作不含任何情欲意味,也不是示爱或者怜惜,毋宁说他完全是下意识的,带着些小小的顽劣和小小的无聊。

他就这么搓捏着睡着了。

杨一却怎么也睡不着，心里面拿自己和丛好做比较，从容貌、才华，一路比到家庭背景和学历，样样都优于丛好，为什么潘向宇这样的钥匙就没有轮到自己？有了这样的比较，心里当然会不平衡。杨一自己身在婚姻里面，丈夫差强人意，也算是不错的，她对于潘向宇，并没有婚姻方面的要求，先不说爱与不爱，仅从"较劲儿"的立场上，就生出了觊觎的心。

杨一开始有目的地接触潘向宇，不时主动地去约他。潘向宇倒不拒绝，十次有八次也都赴约了，但总没有如一个女诗人所希望的那样痴迷进来，可有可无似的，只是做爱，话都很少，让杨一觉得两人之间连偷情都算不上，因为根本无"情"可偷。

杨一刻意跑到丛好家留宿，却不愿一个人睡客房，拉着丛好和她一起睡。这种把戏是潘向宇玩过了的，纵使杨一用目光暗地里百般挑逗他，也装作看不见一样，客气地寒暄几句，索性出了门到外面找地方去了。出门前，他还和丛好交换了一个眼神。这个眼神被杨一看到了。杨一并不知道他们夫妻间有着属于自己的秘密记忆，只把这样的一个对视理解出走样的内容。一百个男人，会有九十九个认为杨一比丛好要漂亮，对此，杨一十拿九稳。可潘向宇怎么就目不斜视了呢？不配合着杨一演对手也就算了，怎么出门还要和丛好交换一下眼神呢？——这对夫妻是当着她杨一的面玩了一个只有他们意会的把戏。杨一可以肯定的是，这个把戏中存在着不合理的因素，甚至是讥讽也说不定。太过分了！

和丛好并肩躺在床上，失落了的杨一问丛好："你们家这把钥匙怎么样？"

丛好不知道她指什么，问她，她说：

"床上啊，潘向宇在床上也是个成功男人吗？"

丛好有些奇怪，不懂她怎么把话题绕到这上面，想一下说：

"这种事情没有比较就不好说。"

丛好说的是真话，她的确不知道，男人们在这种事情上会有怎样的差别。潘向宇拉着她一起看过毛片，上面的男人一律精力充沛，看上去就是潘向宇那样的，没完没了，腰上面好像装了质量很好的弹簧。丛好就认为男人们在这方面是一个模子刻出来的。

杨一不以为然地说："他一晚上可以做几次你总知道吧？"

丛好想一下说："没有数过。"

杨一听了这话，在心里分析一下，丛好说"没有数过"，不就是"数不过来"的意思吗？

这怎么可能嘛！杨一不信，潘向宇都是四十多岁的人了，吃了春药也不至于如此勇猛吧？其实她不知道，丛好说的是潘向宇刚结婚时的状态，而且也是一句实话。杨一半真半假地哼一声，声音里就有了酸酸的味道。杨一和潘向宇做爱，从来都是一个回合，能在一起住一晚时也不例外，潘向宇只要一完事，必定都是不管不顾，冲了澡就睡。有几次杨一撩拨他，还多少招致了羞辱，被潘向宇不耐烦地用一个"睡"字训斥住。杨一就有些不服气，想自己怎么会全面地落后给了丛好？对这一对夫妻就都有些恨恨的。

丛好没有关于友情的体验，杨一对她拿出巴心巴肺的样子，她就很感动。倒是家里的保姆看出了破绽。这个保姆是丛好第一次堕胎时潘向宇找来的，已经干了些日子。保姆姓金，丛好跟着潘向宇一起把她叫"金姐"。杨一走后，金姐就明里暗里地提醒丛好，说：

"家里还是不要带其他女人回来住好。"

平时金姐话很少，所以丛好一直对她很有好感，但是听了她这话，却误认为金姐也学会了保姆们的通病，尾大不掉，开始干涉主人的生活了。

找到一个机会，杨一问潘向宇："丛好堕胎你知道吗？"

潘向宇说他知道，回答得有些不耐烦。

杨一认为潘向宇没有说实话。丛好第二次堕胎是杨一陪着一起去的医院，当时杨一还问过丛好，丛好表示不想让潘向宇知道这件事情，说潘向宇目前也没有要孩子的打算。当时杨一还逗丛好，问她不会是怀了别人的孩子吧。

杨一对潘向宇说："你心挺硬啊，知道也不去照顾一下，是我陪着丛好去的。"

这就有了出入，潘向宇一怔，和杨一对一下日子，才知道了丛好的第二次堕胎。潘向宇当然觉得不快，并不是他需要丛好将这个孩子生下来，是这种事情丛好居然瞒着他，显然是对他的不尊重。看到潘向宇变了脸色，杨一趁热打铁，装作漫不经心地对潘向宇说起了丛好以前在兰城的经历。

"那个男的叫张树"，杨一学着丛好的样子，用手指在潘向宇肚皮上画了一个"树"字，说，"槐树的树。"

潘向宇当时的表情令杨一不是滋味。他像听天书一样的，斜一眼她，说：

"你开什么玩笑？"

杨一很无辜地瞪大眼睛："你不知道啊？我以为你是知道的，这可是丛好亲口对我说的，说的时候还流了不少眼泪！"

潘向宇的脸色变了，问一句："你不是开玩笑？"

杨一说："我和丛好也是朋友的，怎么会拿这种事跟你开玩笑？而且你们是夫妻，我会给你编故事吗？你们床头上一说，我的故事还编得下去？"

其后潘向宇就去了趟兰城。但是回来后似乎一切还是老样子，依旧对杨一不冷不热的，神情上，更是多了一层恍惚。

和丛好在一起时，杨一也看不到丛好的生活有什么变故的迹象。杨一认为自己是上了丛好的当，什么槐树的树，什么同居，都不过是她写小说似的杜撰与虚构罢了，多可恨！尤其她虚构得还那么逼真！杨一当然不能理解丛好为什么要对她虚构，心里中了邪似的，针对起丛好来。

从兰城采风回来的当天，杨一就约了潘向宇。他们约在近郊一个度假村，潘向宇在晚上的时候开车过来。两个人脱了衣服躺下，杨一就很有方式地对潘向宇影射了他们的兰城之行。

杨一有些兴奋，手指在潘向宇赤裸的小腹上画着圈。这一次她有了确凿的证据。何况信誓旦旦地对祝乃至说，那晚他们在KTV包房的夹层里时，他和丛好在外面也成就了好事。祝乃至把这话转述给杨一。可是现在她把这话巧妙地转告给潘向宇时，却被潘向宇严厉地瞪了一眼。

杨一还替丛好说话："其实丛好这么做也是不得已。"

潘向宇生硬地问："怎么说？"

杨一说："你不知道，我们这个圈子，是评论家说了算的，最近有些评论对丛好不太公平。"

潘向宇不作声了，心不在焉地拽过毯子盖住自己的肚子。

"丛好又是那么一个逆来顺受的样子。"杨一动了情，好像真的是在为丛好辩解了，"她可能也并不想那样。嗨，有时候我都想非礼她一下。"

潘向宇其实是不愿意听到这种消息的。这段时间以来，那种似是而非的疑虑，已经把他折磨得够呛了，真也是确凿的，假也是确凿的，而且对于丛好的舍不得也是确凿的，对自己的怜爱也是确凿的，诸般相悖的情绪搅在一起，令他几乎是陷入在哲学般深奥的两难境地，搞得他疲惫不堪。潘向宇这个似乎有着"过不完的青春期"的男人，在四十多岁的时候，一下子没有了那股子朝气，他明显感到自己的精力不济了，心态上也天翻地覆一般变得优柔寡断起来。这种转变就像女人的更年期，连自己都适应不了。潘向宇来赴约，是抱着放松的目的，可是杨一居然又把他的心揪起来。

潘向宇突然厌恶起身边这个女人。他是一个非常聪明的男人，而且敏锐，本能地意识到，这个女人是在导演着什么。潘向宇这种男人是讨厌被人操纵的,一旦有这方面的迹象,就会迅速地察觉到。潘向宇沉着脸,一言不发地侧过身去。杨一以为自己的话达到了预期的效果,潘向宇勃然变色,说明他相信了自己。她在身后抱住潘向宇。

潘向宇冷冷说一句:"以后不要跟我说丛好的事,要说,你当着她的面说。"

6

从兰城回来,丛好喜欢上了一家名叫"锦瑟"的酒吧,整个春节除了和潘向宇去了一趟他父母家,基本都是在这里度过的。

和潘向宇结婚这么多年,丛好和自己的公公婆婆见面不超过十次。对于潘家的这种气氛,丛好觉得挺难理解,但她自己从小也不是在正常家庭里长大的,所以对于这种疏淡的氛围并不觉得格外诧异。自己父亲那里,丛好平时也去的不多,初二的时候她去吃了一顿刘姨包的饺子,然后就离开了。春节是潘向宇最忙碌的时候,他要四处去打点关系。丛好开着车一个人在街头闲转,就发现了这家酒吧。

这家酒吧有一种自创的鸡尾酒,下面是红石榴汁,上面是浅色的甘露酒,混合着辣酱油与盐,甘露酒缓慢地渗透下去，由浅到浓，过渡出一种忧伤、峻拔的情绪。年轻的酒吧老板向丛好介绍说，这酒，叫"巴格达斜阳"。

丛好的心一下子就被这个名字俘虏了。

如今，那个遥远的国度又陷入在一场战争的阴云里，而十二年前的那一次战争，在丛好的意识里，似乎就发生在巴格达的斜阳里。

像当年的兰城一样，今天的柳市人也兴奋地关注着这场迫在眉睫的战争，连酒吧里的酒水都有了与之相关的名字。但我感觉到了他们立场的不同。兰城的菜贩子们都众口一词地说：萨达姆肯定能干过布什！柳市的人却似乎都理智地站在了小布什的一边，战争还未打响，无论是潘向宇，还是我熟悉的圈子里的人，都已经毫无例外地判定了萨达姆的失败。

但是我的心里却隐秘地有着另外的期待。

我已经是一个三十岁的女人了，而且读写经年，但是我宁愿三十岁的年龄与一个写作者的思维，都在这个问题上失效，让我肯定地相信一次，期待一次，让一个梦幻般的胜利出现。

酒吧很小，人也很少，丛好每次进去，里面都没有一个客人,她甚至看不到一个服务生,只有那个年轻的老板站在吧台后面,被窗外的光明渲染出纯粹的模样。——这是这家酒吧独特的地方,它不阴暗,所有的窗户都是落地的玻璃,并且没有遮拦,让光明尽情地洒进来,像一个透明的花房。

作协没有严格的坐班制度,除了那位潘向宇认识的驻会专职主席,其他人员一概自己做自己的主。丛好安静地坐在这家酒吧里面写作,被阳光笼罩住,暖洋洋的,是一种些微困顿的状态。当这种困顿发展到疲倦时,她就停下来,抿一口"巴格达斜阳",点一支烟,看窗外来来往往的柳市人。喧哗的市声被隔绝在外面,这家酒吧只对光明开放,里面静悄悄的,丛好都能够听到香烟在自己鼻腔中回旋的声音。

隆冬的柳市没有这个季节应有的凛冽,但在气氛上,却多了一份肃穆。晴天的时候,阳光像水洗过一样的透明,没有太多的温度,些微的温暖给人的感觉反而是一种清澈的凉。这个季节的柳市在丛好眼里,更加虚幻,四季的界限是模糊的,犹如时空的界限被混淆了一样。丛好坐在酒吧里,看着窗外的景致,隔了一层玻璃,就有了旁观者的视角,于是,自己与这个世界的关系也随之模糊和混淆。窗外的街景渐渐在幻化,钢筋水泥的楼宇商厦被彩梁翘角的酒肆瓦舍替代，柏油马路成了青砖铺就的巷道，而过往的行人，绫罗绸缎，布衣麻服，全都是古代人的装束了。

这不奇怪，栖身在那座仿古的宅院里，丛好的心思常常也是这样缥缈。潘向宇将自己的家模拟出了古代的格调，建筑是仿唐的，家具是仿明的，器皿是仿清的，一切都是仿造的。南方潮湿的气候似乎可以加速事物的老化，时间被水汽腌制着，发酵着，恰好满足了这些赝品所需要的光阴的淘洗，让它们飞快地露出斑驳的颓相。家具上的桐油有了沉着的光泽，小楼外墙上的水泥爬满了青苔，堆积的落叶散发出腐烂的气息。而这一切，都是刻意的。这座宅院渴望让自己"假"的"真"一些，这种念头有种梦寐以求的气质，使得宅院本身避免成为一个彻头彻尾的冒牌货。

丛好已经习惯了这种虚拟的时空感，坐在这家酒吧里，更是常常生出上穷碧落下黄泉一般的苍茫感。

那个年轻的老板，既做服务生又做调酒师，但是他并不忙碌，因为他只有丛好一个客人。他很安静，很少制造出声音来干扰丛好。有一台电视被悬挂在天花板上，总是开着的，但是声音被他关掉了。他一个人坐在吧台后面，表情肃然地看着无声电视。

电视里周而复始地播出着那场一触即发的战争的最新

动态。有时候丛好也看一眼，但是酒吧里的光线太亮，反着光的电视荧屏就一片朦胧了。

丛好朦胧地看到，那个留着小胡子的阿拉伯男人一如往昔，依旧漫不经心地耀武扬威，岁月似乎对他都是网开一面的，他还是十二年前的那个男人，在上一年的全民公投中，他以百分之百的支持率再度连任了那个国家的总统。

时光似乎在此刻逆转，也许它从来就没有向前蔓延。

有一天丛好不经意地问一声："这场战争的胜利者会是谁？"

年轻的酒吧老板抬起头，警觉地四下看看，在确定了的确是丛好在发问后，露出两排洁白的牙齿，向她微笑着说出了与其他柳市人不同的答案：

"萨达姆·侯赛因。"

丛好把脸转向窗外，眼泪夺眶而出。

每天下午的四点钟之前丛好都会离开"锦瑟"。她不愿意看到这里的光线暗淡下来的样子。而且，她还要赶回去将晚餐做好。

这天丛好回到家，却发现潘向宇半躺在客厅的沙发里。丛好有些奇怪，平时这个时候潘向宇一定是不在家的。

潘向宇刚刚去找过评论家何况。这个人的名字那天丛杨一嘴里说出来后，就像一根刺扎在了潘向宇的耳朵里。虽然他厌恶杨一奸细般的告密，但是仍然身不由己地要陷进阴谋里。潘向宇也想过，干脆置之不理算了，但是这枚刺在他血管里游走，终究是会扎在心上，令他还是一定要去追究。

潘向宇在这天下午去了柳市大学，何况是这所大学文学院的院长。潘向宇直接找到了何况的办公室，门都没有敲就直接闯进去，开门见山地对何况说：

"我是潘向宇，丛好的丈夫。"

何况愣了片刻，回过神来，还是没有隐藏住脸上一闪而过的惊慌。何况不是那种没有阅历的毛头小子，但是潘向宇的名气太大了，大到一种能威胁住人的地步，所以令何况有一瞬间的惊慌。潘向宇捕捉到了这个男人的惊惶，心里哗地坍塌下来一片。他认为自己追究到了真相。潘向宇用力克制住自己，举起右手捏着的车钥匙，意味无限地点一点何况，扭头走了。

潘向宇回到家里，心里面一阵躁动不安，又一阵心灰意冷。他自己本不是个检点的男人，对于夫妻之间的忠诚向来也没有什么陈规，他自己也无法说明，丛好的背叛为何如此令自己揪心。这里面似乎与什么陈陋的观念无涉，他只是难以接受，一个像丛好这样的女人，居然会不是表里如一的。潘向宇无法接受，原来对于丛好，他是看走了眼的，这个一天天被他塑造起来的女人，会是另外的一个人。

丛好进了家门，只略显好奇地看了潘向宇一眼，就若无其事地要往楼上去的样子。她准备去冲澡，这是她回家后第一件要做的事情。

潘向宇开口叫一声："丛好！"

丛好被吓了一跳，诧异地回过头。潘向宇也被自己发出的声音吓了一跳，那音调是向上去的，是刺耳的，不像出自一个中年男人的嗓子。潘向宇吸一口气，向丛好招招手，示意她过来。丛好走到他面前，用疑惑的表情来询问他。

潘向宇说："何况你认识吗？"

丛好怔一下，说："认识。"

她回答得过分平静了，潘向宇心里骂一声，判断的方向就更曲折了，往邪恶、鬼祟的路子上一路狂奔。他把下巴扬起来，继续问道：

"张树呢？张树也认识吗？"

他实在是气急败坏了，居然又加上一句："槐树的树！"

丛好的脸色一下子白下去，血好像哗地被抽走了。

她恍恍惚惚地说："认识。"

潘向宇觉得自己最后的一丝侥幸，在丛好失去血色的脸上被根除掉了。潘向宇从沙发里跳起来，其实他也不知道跳起来要做什么，是那种极度的愤怒和伤心要跳，不是他要跳。愤怒和伤心像盲目的疯牛，跳起来时，撞翻了沙发前的茶几。茶几上放着潘向宇喝工夫茶的一整套器具，罐罐碗碗的有几十个，全部飞出去，落在地毯上又弹起来飞往别处，像一枚威力巨大的集束炸弹，撞击的声音令整栋房子都轰响起来。潘向宇的心被震得七零八落，一眼扫见闻声而来的金姐，脱口怒喝道：

"滚！"

这个"滚"字落在丛好心里，像一块烧红的铁，一下子灼烫出烟来。

丛好从来就不是一个会把什么都搞清楚搞具体的人，也从来都不善于表白和澄清，这些事情在她做起来会显得力不从心，是一种逆流而上的能力，她好像天生就不具备。潘向宇看到丛好转过身走了，打开门，出去，关上门，整个过程慢腾腾的，居然有种庄重的意味。屋外的天光随着那扇雕花木门的敞开，将青白的光打在地板上，她的影子移进这道光中，然后随着门的闭合，与这道光一同变窄消失。

潘向宇跌进沙发里。身体里所有的东西，仿佛都随着刚才那愤怒伤心的一跳离开了他，让他成为一个没有支撑的壳。金姐做好饭来请他，见他睡着了，就拿来一条毯子给他盖上。

潘向宇在半夜醒来，第一个反应就是喊来金姐，问丛好回来没有。金姐说没有。潘向宇立刻就急了，打了一圈电话出去找丛好，到处都没有她的下落，打丛好的手机，只响了一下就被掀掉了，再打过去却是关机的提示音。

突然停电了，整栋屋子像是一块被掷进了河水中的石块，顷刻间沉没在黑暗之中。柳市很少有断电的时候，潘向宇不能不将之视为一个凶兆。家里有蜡烛，本来不是为了照明预备的，那块用石头雕刻成荷叶状的烛台只是一个装饰品。金姐点燃了这块烛台上的蜡烛，端过来放在潘向宇的面前。潘向宇坐在烛光里，心事惙惙，一边不断拨打丛好的手机，一边将另只手的食指浸入烛台上的蜡油中。指尖那种热辣辣的痛感分担了他心里的仓皇，继而带给他一种傻乎乎的安慰感。他举着食指，看着指肚上裹着的凝固了的蜡油，一瞬间好像不明白究竟发生了什么。

7

丛好走出家门的一刻，没有感到过多的痛苦。她犹豫了一下，决定还是不开车了，因为她没有一个明确的方向，步行似乎可以让自己有些思考的余裕。但是步行着的时候，她的脑子里也难以清晰起来。

丛好往父亲家去，像当年张树被抓走后，从张树家逃出来一样，她只有回父亲那里。不同的是，此刻，丛好的心里没有多少委屈的感觉，她不觉得自己被潘向宇冤枉了，有种自甘如此的消极和颓废。而且，她也感觉不到当年的那种严峻，是种空穴来风的态度。丛好甚至只是轻松地想，在父亲家住几天就回来。

到了父亲家楼下，刚下出租车，就看到大脸盘的刘姨怀里抱着一个饭盒从楼里出来。看到丛好刘姨就有些紧张，她一直有些怕丛好。

刘姨对丛好说："你爸爸住院了。"

丛好吃惊地问："得了什么病，怎么也不告诉我一声？"

刘姨说："是心脏上的毛病，血压也不好，在厂子里晕倒了。"

丛好心里惴惴地担心起来，和刘姨一起往医院去。

老丛坐在医院的花园里发呆，看来问题不是很严重。看到丛好也跟着刘姨一起来了，老丛脸上的表情就很欣慰。

丛好看着父亲的侧面，他老了。柳市的好生活也阻止不住一个人的衰老，在这一点上，它和兰城是没有分别的。父亲脸上长出的那些肉不再是绷住的了，开始有了下垂的松弛迹象，并且生出大片褐色的斑，又有些灰头土脸的趋势了。

丛好突然很可怜父亲，甚至有些撕心裂肺的歉疚。这本来就是一个不幸的男人，他的前半辈子都是在打一场仗，毫无疑问，他是战败了的那一方，这个生活中的残兵，并没有得到优待，还被自己的女儿激烈地贬损着，使曾经黯淡无光的日子更加萧瑟，只有绝望地沉溺在那种把一切寄托于"打飞机"上的没有希望的日子里。当他有了希望，却已经老了。三十岁的丛好，对希望和绝望都有了不同的体会，这时看到穿着病号服坐在医院花园里的父亲，体谅的心就油然而生了。

丛好对父亲说："怎么搞的，这么不小心，居然会晕倒在厂子里？"

老丛的眼神有些慌乱，支吾着说："不要紧的，以后记得吃降压药就好了。"

丛好说："你要自己当心，心脏上的事情很危险的。"

老丛的脸色很古怪，他说："你也要当心，不要在街上乱走，街上总是比家里的危险多一些。"

丛好听得糊里糊涂，从医院里出来，还在想父亲的这句话是什么意思，又想到潘向宇这段日子的反常表现，心里突然感到有些害怕，仿佛有一张诡谲的网罩在了头上。

丛好感到了孤独和无助。眼前的生活，被长时间有意的遮蔽和忽视后，终于枝蔓丛生了，世界那种粗暴、黑暗的原则，终于露出了本来面目，让她想要澄清却又有着无从下手的茫然感，仿佛即使知道前面有一个漩涡，也只有随波逐流地掉进去。

坐在出租车里，丛好心里的目的地是模糊的，仿佛想要回家，回到潘向宇面前，和他好好谈一下，但是嘴里却说出了向宇汽车修理厂的地址。

他们之间，几乎没有"好好谈一下"过。这样的念头，丛好只在第一次怀孕的时候产生过。她发现自己有孕在身，下意识就有了打算，但她认为这件事情必须和潘向宇"好好谈一下"，因为毕竟不是一个人的事。她做了准备，打了腹稿，甚至想，如果潘向宇反对，她也未尝就没有改变主意的可能。然而潘向宇让她失望了。他根本不是"好好谈一下"的样子，在听明白了丛好的打算后，没有诘问，没有辩难，没有分析和研究，只给出一个南方腔的总结：照你说的办啦——。那样子，好像还有些欢天喜地。他们谈不到一起，是来自两个星球的人——不，他们是同一个星球的人，但彼此却没有探究对方的心。这更让人消极。丛好独自去了医院，将那个本来可以让他们"好好谈一下"的话题打消了。

现在丛好想到了那间宿舍，它隐匿在柳市的一个角落里，冥冥之中等待着她有一天还会回去似的。丛好飘忽地想，潘向宇以及潘向宇式的生活，也许根本就是一个误会。自己骨子里就是属于兰城的，或者是属于那种只能放进一张床的小宿舍的，那种从血脉里都已经被决定了的顽固的属性，使得她最终只能恢复一种束手待毙的姿态。眼下，那间小宿舍成了唯一的选择。丛好知道，以她目前的身份，向宇汽车修理厂的人是不会拒绝她这个要求的。但是多么悲哀，即使这样一间小的宿舍，也只是因了潘向宇的缘故，才会向她敞开。

  我是谁？如果丧失了潘向宇妻子的这个身份，我算什么？作家吗？现在的我对于自己已经有着比较清醒的认识了，我承认，自己写出的那些作品，放在一个严格的序列里，是不值一提的；而且，即使作为一门行当，我的书写甚至难以为自己谋得相对体面的生活，也许，连每天冲两次澡这样的权利都无法给我保障。
  记忆全是一些可被称为"如果"的碎片：如果当年母亲没有离家出走，如果张树被抓走后我也可以做一个现代的王宝钏，如果我没有经历一个被遗弃的夜晚，如果我没有被潘向宇奇迹般的迎娶……

在这些"如果"的茬苒当中，我成了今天的这样一个女人，回望一下，才恍悟到居然已经和潘向宇做了这么多年的夫妻。

这样的岁月，会因为任何一个"如果"的兑现而破碎断裂，难道还不足够脆弱和偶然吗？

天已经黑下来。丛好在距离修理厂还有几十米远的地方下了车，她想走过去，途经那片街边的花园。

花园里依然花草葳蕤。柳市是一个不分四季的地方。鞋跟在路面上叩击出单调的脆响。丛好闻到了馥郁的花香。这样的气味令她疑惑，居然会是这样，当年为什么她没有闻到花的芬芳？由此，她就看到了自己在十八岁时来到柳市时的状态——麻木，呆滞，没有希望，在少女时期却已经苍老。而那时，她只是一个平凡的女孩子啊，丛好悲伤地想，她并没有任何奢望，不过是想得到一个女孩子应有的庇护。

丛好深深地吸气，让馥郁灌满肺腑。她怕一瞬间，自己就再次丧失掉感知这种气味的能力。

修理厂的门前蹲着一个人，结实，粗壮，两只耷垂在膝盖上的手让人感觉出即将要掘进土地里的动势。丛好远远就看到了这幅夜色中的黑黢黢的剪影,一下子想到了那个蹲在自己家楼下,最终将自己母亲带走的男人。这个人影看到丛好走过来,向她叫了一声:

"丛好!"

丛好心里颤一下,这种瘪瘪的兰城腔调既熟悉又陌生,令人不敢确认。

人影站起来,是一个牛高马大的男人样子。他向她跑过来,继续叫:

"丛好!"

柳市的街灯虽然明亮,但丛好还是无法把这个跑向她的男人看得分明。是她的心里倏忽黑暗了下去,她不敢相信自己的眼睛了。他终于站在眼前了,伸手拉她的胳膊。一个声音在脑子里叫嚷,"防守反击你懂不懂?防守反击!"丛好虚弱地说一声:

"张树,是张树吗?"

8

张树坐了十年的牢,这是一件十分可怕的事情,让他出来后就直接成了一个毫无指望的男人。张树的父亲在一次工伤中丢掉了两只手——一只卷进机器里，另一只徒劳地去拽，结果两只一起卷进去。张树的母亲下岗了，只差一年就可以享受到"退休"的待遇，但还是被赶到了下岗者的队伍里，每个月一下子少收入好几百元钱。一家三口运气都差到极点，对于生活的态度就一个字：骂。

这个时候的兰城，已经有了明显的改观。当年那些说着南方话的人，已经成了兰城真正的主人。兰城所有能说得出口的好东西，都被他们消费了。他们已经不屑于给兰城人配眼镜，通过十多年的努力，兰城人的眼睛已经学会了仰视他们。

出狱后的张树愤怒地发现，兰城几乎所有长相美丽的"花儿"，都被那些只有三寸高的南方人"摘"了，她们高出大半个头地依在那些男人肩上，骄傲地在兰城招摇过市。

愤怒归愤怒，但是张树只能接受这个事实。

出狱后，张树接连谈了几个女人，都是些饭店服务员之类的角色，没法让人用好的比喻来形容，但张树不嫌弃她们。他坐了十年的牢，把一个男人最好的时光葬送掉了，在里面只有靠"打飞机"来安慰自己，现在没了禁锢，只要是个女人就是好的。张树都三十多岁了，当然已经懂得怎么"摘"了，而且真的是被憋坏了，所以根本就没了挑三拣四的念头。

结果张树不嫌弃她们,她们倒嫌弃张树了。在她们眼里,张树除了在床上差强人意,其他简直就是一无是处的,没工作,没钱,家庭条件差,而且脾气大,你不让他舒服他就揍你,于是最终都跟张树说了再见。

张树被很具体地拒绝在生活的外面,豁出去再坐一次牢的念头都有。他算看清楚了,自己根本没什么指望,再过上几年,连没了两只手的父亲都比不上。

有一天,遇到一个齿轮厂的熟人,老远就跟张树喊:

"张树,你媳妇回来了!"

张树以为对方是在说刚刚从他家搬走的那个女人,没好气地吼一声:"我捶死她!"

那人愣一下,说:"你以为我说谁呢?是丛好啊,老丛家的那个闺女!"

张树的心一下子蹦在嗓子眼。张树出狱后打听过丛好的消息,知道她和她父亲去了南方的柳市。

那人又说:"你媳妇看起来混得不错,穿着羊绒大衣呢,骑着辆破车子都像个款婆。"

对方一口一个的"媳妇",叫得张树的心抖抖的,丛好的身份不由得就被他用"媳妇"固定住了。张树灰暗的生活,一下子就萌生出理直气壮的希望。他少有地敏感了一下,丛好"骑辆破车子"这个细节,被他看出了一种对于往事的缅怀和眷恋。他认为丛好一定还记得他。张树决定了:找丛好去!

张树勒令自己的父母给他拿出了一笔路费,他来到了柳市,找到了向宇汽车修理厂。当年,这个私人厂子的老板在兰城齿轮厂招聘技术人员,是一件被大家记住了的事情,所以,张树很容易就落实了他要寻找的方向。按图索骥,他找到了,却没见到丛好,只见到了她的父亲老丛。

刚刚过完春节,汽车修理厂开工的第一天,老丛就劈面见到了瘟神。见到张树的老丛像见到了鬼一样,哇地叫一声,往后蹦一步,脸变成猪肝那样的颜色,好像被人掐住了脖子。张树不懂他干吗这副样子,问他丛好的下落。

老丛吼起来,说:"丛好死了,你见不到她!"

张树当然不信,但眼前的老丛不复当年,心宽体胖,一副见了世面的样子,还是让张树有些胆怯,他说:

"你别骗我,叔你骗我有啥意思?"

老丛继续吼叫:"你离我们远点儿!我活了快有你三个这么大了,逼急了我跟你把命换了,我也不亏!"

张树一听这话就笑了,心里又有了底,说:"叔,这话我听过,这话你十几年前就跟我说过,叔你咋这么爱跟人换命呢?"

老丛跳着脚说:"你放屁!谁说我爱跟人换命?逼急了我才换!"

张树说:"好好好,换就换,叔你想换咱就换。不瞒你说,叔,就算我只活了不到你三分之一那么大,可是我也早就活够了,我早就活够了!"

这就是赤裸裸的恐吓了。老丛心头一凛,呆呆地,开始在办公室里转圈子,转着转着,突然就软了下去,从办公桌的抽屉里摸出张银行卡给张树,说:

"叔求你了,别再害丛好了,拿上这些钱回去吧。"

说完老丛很诚恳地告诉了张树卡上的密码,怕他记不住,还说了三遍。

张树想一想,就拿着卡走了。他找了家便宜的招待所住下,然后就到银行把卡里的钱全部取了出来。匪夷所思,居然有整整十万。这是老丛暗地里存下的所有积蓄,连大脸盘刘姨都不知道。老丛也是穷怕过了的人,这些钱是他目前踏实过日子的精神保障,但是他宁肯全部给出去,只要张树这个鬼不再把他的女儿拐走。老丛心里隐隐地觉得,只要这个丧门神出现,丛好就一定会跟着他逃掉。

老丛太了解自己的女儿了,虽然他看不透自己的女儿,但丛好身上的那股子劲儿,却是老丛刻骨铭心的——跟她妈一样,骨头里就长着往外飞的翅膀!

老丛把自己所有的钱都给了出去,但是没有达到预期目的,反而适得其反,更加坚定了张树找到丛好的决心。张树觉得自己来柳市是来对了,还没见到丛好,好处就已经摆在眼前了。十万,妈的在兰城要挣几辈子!张树本来含混的目的一下子清晰了,认为自己来找丛好,就是来找希望的,这个希望会以各种姿态来满足他,钱,乃至爱情!

张树决定天天到向宇汽车修理厂的门前去等,做了打持久战的精神准备。他相信总会等到丛好的。而且,这种等待目前还不是艰苦的,有种悠闲的味道,守株待兔似的。现在张树有钱,当即换了一家星级宾馆住,给自己添了身昂贵的行头,还去夜总会玩了几次,都找了小姐,很是尽兴。

惊恐的老丛天天看到张树那个死样子在厂门口晃来晃去,一筹莫展,心惊肉跳,终于心脏病发作住进了医院。

9

2003年,丛好和张树住进柳市一家星级宾馆时,又一场伊拉克战争即将打响。

那位阿拉伯领袖在电视里说,要把巴格达变成美国人的坟墓。他的这个态度又一次蛊惑和怂恿了丛好,使得她在时隔十二年之后,又回到了当年那个蒙昧少女的懵懂状态。

眼前的张树,被丛好再一次赋予了某种有意味的象征,是一个向着纯粹、向着简单的美好而去的可能。他就是那把能够打开丛好这只锁的钥匙。

在去往宾馆的路上,丛好是一种梦游般的感觉。多年前,那份疼痛被张树温柔驱散的眷恋感,像洪水一样包裹住她。丛好的头靠在张树的肩上,有种相依为命的滋味。直到被张树脱光了衣服搂在怀里,丛好才有一瞬间的清醒。她想到了潘向宇,却是这样的想法:潘向宇是不属于她的,自己最终也是要被驱赶开的,好像一笔无偿使用了很多年的债务,最终你还是要把它还回去。

张树对丛好的身体是尊重的,尊重到几近虔诚的程度。这个时候的丛好,在他眼里已经不是当年那个齿轮厂技校的傻女生了,她和她的生活,在张树眼里,都宛如天上人间。张树觉得眼前的丛好,像一个古代女子,这可能和她的装束有关:中式的对襟薄棉袄,结着中式的纽襻。但张树说不好,他觉得连丛好呼吸出的气流,都有股"古代"的味儿。连丛好的内衣都那么吓人,那种丝质的精良和蕾丝的繁复,是那些他所经历的兰城女人们绝对没有的。这些都让张树有了望而却步的压力。所以张树是拘禁的，是如履薄冰的，像是在朝觐。

这种谨慎的态度却打开了丛好的身体。

她从来没有体会过这样的方式。潘向宇是高姿态的，在床上下巴都是扬起来的，他只是索取，天经地义般的毫无顾忌，猛烈地来，猛烈地去，像一轮接着一轮的打击，打击过后，只留下满目的疮痍。

现在，丛好被温柔地对待。

张树是低姿态的，但绝对不是敷衍了事和消极怠工，反而是一种鞠躬尽瘁的全力以赴和舍生忘死。当张树的头埋在丛好的耻骨间时，丛好便彻底震惊了，她从来不知道还可以这样。丛好麻木许久的身体绽开，那种复苏的感觉，让丛好禁不住战栗着叫出声，拼了命地要把张树整个人都拥进怀里。她的指尖掐入了张树的后背，继而翻身将张树压在了自己的身下，让自己变成了一个猛烈来去的打击者，那种疯了一般的滋味，让她飞起来，滑翔着，随风而行，再也跌落不了了。

迷乱中，身旁的手机响起来，丛好看都没看就关掉了手机。

她感觉得到张树在身下的耸动，然后那种被滚烫的子弹电击了一般的滋味，在她身体的深处激荡开。但她依然不知餍足，腰臀拼命地起伏，仿佛在弹跳一般。直到张树忍受不了地发出了哼声，双手卡在她的肋下，硬硬地阻止住了她的亢奋。

张树使劲把她搂在怀里，任她在他的怀抱里持续地抽搐、痉挛，最终慢慢地平息下来。

丛好觉得自己一定是休克了，等到意识恢复，甚至猛然间想不起自己这是身在何处。张树俯在她的头顶，对着她再次发出了当年的叹息：

"我摘得花儿多了，就你最好哇。"

丛好凝视着张树。这个当年的少年，已经具备了鲨鱼一般的体态，脖子上堆积出一圈肉，胸前堆积出一圈肉，腰腹上堆积出一圈肉，剪得只有寸把长的头发，鬓角处居然已经花白。丛好伸手抚摸他的脸，顺着轮廓，一直抚摸下去，指尖划过他的脖颈、胸膛、腰际，最后轻轻地揽住他的后背，将他拉向自己，把自己的脸和他的身体紧紧地贴在一起。张树感到自己的肩膀上湿了。

张树什么时候被人这样对待过？刹那间，这个粗鲁的人也有了一些伤感。但他适应不了这样的情绪，不禁晃了晃自己的脑袋，好像是要让自己清醒过来一样。

他们在宾馆的房间里不分昼夜地做爱，饿了就打电话叫人送东西上来吃，困了就睡一会儿，其余的时间都用在身体的剧烈运动上。每次结束，丛好都要求张树和她一起冲澡，对此张树不能理解，觉得如此频繁地洗来洗去毫无必要。丛好就不勉强他了，心想，慢慢来吧，给他些时间。——人是可以自己提高自己的。

偶有间歇，他们也交谈几句。

丛好问："这些年你想我吗？"

张树说："想，不想我就不会跑来找你。"

丛好说："都是怎么想的？"

怎么想的张树却总结不出来。他干脆说："我打飞机的时候想的都是你！"

丛好在黑暗中轻轻地笑了。

张树问："你想我不？"

丛好说："也想。"

张树问："那你是怎么想的？"

丛好也总结不出来，想了一阵，突然笑着喊道："防守反击你懂不懂？防守反击！"

张树却已经听不懂她的意思了。

张树说："那时候我没'摘'成你。"

丛好说："现在还来得及。"

这样过了三天，直到精疲力竭，耗尽了所有体力。

丛好虚弱地做出了决定——和张树回去，回到兰城去。她忧伤地想，母亲当年离开兰城，最终不是还要回去吗？——在她身体变得臃肿、头发白多黑少的时候，除了兰城，哪里都不会是她的家。

丛好想，有些人天生就是属于一个地方的，你出生在那里，意味着被决定，意味着所有的意外与偶然最终都将被囊括进宿命里，你终将回去，在那里去懂得人生。她要告别柳市，告别这种别人的生活，告别自己那种自欺欺人的安全感和没有依据的舒适感，从时光中穿梭回来，离开那座虚拟的古代宅院，回到公元2003年。

丛好完全是被自己的意识之流带动着做出了这样的决定。至于回去后如何，她想，最坏不过是像当年一样，她成为一个"媳妇"，趿着拖鞋在菜市场买菜，偶尔买回两条鱼改善生活，穿婆婆织的毛衣，一不当心就撞上老人们的尴尬之事……而这些人间的、家长里短的烟火，此刻在丛好的憧憬中，突然显得那么温暖。

张树却不这么认为。柳市之行给他带来了好运气，这才是他想要的好日子，有钱，有女人，野心就跟着有了。张树是不愿意回兰城了。他知道了丛好嫁的是一个大老板，大到什么地步呢？张树想，丛好的父亲一出手都是十万，那么这个老板的老板一出手，会是多少？

张树被一个难以想象的前景刺激起来，觉得自己翻身的一天终于来到了。

但是丛好却提出要和他回兰城。他不敢反对，就试探着说：

"那你一定要把他的钱分一半走。"

这个"他"当然是指潘向宇了，丛好却在一瞬间没有听懂，等明白过来，神情决然地说：

"我不会要他一分钱的。"

张树嚷嚷："没钱可不行，没钱咱们怎么过日子？"

说罢他就决定不再讨论这个问题了，低头亲吻丛好的胸口，手指伸向她的两腿之间。这几天张树渐渐掌握了一个规律，那就是，现在的丛好，身体在他这里就像一个电灯的开关，只要他来启动，就会随着他的指挥即明即灭。

丛好没有料到张树会有这样的想法，心里痛一下，但很快就投入到身体的感受中去了。体内的河流再一次充盈。她不往深处去追究，把这看作张树的一种颠顶和天真。

张树的手指在撩拨丛好，头侧俯在她的脸上，那意思是在观察她的反应，科学实验似的。而丛好微闭着眼睛，目光迷离，却看到了张树眉骨处的那道疤。多年前的那个记忆被唤醒了，时光陡然被缝合在一起，接续上了，"曾经"与"当下"之间的那一片空白，就实实在在地成了虚空的泡影，十多年的光阴不过就是挤在真实之间的一场假寐。现在，一切都落在了实处。落在实处了吗？可丛好又感到自己在张树的操弄下，体内开始了裂变般的化学反应，那些峻急的对撞和沸腾的泡沫，终于让自己的意识又组合出了新的、缥缈的状态。

张树有自己的打算。在宾馆足不出户三天，他渐渐感觉出些什么。本来他来找丛好，是基于一份"找女人"的单纯动机，但是，他意外地找到了比女人更有成效的东西，那就是，通过这个女人，全面地改善自己的未来，让自己过上一种再也不会缺少女人的生活。张树以为丛好会配合他的，但是丛好打消了他的念头。

似乎是为了宽慰张树，丛好告诉张树说，这些年她自己也攒下了一些钱。

张树兴奋地问："多少？"

丛好说："有六七万吧。"

这的确是丛好这些年的积蓄，是她的稿费和工资，也不是刻意存下的，是她的确没有什么地方需要花钱。

张树一下子就丧气了。现在的张树，自己口袋里就有十万块钱，胃口已经大了。

他很有说服力地提醒丛好："唉，你以为现在还是三块钱就能让咱俩吃两碗面的时代了吗？"

张树说出"时代"这样的词，让丛好觉得有些意外，因为如此宏大的概念，连丛好都很少考虑过。对于物价，丛好也没有什么很清醒的认识，但她对于三块钱和两碗面这组数据，却是记得的，那是张树第一次请她吃饭时的情形。但这种记忆对丛好而言，完全是情绪化的，是神经质的，她不会将之上升为理性的参考。

张树就开始另辟蹊径了。他甚至发现，作为一个女人，三十岁的丛好其实并不是很好，长了十几年了，还是那副没长熟的样子，两颗乳房不比一个稍胖些的男人大多少，屁股也小，窄窄的，都能硌疼他。这就是张树和潘向宇审美上的区别，张树对女人的赞赏只单纯地定格在丰乳肥臀的标准上，很朴素，没有潘向宇那样曲折和复杂。所以三天后张树就找个借口出去了，他也和潘向宇一样，出去换胃口，跑到一家酒吧去找小姐。这几天丛好消耗的体力要远远大于他，他还有余地。

张树对丛好说："我要出去吃顿扎实饭！"

这也是兰城的语言。兰城人习惯面食，把面食称为"扎实饭"，如果几天不吃，就会觉得是挨了饿。

丛好笑了，心里有种爱惜。

张树一离开，丛好就感到了疲惫，她躺在床上，打开电视看。

原来战争已经打响了。伊拉克驻联合国的代表,在电视里慷慨激昂地指责入侵者对于平民的杀戮;然后是军事专家对战争的预测,他们用一些确凿的数据做分析,双方的兵力、民心的向背、装备的优劣,一路分析下来,结论却不是很确凿,他们给不出一个肯定的答案,赢,或者是输。

关于这个问题,丛好也问了张树,张树的回答却给她的心里留下了一道阴影。那时候张树四仰八叉地躺在床上,正用手拨拉着自己的生殖器,好像是在慰劳一个辛苦了的兄弟。

他有气无力地说:"肯定老美赢,萨达姆这二杆子这回肯定怂了。"

同样是兰城的语言,"二杆子"最准确的注解,就是张树十多年前的样子,而"尿了",就是现在张树正在慰劳着的那个兄弟的样子。

但是丛好在心里却做出了自己的判断。躺在宾馆的床上,三十岁的丛好眼睛盯着天花板,再一次对自己强调:

萨达姆·侯赛因,这一次,你一定赢。

张树吃完"扎实饭"回来了,进来后第一个动作,就是用另一张床上的床罩擦他的皮鞋。对他的这种行为,丛好感到了一丝不愉快。丛好已经习惯了一种优雅的生活,道德感很自然地处在另外一个高度上。现在她对一个男人的要求，除了有力，还应该是有风度的。刚刚看着电视中的那位阿拉伯英雄，丛好还在心里想，与这一身戎装相比，这个男人更应该是披着长长的阿拉伯白袍，衣冠如雪，松弛地骑在单峰骆驼的背上，嘴角挂着一丝不易觉察的微笑……

丛好对张树说："你怎么这样擦鞋？"

张树不以为然地笑着说："有啥关系，我又不睡那张床。"

说着张树就爬上丛好睡着的床上来，吻住她，把一股汹涌澎湃的气流送进她嘴里。丛好叹息一声，搂住他宽宽的肩膀，再一次像当年一样地想：哦，这恶劣的家伙，我这热乎乎的情人！

10

丛好第二天醒来，发现身边没有张树的影子。叫两声，没有回音，房间里只有电视里的炮火声。电视一直开着，遥远的战争一刻不停地被直播着。床头柜上有一杯盛的满满的水。正午的阳光，穿透厚重的窗帘，打在丛好赤裸的双足上，那种苍白的颜色，令她自己都一阵愕然。

丛好以为张树又去吃"扎实饭"了。但是等到晚上，张树依然没有回来。陪伴丛好的，只有电视里远在天边的战火。油井在燃烧，人民在逃离，一切被笼罩在漫天的沙尘中，镜头不时随着炮火的轰鸣而抖动着。

丛好抽着烟，用这些动荡的影像抵抗着心里隐隐约约的不安。她一天没有吃东西，也不觉得饿，只是木然地盯着那台电视。她感到自己的两腿之间有一种肿胀的沉重，小腹内也有着一股下坠感，而心里，无端地却是这样的一个滋味——山穷水尽。

带着这样的感觉，丛好凝望着远方的战争：

伊拉克战争展开48小时后，美英方面宣称伊军投降人数累计已有8200余人。

正在巴格达充当"人体盾牌"的澳大利亚人唐娜·马尔赫恩说，美国领导的联军在巴格达不会受到欢迎，人们会把他们看作入侵者。她说巴格达市内的商业和其他设施几乎全部关闭，街上几乎没有人，巴格达已经成了"一座鬼城"。

第三机械化步兵师的先头部队第七骑兵团已经挺进至伊拉克中南部，深入伊拉克腹地一百六十多公里，部队还在搜索伊军可能的存在，并准备向巴格达继续行进。途中有伊拉克军队挥舞白旗投降。

伊拉克副总统拉马丹警告称，美军在这次战争中，将遭遇有史以来他们试图推翻巴格达政权而发动的所有战争中最严重的伤亡。

…………

一切扑朔迷离，不过看起来似乎有些不妙。

这些信息加重了丛好内心中隐约的不祥感。她觉得自己在一点一点地枯萎。

晚上十点多钟的时候，房间的门被敲响了。

丛好以为是张树，奇怪他为什么不用房卡自己开门。她光着身子跑下去打开房门，外面却站着一身寒气的潘向宇。

张树大清早就离开了宾馆。白天的柳市很正派，很健康，欣欣向荣，像早上七八点钟的太阳，声色犬马是夜里的事。所以张树找不到吃"扎实饭"的地方。而且他也不想找了。昨天夜里，他依然和丛好做爱了，依然还是做得那么轰轰烈烈。但好像某个节点却出现在做爱之后的那一刻，就像一个不知疲倦奔跑着的人，突然身体的极限降临，于是一切就涣散了。这个比喻也不太恰当，似乎说的只关乎身体，其实让张树突然消极起来的，更多是他心里的感受。但这种感受张树自己也理不清,他从来都是凭着身体来行事的,所以没办法审视自己的内心。

那时候,丛好照例挣扎着去卫生间冲澡。这个"挣扎",就是张树当时的心理感受。他躺在床上,看着那个灰白、靛蓝的背影蹒跚着下床,像个刚刚从沙漠中跋涉出来的人,仰头一口气喝光了床头柜上的一杯水;她向卫生间走去,走了几步,身子趔趄了一下,手扶在墙上,似乎歇了口气,才支撑着消失在墙壁后面。这一串艰难的步伐,让张树不由得喉头有些发紧。他恍然想起了另外的一幕:时间是白天,他们站在窗口,他要求"看一看"她,她明白这"看一看"的含义,决定满足他。她允许他完全打开了她的上衣,并且自己动手解除了胸罩。他退后一步,仿佛拉开一些距离,更能够让自己看得透彻。她的胸部只隆起不大的两坨,乳头像两枚指尖大小的果核。他观察了一番,埋头用舌尖去碰触。他比她高出一个头去,站着的时候埋下头,身体的其他部分就只能远离她了。他弓着背,两只无处安顿的手干脆背在身后,只把脑袋钻在她的怀里。她的衣服并没有脱掉,敞开胸襟。他进一步去扯她的裤子,被她阻止住,理由是他说过,他怕她羞。为此他既觉得骄傲,又有些懊悔不迭。于是干脆就脱了自己的裤子,毫不怕羞地也让她"看一看"。她拼命在躲,腰身有力地四下扭动着,他挺着身子往她的视线里凑,两只手扳她的头,扳她的肩,但纤弱的她像一只精力饱满的兔子……那时候她是内心藏着火焰的少女,去趟卫生间绝不会这样东倒西歪,这样拖泥带水。

丛好就是这样在张树的眼里成了一个陌生的人。在张树的心里,他只记得那个比同龄的女孩子高出一些,同时也瘦上一圈,留着很短的、蓬茸的头发的齿轮厂技校女生。这种恍悟一旦出现,今天的丛好完全就是另外的人了。这个另外的人,留着蜷曲的长发,穿着蕾丝的短裤,纵使热情似火,也难掩某种无可转圜的颓势。

张树对自己说:"我和这个人不是一路的。"

他这样告诉自己,不是在贬低或者抬高丛好,也不是自惭形秽,只是看到了一个事实。这里面有污秽凄苦,甚至也有一种确凿的爱,但莽汉张树是无法体察的,他只是在一瞬间觉得有些难过,觉得乏味,觉得再也打不起什么精神了。

张树在清晨醒来,房间里只有一道细窄的光从没有拉严的窗帘之间劈进来。这道光端端正正地劈在他的眼皮上——他们睡得颠三倒四,并没有肩并着肩,此刻,她的头在床头的那一侧。这道光让张树的眼睛一睁开便犹如遭遇了雪盲,他觉得有万千繁星飞舞起来,还伴随着蜂群一般的嗡嗡声。他坐起来，用了好长时间，视觉才恢复了一些，并且立刻为自己身处着的这个空间而迷茫起来。床——为什么会有两张？床单——为什么会拖在地上？矮柜——为什么镶满了开关？一个女人——是女人吗？——为什么她的肩胛像两片刀刃？

张树觉得自己想吐，腹股沟那里一阵撕裂般的痛。

他蹑手蹑脚地起来，穿戴齐整，却突然改了心情，动静很大地开门离去。他想，如果丛好被吵醒，喊他，那么他就留下来。

但是丛好睡得深沉。

他倒了满满的一杯水，重手重脚地给她放在了床头柜上。

当张树走出宾馆，走到柳市的大街上时，世界就像那间放大了的房间，同样的陌生，同样的让他感到迷茫。川流不息的车，来来往往的人，都让他再次对自己说：

"我和他们不是一路的。"

女人们都很好看，屁股是屁股腰是腰。她们为什么都走得这么急？一路摇摆着，好像都很急不可耐。

张树突然有些想念兰城了。

在一家很大的商场里，张树买下了一枚30多克的大金戒指。这时候，他才找到了一些自己的感觉——那种沉甸甸的，只信任"金货"的兰城人的感觉。

张树让售货员替自己挑了一个水晶的首饰盒，郑重地将这枚金戒指放了进去。

去收银台付款的时候，张树从一面镜子里看到了自己，那个胡子拉碴、眼泡肿胀、未老先衰的中年男人，让他很是吃了一惊。一股热流从他的鼻孔中涌了出来。

他感到了一种从未有过的困厄和惨淡。

丛好走后，潘向宇找疯了。他把杨一约出来，问她知不知道丛好去哪儿了。

杨一笑着说："你太太不见了，怎么跑来问我？"

潘向宇忍耐住，说："你们不是闺蜜吗？"

杨一莫衷一是，笑得更大声了。

潘向宇把她的笑看作是一种幸灾乐祸的表情，恨恨地说：

"如果找不回丛好，你要负责！"

杨一翻脸了，说："我负责？真是滑稽！"

潘向宇也觉得滑稽，但他阻止不了自己这么去说。他甚至也让何况"负责"，找到柳市大学，在何况的办公室里说：

"如果找不回丛好，你要负责！"

何况没有笑，他觉得委屈，他从潘向宇的话里听出了恐吓，知道自己惹出了麻烦。

何况说:"潘先生你冷静一些,我承认自己是对丛好不尊重了,但也仅此而已,我们之间并没有事实。"

潘向宇瞪住他,问:"'不尊重'是什么意思?"

何况态度端正地说:"就是在KTV里喝多了酒,对丛好动手动脚了……"

潘向宇一言不发地喘着粗气,站一会儿,转身走了。现在他愿意听到这样的解释,也愿意信,愿意承认是自己冤枉了丛好。潘向宇把丛好失踪的"责任"加在每个人头上,这样才不至于惶惑地追究自己。

有一个非常重要的合作伙伴,已经有了两个孩子,最近又生了一个,打电话请潘向宇去吃孩子的满月饭,他推辞不了,匆匆赶过去放下红包就走了。但是那个婴儿的脸却一直晃在他眼前,潘向宇一边开车一边就流下眼泪来,却荒唐地以为是下起了雨,居然打开了雨刮器。潘向宇在雨刮器徒劳的摆幅中想,自己原来已经是四十多岁的人了,却连个孩子都没有,这些年都干了些什么呢?长江发大水要跟着闹心,印尼排华了也要跟着闹心,自己怎么就被捆绑在了时代横冲直撞的车轮上?怎么就被挟持了,被绑架了?这个时代的车轮始终在加速,时间的周期已经是在用"十年"为单位了,当说起"昨天",往往其实就是在说"十年前",人的目光于是也跟着草率和跳跃,回眸与展望之间,个个都是横扫一切的高瞻远瞩,一眨眼,就扔掉了一个"昨天",再一眨眼,就是一个蛮横无理的"明天"。今天呢,今天哪儿去了?而他潘向宇,在家里仿唐、仿明、仿清,骨子里,其实是渴望活在一个缓慢的古代啊。

潘向宇想,把丛好找回来,他们就要一个孩子。

但是丛好音讯皆无。老丛也急成了热锅上的蚂蚁,三分钟就打个电话过来,可是提供不出一点新消息。

潘向宇感到了从来没有过的无助。他想到了徐瑶雅。但电话刚刚拨通,他就恍然想起这个女人如今刚刚结了婚。电话那头的徐瑶雅显然不大方便,很客气地称呼他"潘总"。潘向宇一下子哽咽起来,对着这个能够算为他的知己的女人说道:

"丛好不见了……"

"不见了?"

"失踪了,她失踪了!"

徐瑶雅很冷静,安慰他:"不会有危险的,潘总你报警了吗?"

潘向宇只有收了电话,感到蚀骨一般的孤独。

他回了趟自己父母的家,但也只是相对无言地坐了坐就离开了。父亲似乎看出些什么,少有地将他送到了楼下。车子发动起来的时候,父亲向他作别,右手举在鬓角处,像一个不折不扣的军礼。潘向宇扫一眼车外的父亲,突然觉得这个老年男人真他妈的就是一个久经风霜的老兵啊!

在家里,潘向宇搜查了丛好的书房,他想找到些线索,在那本《边城》上,他看到丛好用铅笔勾出的句子:

家中人出出进进,翠翠只坐在灶边矮凳上呜呜地哭着。

什么意思呢?不得其解。结果什么也没找到,潘向宇却翻出了那只传呼机。这只传呼机被四四方方地包在一块手帕里,潘向宇找了电池放进去,开机后,里面的信息依然储存着:

我到了,出门。

我到了,出门。

我到了,出门。

…………

就在潘向宇决定去一趟兰城时,张树却找到他公司里来了。

张树被人领进门,站在潘向宇的办公桌前,如此自我

介绍道:

"我叫张树。槐树的树。"

潘向宇用手搓了搓自己的脸,好让自己的意识澄明一些。他打量着这个魁梧的家伙。这个家伙他见过,一堆肉,如今不过是被一身烂布包裹起来的一堆肉——张树从头到脚,都是那种所有人都叫得出名字的所谓名牌。这种装扮在潘向宇眼里只代表着俗不可耐,就是一身烂布,所以他立刻将张树的坦率看作是无赖的表现。更加令潘向宇鄙夷的是,这个无赖的鼻孔下面还有一些凝固成粉末状的血痂,像是刚刚流过鼻血的样子。

张树直截了当地说:"丛好跟我在一起。"

潘向宇的两只胳膊撑在办公桌上,让自己稳定住,沉声问:

"你什么意思?"

"没什么,"张树是满不在乎的架势,"丛好要和我回兰城,我来跟你打个招呼。"

潘向宇屏住呼吸,把头转向办公室的窗外,沉默着。他不知道该说什么,该怎么处理眼前的这个家伙。潘向宇不是个缺乏手段的男人,但是他清楚自己目前的状态,他怕自己一开口,就是一个乞求者的口吻。四下很安静,即使窗外不时传来汽车的鸣笛声。

这种寂静令潘向宇感到了慌张,他需要做些什么来分散自己绷紧的神经。潘向宇从桌下的保湿箱里取出了一根雪茄,用雪茄钳认真地剪下雪茄的包烟皮,划着一根长长的火柴点燃了雪茄。烟雾在口腔里回旋,那种即将生成的乖佞与浮躁似乎都渐渐退去了。

隔着一张桌子的张树一直在目不转睛地观察潘向宇。他从来没见过抽根烟会这么麻烦,一下子有些摸不准这个假模假式的家伙究竟是什么态度。张树也摸出一根烟点上了,两个人各自吞云吐雾。但张树的烟抽完的时候,潘向宇手中的雪茄顶多只抽了三四口,依然是威风凛凛的那么一根。他深沉地吞吐着,烟圈沉甸甸地漂浮在办公桌上,逐渐向张树的方向扩散过来,就像一个有预谋、有计划的攻势。

张树沉不住气了,拂一把空气,驱散自己鼻子下来袭的烟雾,试探着说:

"我可以告诉你她现在在哪儿。"

这就是潘向宇习惯的局面了,他一下子听出了交易的成分。潘向宇克制着自己,低头弹烟灰,问道:

"哪个她?"

张树被噎了一下,大声说:"丛好呗!"

潘向宇说:"说吧,在哪儿?"

张树又是被噎了一下,他毕竟简单些,不由得就被潘向宇引着说话了。

张树叫起来:"我凭啥告诉你?"

潘向宇说:"是你自己要告诉我的。"

张树一摆脑袋,意思是不跟你计较,懒得理你,但也只能说出破釜沉舟的话:

"你得给我点儿什么吧?"

潘向宇抬起头,认为自己终于逼得这个家伙彻底地无耻起来了。他一个字一个字地说:

"你要什么?"

张树舒口气,说:"钱。"

潘向宇问:"多少?"

张树目光炯炯地和潘向宇对视住,摆出一副说一不二的样子,开出价钱:

"二十万。"

潘向宇打电话出去,一会儿工夫,出纳就拿着厚厚的两摞钱敲响了他办公室的门。

钱放在了潘向宇的办公桌上,但他并不发话。

张树没有了和他对峙下去的耐心,堂而皇之地凑过来,扯过桌上的一张报纸,将钱包了起来,挟在胳膊下,然后,对潘向宇说出了那家宾馆的名字。说完他扭头就走。

走到门前的张树被潘向宇叫住。

潘向宇在身后沉声说:"你还要回答我一个问题。"

张树回过头,很豪气地说:"你问吧。"

潘向宇沉思一下,寻找着恰当的词语。但是他找不到合适的语言来问出这个问题,最后只能艰难地问:

"丛好和你在兰城时,是处女吗?"

张树笑了,无所谓地哼一声,抹一把脸说:

"当然是,而且离开兰城时都是。"

随后他就出去了,可旋即又折回来,一条腿门里,一条腿门外,给潘向宇撂下一句披肝沥胆的狠话:

"你要敢欺负她,老子跟你把命换了!"

潘向宇噙着那根雪茄,蓦然觉得这条莽汉的身上有一种完全认命了的磊落,好像他现在并不是在出卖和勒索,反而是在履行一个非此不能的本分和义务。

潘向宇整整在公司里坐了一天。其间他试图转移自己的注意力,关注了一下股市的行情。伊拉克战争打响,中国沪深股市双双攀升。但这个好消息显然无法带给他什么力量。他一直是一个在生意上毫不含糊的人,可是在这一天,他发现自己真的是厌倦了。

傍晚从公司出来,潘向宇依然缺乏足够的准备去找丛好，一个人开着车绕着柳市转，空气里全都是虚妄的成分，吸进去，就让他昏沉，而脑子里浮现的全是这样的一个丛好：她在等待着他把那只狗送走，站在街角，穿一件橘黄色的裙子，双手搂抱着肩膀，像一株肃立在街边的向日葵……

潘向宇从心里怜惜起丛好，仿佛她是自己家里的一个孩子，如今被人欺负了，丢在了一个街角。同时潘向宇又很可怜自己，觉得自己总体上不算个坏人，却摊上了这样一件事情。接着他就可怜他们俩，想他俩之间原本不该弄到这种地步的，这其中，究竟是什么东西没有被他们把握住？

总之都是些阴柔的哀伤情绪，反倒没有了暴戾。

正好市政府的一位秘书长打电话过来，一开口就是主子的腔调：

"小潘啊，凑一桌打几圈吧？"

以往接到这样的电话，潘向宇多半会惕惕而往，但现在他却不假思索地回绝了，说自己正忙着，走不开。

对方显然没料到，拖长了音叫他："小潘啊……"

"老潘。"潘向宇冷声纠正，"四十多了，哪里还能算是小潘？"

这句话有力，因为这位秘书长年轻有为，比潘向宇还小着几岁。对方换了口气，很严肃地问：

"四十多了?那我喊你潘老吧?"

潘向宇不作声,心中的况味复杂起来,这么多年在官员面前吃过的亏都被唤醒了。

"潘老赏个脸吧,打几圈麻将不会耽误你什么大买卖的。"

对方又换上了调侃的口吻。

潘向宇平静地回道:"麻将就不用打了,忙完了我直接把钱给你送过去。"

对方一时语塞,即刻声音变得冰冷:"潘总你开什么玩笑!"

说罢电话就挂断了。市政府从潘向宇手里进了几十台车,眼下正是催款的时候,这位秘书长有足够的理由为潘向宇的表现感到吃惊。潘向宇却感到了一阵轻松,他甚至有些意犹未尽,胸中的块垒似乎排遣掉了一些。但心空下来,倥偬的虚无与哀伤便弥漫而来。

开着车,哀伤的潘向宇本来并无多少积累的诗歌经验突然苏醒了,他再一次想起了这样的诗句:

即使明天早上
枪口和血淋淋的太阳
让我交出青春、自由和笔
我也决不会交出这个夜晚

我决不会交出你

当潘向宇看到赤裸着的丛好时,一股无以复加的委屈涌上来,令他想要扑进丛好的怀里痛哭一场。

但潘向宇只能控制住自己,默默地看着丛好一件一件地穿着衣服。当丛好站着套短裤的时候,没有站稳,趔趄了一下,潘向宇禁不住想去扶她一把;当丛好系胸罩的时候,两只手在身后纠结了半天,潘向宇禁不住想去帮她扣好。

房间里没有开灯。借着电视屏幕的光,潘向宇在丛好的脸上看不到一丝的羞愧和惊慌。丛好的脸依旧是虚无的,没有表情,甚至是一种无辜的表情。她一边在那道光影下穿着衣服,一边盯着电视看。

电视里的战争也不像一场战争,零零落落的枪炮声,有一下没一下,尴尴尬尬的,让一切像一场儿戏。

丛好终于穿好了,将一缕头发捋在耳后,坐在床上目不转睛地看着电视。

电视里报道:巴格达又遭到新一轮轰炸。震耳的爆炸声一次次震动巴格达,巴格达南部和东部都有浓黑的烟柱腾起。伊方已经点燃了巴格达城周围灌满汽油的壕沟,以干扰美军战机的轰炸行动。目前,巴格达上空浓烟滚滚……

那个仲夏之夜,她飘荡在柳市的街头。她仿佛刚从一个甜美的梦里苏醒,在那个梦里,她被身下的草温柔地托向云端,飘啊飘的,向着无尽的夜空飞去。那个梦让她多么想纵声哭泣,同时又感到是多么厌倦和消极,厌倦和消极到麻木的地步,连流泪似乎都是显得多余的。街道变得空旷,她的下身湿淋淋的,沾满了尿液,口腔里弥留着烤鱿鱼的味道,眼镜也是花的。她迷路了,找不到回去的路,于是逢人便打听向宇汽车修理厂的方向。但是所有的人都对她摇头,有一对夫妻状的男女,远远看到她还刻意做出了避让的样子。更糟糕的是,她的北方口音还给自己带来了危险,三个巡夜的少年听到她的打问后,不约而同地向她围了过来。她转身就跑,夹脚的拖鞋发出急促的吧嗒声。他们在身后用酒瓶砸她,一只酒瓶砸在她肩膀上,一只摔碎了,溅起的碎玻璃割破了她的脚踝。脱离危险后,她坐在路边的道沿上歇脚,浑身的汗,让她像是从水里爬上来似的。她就着路灯去查看自己的伤口,一眼看到的却是几株衍生在一起的蘑菇。她不禁惊讶了,在心里喟叹:

"这座城市真是太过分了!连路牙子上都长蘑菇啊!"

想到这里,丛好的嘴角不由得闪过了一丝浅笑。

潘向宇打破了沉默,他说:"是他告诉我你在这里的。他要钱,我给了。"

潘向宇没有说出那个具体的"他"和具体的钱数,那都是潘向宇所不屑的,根本不值得被他提及的意思。潘向宇看到一行眼泪从丛好的眼睛里流出来,在电视里战火的映照下熠熠发亮。她一动不动,踩在一次性拖鞋里的双脚并齐着,手放在膝盖上,让那串眼泪似乎成了唯一具有生命力的东西。

潘向宇的心一下子痛起来,嘴角扯动着,衔了一句话,终于颤抖着说了出来:

"丛好,我原谅你。"

他甚至想脱口说出这样的一句:我决不会交出你。

丛好依旧呆呆的不动。当她回过头时,看到潘向宇坐在另一张床边,双手捂在脸上,肩膀剧烈地抽搐着。

丛好的心分裂成无数的碎片,对眼前这个哭泣的男人生出无以言说的复杂情感。她绝望地想,如果这个男人说"我不原谅你",也许还有其他的可能,但是,现在他说"我原谅你",他们之间就真的没有任何可能了。就像当年,父亲夹起一块鸡肉,对母亲说:

"吃,吃。"

丛好必须残酷地杜绝掉所有可能产生出的希望了,自觉地把自己钉在黑暗里,把那些光亮的东西和自己隔绝开,那些光亮支离破碎时分崩的残片,才不会再一次伤害到她。

电视里,美国总统布什表示:目前限制伊拉克战争时间和范围的唯一办法就是——使用决定性武力。

11

丛好回到了父亲家。离开宾馆的时候,她和身边的潘向宇都没有发现门外地毯上放着的那个水晶首饰盒。

潘向宇一直把她送到了楼下。丛好下了车,他也跟了下来。但是丛好却站住了,那意思是拒绝他跟上去。两个人站在夜色里,四周万籁俱寂。丛好肃立着,潘向宇默默地抽着烟。车灯照射的范围里,路边一株嫩黄色的幼小植物进入了丛好的眼睛。她仔细地看那稻生的植物,心被猛烈地揪住,想,这样的一朵野花啊,如同一株被无限缩小了的向日葵,是什么让它在这世界的夜晚里开放,开放时是否也炽热地幻想着太阳?

这样相持了足有几分钟,潘向宇扔了烟头,用脚跐灭,垂头说:

"好吧,我明天再来。"

楼梯里很黑,丛好独自深一脚浅一脚地向上攀爬,上到三楼的时候,终于手扶在墙壁上呕吐起来。胃里面并没有什么东西,但她却觉得是在翻江倒海,肝肠寸断,撕心裂肺。痛苦地蹲了下去后,两腿间火辣辣的刺痛又传遍了全身。

听到敲门声,过了很久老丛才从门里探出了半个脑袋。他看到黑黢黢的楼道里站着一个鬼影一般的人。等到认出是女儿时,像当年一样,老丛嘴里的涎水一下子掉了出来,目瞪口呆地傻住。他刚刚出院,眼见着又得住进去了。

老丛跟在丛好屁股后面,所有的不安都集中在了这样一个简单的要求上:她要一杯热水。

丛好坐进沙发里,捧着一杯父亲端来的热水,感到浑身灼热,太阳穴在突突地跳动,手脚却很冰凉。她一直在不自觉地打着寒战。刘姨过来伸手摸一下她的脑门,就像被烫到了一样地甩着手。

她发烧了,被刘姨安置在床上,裹在两床被子里说起了胡话,断断续续地,是一声声的"妈,妈!"

身边的刘姨不由得红了眼圈,说:"可怜的闺女。"

第二天,老丛给丛好腾出一间房子,买了张床放进去。送货的工人正将这张床往楼上搬的时候,潘向宇来了。

他坐在车里看着老丛指挥着工人,慢慢地将自己的车倒了回去。

一场远在天边的战争，再一次安慰了丛好。她足不出户地守在电视机前，在持续的高烧中，神志不清地看着战争的一方势如破竹的胜利，看着另一方转瞬间以人们难以置信的速度土崩瓦解。萨达姆·侯赛因失踪了，他的塑像在坦克的牵拉下轰然倒塌。丛好的烧也退了，周身却是比正常温度还要低的冰冷。世界就是如此，就像一个人的心，崩溃时发出的声响，往往不是震耳欲聋的，它只发出一声呢喃般的叹息。

丛好很快就发现了身体上更强烈的不适。她去医院检查，大夫锐利地扫她一眼，告诉她：

"你这是性病。"

原来张树在外面找小姐，然后把病传染给了她。事情就是这样子的。

糟糕的是，她还被告知，她已经有了身孕。

丛好躺在妇科椅上，第三次被掏空了身体，然后天天去医院打针，输液体。刘姨一步不离地跟着丛好，她也觉得无所谓了，并不避讳刘姨什么。

柳市在这个初春居然下起了冬季也难得一见的雪，当然很小，毛茸茸的混着细雨，像一团团清冽的、絮状的雾霭。

一个多月后丛好的病治愈了。但这些天那种絮状的雾霭，连同抗生素、耻辱，已经一同注入了她的血液。

老丛和刘姨都看出来了，丛好的确是垮了。她顽固地清洗自己，一天当中多次跑到卫生间里冲澡，让人担心她会把自己的皮都洗褪一层的。

潘向宇每次来找丛好都被丛好挡在了门外。他做了一个决定，打算带着丛好移民到加拿大。但是丛好不和他见面。潘向宇在电话里向她呼吁：我们好好谈一下。丛好却默默地摁了手机，并且将潘向宇的号码设置成了"拒接"。但是潘向宇的短信依然可以发进来。他在短信里没有再多说什么，只是言简意赅的几个字：

我到了，出门。

那一瞬丛好仿佛听到了一声号角，她扑到了窗前，看到了潘向宇停在楼下的车。然而，她像一个濒死的人那样大口大口地吸着气，拉上了窗帘。

潘向宇沉郁地提醒老丛，让老丛留心丛好的一举一动，他担心丛好会做"傻事"。老丛被他说得心惊胆战，观察一下丛好，丛好的一双眼睛全都在电视里，而电视里就是枪林弹雨，就是血肉横飞。——这让老丛如何不把心拎起来？好像丛好随时都会做出什么无法挽回的惊人之举，所以就让刘姨跟紧丛好。

我也的确萌生过做"傻事"的念头。对于死，我不陌生。这种念头在我十七岁的时候就出现过。那时候我就觉得生命是这么不值得留恋，如果让我那时就去死，也几乎是没有什么可遗憾的。

情绪最激烈的时候，我在高烧的谵妄中幻想了自己各种各样的了结方式，其中甚至有这样一个镜头：我是一个志愿者，像那些来自西方世界的白人青年，自发地去做人体盾牌，于是，站在巴格达的街头，我被美军的流弹击中，或者在空袭中丧生，尸骨无存。而这样的镜头，显然是受了电视报道的启发。但是随着电视报道中战局日复一日地向着那个铁一般的结局靠近，随着自己身体那沸腾的温度逐渐冷却，这样的镜头就日益显得虚诞与荒谬了。

美军从北部和南部两个方向推进到巴格达；

美军夺取了巴格达东南的拉希德军用机场；

美国坦克开进巴格达；美军占领了萨达姆城；

萨达姆下落不明……

就像那个异国的首都被攻陷了一样，我心里那座用"傻事"这个意念筑起的堡垒，也在一天一天地失守和瓦解。

有一天，我离开电视，站在窗口眺望，那种对于死亡的渴望残留在心里的阴影,突然让我啜泣了起来。

她哭了出来,死就离得远了。

老丛配合着潘向宇做丛好的工作,替潘向宇传了好多话给丛好。丛好始终无动于衷,老丛不能理解女儿,觉得她简直不可理喻,在这件事情上,潘向宇这个"阶级敌人"的态度还有什么好说的呢?老丛觉得自己都是做不到的,遥想当年,自己都会因为同样的事情去虐杀一只鸡来泄愤。这个女儿实在是太倔了,倔得让人都要咬牙切齿,倔得让人心里都生出恨。但老丛终究不怎么敢强硬地劝说丛好,就叫大脸盘的刘姨来做这个工作。

刘姨也怕着丛好,找个机会,一边择菜,一边有一句没一句地跟丛好说话。刘姨说得不知所云,一会儿说天气,一会儿又说到老丛的身体。

丛好突然问她一句:"刘姨,你看上我爸什么了?"

刘姨愣一下,怔怔地说:"有什么看上看不上的,男人都一样的。"

又怔怔地补充一句:"女人也差不多。"

丛好择着菜,想一下这句话,就再也不出声了。

过了两季，丛好开始出门了，但不是和圈子里的人交往，只是一个人坐在"锦瑟"酒吧里，写小说，看窗外经过的柳市人。

年轻的酒吧老板渐渐和丛好熟起来，两个人偶尔会聊几句。得知丛好是一名作家后，年轻人感到很兴奋。他觉得丛好很了不起，对丛好说自己也应该好好读书，应该去读大学。

丛好端详着他那张年轻的脸，心里面居然是一种慈祥的情怀。她安慰年轻人：

"没关系，人是可以自己提高自己的。"

有一次，酒吧老板指着窗外对丛好说："那个人是在等你吧，每次你来这儿，他都会等在对面。"

丛好没有抬头，用手指将酒杯边的柠檬片一点一点捏碎。她知道，潘向宇的车子一直停在马路的对面。因为她已经收到了他的短信：我到了，出门。有时候她从酒吧离开，潘向宇的车还会缓缓地在身后尾随一段，往往是跟到前面的一个十字路口，眼看着丛好走上了禁左的街角。

前些天丛好被作协的那位主席打电话叫去，原来潘向宇几年前以丛好的名义即兴资助的那位贫困大学生毕业了，年轻人特意来到柳市表达自己的谢意。对于这件事情丛好是毫不知情的，但是立刻就想到了潘向宇。面对对方诚恳的感谢，丛好觉得实在无法冒名领受，当即就说出了实情。

那位作协主席和潘向宇是朋友，不以为意地说："老潘也罢，你也罢，你们还分什么彼此，这件善事是老潘做的，就等于是你做的。"

说着就有了要立刻给潘向宇打电话的架势。

丛好慌忙把话岔开，只得接受了那位大学生提来的一些土特产，匆匆告辞离开了。走在街上，丛好打电话回去，告诉金姐，她有一本食谱，放在书柜的某个位置，她让金姐学习一下，上面有一品鲳鱼的做法。这道菜丛好多次烧过，似乎也对潘向宇的胃口，只是他并不知道是出自丛好的手艺。

柳市的马路大多浓荫蔽日，尽管季节的更迭不是那么分明，但到了秋天的时候，仍然会有大量的落叶掉在地上。走在这些落叶上，听着脚下窸窣的声音，丛好平静地想出了与之相关的词语——枯枝败叶。

冬天的时候，丛好在这家酒吧的电视上看到了萨达姆·侯赛因被俘的消息。

窗外的阳光照在电视机上，丛好模糊地看到，那个曾经多么骄傲的男人，穿着传统的阿拉伯长袍，形容枯槁，

327

满面胡须,服服帖帖地被一双戴着手套的大手肆意地拨弄着,被掰开嘴检查牙齿……

丛好让年轻的酒吧老板打开电视机的声音,听到里面来自各方的评论。

美国人说:他一直试图为自己树立"硬汉"的形象,但事实证明他是一个懦弱的胆小鬼,他龟缩在洞里,当时他随身携带有手枪,但他没有胆量使用;他的同胞说:把萨达姆被捕时的形象与阿拉伯和伊斯兰的高贵尊严挂钩,是一件非常可耻和丢脸的事情。

丛好安静地看着一场风暴最终在心里被打上了句号。

这个女人,在一种战后一般的宁静中,终于和自己和解。

新闻播完后,她点起一支烟,重新回到自己的写作中去。

她手头的一篇小说写到了结尾,但是她打不定主意该怎样结束它。她看看窗外走过的男男女女,想起刘姨说的那些话,突然就把自己置于了小说的情景中。丛好想,如果现在,有一个男人走向她,对她说:

"我认识你,永远记得你。那时候,你还很年轻,人人都说你美,现在,我是特为来告诉你,对我来说,我觉得现在你比年轻的时候更美,那时你是年轻女人,与你那时的面貌相比,我更爱你现在倍受摧残的面容……"

那么她就会爱他,没有条件地爱他。

柳市在冬天里依然明亮的阳光洒在酒吧里。三十岁的丛好抬头之间，就看到年轻的酒吧老板正在走向她，胸前托着的盘子上，放着一杯"巴格达斜阳"。

后 记

这样的人，必定终获全胜

1991年的年初，学校放假，我几乎天天从一所大学步行到比邻的另一所大学，为的只是吃一碗面条。不是这碗面条格外好吃，是迎着风走一段，与我当时的心情比较合拍。我当时是怎样的心情呢？现在却想不起来了。但是，一个不满二十岁的人，愿意迎风走走，那心情，也就可想而知了。面馆坐落在学院里，正对着，有一排报纸栏。每次吃完面条，嘴里的热气呵得愈发缭绕的时候，我都会站在报纸栏前看会儿报纸。现在想想，真是挺难得的，即使已经放了假，学院里的报纸栏仍然在按部就班地日日更新着。就是说，世界在貌似停顿了的时候，秩序依旧井然。这让我挺满意的，仿佛自有一种规矩，是为了我而存在着——喏，某个不可捉摸的控制者，晓得有我这样一个青年，天天要吃一碗热面条，吃完之后，还要寥落地看会儿报纸。那时候，校园阒寂，空无一人，还真的是有理由让一个年轻人这么沾沾自喜着臆想。

就是在这样的状况下，呵着热气，回味着刚刚进肚的面条，一个寥落青年在报纸上注视着第一次海湾战争的战事。

这一幕当真就被我铭记在心了。我相信，大世界轰轰烈烈的同时，总有和我一样的人，在自己的小命运里，也在随之自以为是地幽幽暗暗。他们端庄而乖僻，神经兮兮，多半自恋而又脆弱，没准有时候以世界比附自己，还有些丧心病狂的自大。这些无法说明的情绪，堪可视作《巴格达斜阳》这部小说的起点。

好的文学，在我看来，目光不是回望便是前瞻。我宁愿偏执地认为，瞻前顾后、目光迷离，才是一个正经艺术家的眼神。所以我难以相信，一个目光炯炯、狙击手一般瞄准着靶心的家伙，能够洞穿这个世界的玄奥。他们或许会在自己鹰视狼顾地审度下，子弹一般，一弹一弹击倒眼前的猎物，然而，"一弹解千愁"这样的滋味，他们非但永无巴望，而且必定永无消受的可能。那些真正的目光迷离者，历久弥新，恳切持久，反而常常是一派宁静的仪态，就像一个认真站在报纸栏前关注着世界风云的年轻人；而那些骨子里的"狙击手"们，却必定时时支棱着耳朵，眼观六路，耳听八方，他们只近距离地瞄准着自己射程以内的诸般利害。

好在，或者大多数人会承认，射程以内的景物，总是乏善可陈，而且多半无趣，大家环顾左右，似乎除了忍耐与等待，便别无他物。现在进行时，我们忍耐着过往堆积着的一切，稍稍乐观，便将梦想寄托于无尽的未来，于是，就有了所谓的等待。岁月翩跹，在这样的忍耐与等待之中，如果你真的耐得住并且等得起，那么我建议你也可以尝试着写写小说。能忍会等，时光于你，便永远是一个抻长的过程，由此，你可能会变得像一只乌龟一般的缓慢，从而错失了周遭的果子，但你的目光不免也会日渐悠远，以一个不合时宜者的姿态，收获更加亘古的风物。而一个不合时宜、目光悠远的人，不去写写小说，岂不可惜？

——我们拥有艺术，因此我们不把真理当基础。

这话说得多铿锵，同时又多悲伤。那么换一下无妨：

——我们拥有忍耐与等待，因此我们不把现实当真理。

忍耐与等待，于我而言，堪可与"艺术"同语，更何况，现实亦绝非真理的必然基础。

我将自己严格意义上的写作伊始，确定在2000年。那个时候，我刚刚有了自己的儿子，年不足而立，却装模作样，提笔就老，是一副暮年的腔调，写下了《锦瑟》那样献给苍老者的篇章。十二年过去，当我脑袋上真的白发杂生时，我却更愿意去重温一场颠顶爱情的滋味，乃至，去猜度一个女人的成长史。这些，都不是狙击枪射程之内的东西。

所以就有了这部《巴格达斜阳》。

发生在天边的世界风云，却对应着一个女人的爱情与成长。这，就是一个瞻前顾后、目光迷离，永远活在忍耐与等待之中者的文学观，甚至世界观。

十二年，中国传统的一个生肖轮回，我的儿子进入他的第一个本命年。大世界依旧轰轰烈烈，小命运也依旧幽幽暗暗。堪可自慰，我那双眺望已久的眼睛，又开始了还童一般的回溯。我愿意重新回到那些多少显得少不更事的情感当中，感同身受，就像当年站在报纸栏前替世界格局无端忧愁一般，去体会某些也许自己早已离丧了的滋味：倔强的爱，憔悴的青春，却鲜有无可原谅的仇恨。——这些，都可以视为《巴格达斜阳》的核心词汇。

说一说傻话吧，不傻不是爱。所以，当张树那样一个粗鲁的少年，对少女丛好说出"我怕你羞"这样的傻话时，我觉得，我这样一个不惑之年的男人，一颗心，再次因为自己笔下的人物，而变得柔软。

"如果，明年这时候，我还能说出这样的话，那么，就请你爱我吧。"

这样的句式，傻吗？多傻。

"我认识你，永远记得你。那时候，你还很年轻，人人都说你美，现在，我是特为来告诉你，对我来说，我觉得现在你比年轻的时候更美，那时你是年轻女人，与你那时的面貌相比，我更爱你现在倍受摧残的面容……"

可杜拉斯这样的句式,就不傻吗?多傻!

但是,经历了倔强的爱与憔悴的青春之后,丛好想,如果现在,有一个男人走向她,对她说出这样的傻话,那么她就会爱他,没有条件地爱他。可见,与杜拉斯一样,丛好就是一个鲜有无可原谅的仇恨的人,就是一个我心目中的忍耐者与等待者,她的目光必定悠远,而且,我也相信,在"战事"一般的爱情乃至生命中,面对近距离掩杀而来的伤痛,这样的人,必定终获全胜。

这是农历壬辰年的正月十五之夜。写下这个后记之前,刚刚去看烟火。归途中,一只幼犬在人群中仓皇地被儿子抱起——它丢了主人,或者主人丢了它。就此,我的身边起码会在一段时间内有一只幼犬的陪伴了。本来,我想给它起名叫"张树",但立刻便觉得太"当下"了一些,几乎便是"狙击手"的思维。于是,它便被叫作了"上元"。有时候,以实入虚,世界反而会在我们眼前退后几步,平添一段我们瞄不准、但可资安静着去惆怅的距离。

2012年2月6日

农历壬辰上元日

香榭丽